1930 年代的沪上文学风景

吴晓东 —— 著

北京大学出版社
PEKING UNIVERSITY PRESS

图书在版编目（CIP）数据

1930年代的沪上文学风景 / 吴晓东著. — 北京：北京大学出版社，2018.7

ISBN 978-7-301-29439-0

Ⅰ.①1… Ⅱ.①吴… Ⅲ.①地方文学史–现代文学史–文学史研究–上海 Ⅳ.①I209.951

中国版本图书馆CIP数据核字(2018)第061006号

书　　　名	1930年代的沪上文学风景 1930 NIANDAI DE HUSHANG WENXUE FENGJING
著作责任者	吴晓东
责 任 编 辑	于海冰
标 准 书 号	ISBN 978-7-301-29439-0
出 版 发 行	北京大学出版社
地　　　址	北京市海淀区成府路205号　100871
网　　　址	http://www.pup.cn　　新浪微博：@北京大学出版社
电 子 信 箱	pkupw@qq.com
电　　　话	邮购部 62752015　发行部 62750672　编辑部 62750883
印 刷 者	天津光之彩印刷有限公司
经 销 者	新华书店
	880毫米×1230毫米　32开　13印张　290千字 2018年7月第1版　2018年7月第1次印刷
定　　　价	78.00元

未经许可，不得以任何方式复制或抄袭本书之部分或全部内容。
版权所有，侵权必究
举报电话：010-62752024　电子信箱：fd@pup.pku.edu.cn
图书如有印装质量问题，请与出版部联系，电话：010-62756370

目　录

《良友》的世界视野　1

曾朴的法兰西情结　14

胡适的"半部"文学史　26

"南国诗人"田汉与南国社首次沪上公演　38

中国化的"颓加荡"：邵洵美的唯美主义实践　51

巴黎情境与巴金的国际主义视景　65

"一·二八"事变与战争文学热　79

《现代》杂志与"现代派"诗　93

中国杂志史上的一个"准神话"　105

告别奥尼尔：洪深30年代的转向　120

废名小说的"文章之美"　135

田汉的转变　150

穆时英与左翼的殊途：从《南北极》到《公墓》　161

《西线无战事》与30年代的"非战小说" 174

"茶话"与"咖啡座":海派散文的都市语境 191

作为"中介"的日本 207

换个角度看"文艺自由论辩" 223

高尔基在中国与"中国的高尔基" 235

评论界"检阅"现代女作家 253

《人间世》与林语堂的小品文运动 266

"看萧和'看萧的人们'" 281

旅游产业的兴起与中国现代"风景的发现" 294

《欧行日记》与现代作家的欧洲游记 312

沪上"八大女明星"与丁玲的"梦珂" 323

赵家璧与《中国新文学大系》 337

"北新书局版"的中国现代四大作家 351

艾芜笔下的南国世界 363

文坛忆念刘半农 372

丰子恺的"消夏新书" 383

端木蕻良:"大地之子的面型" 393

后 记 405

《良友》的世界视野

1926年2月15日出版的《良友》画报创刊号登载了一篇充满春的气息的《卷头语》：

> 春来了。万物都从寒梦中苏醒起来。人们微弱的心灵。也因之而欢跃有了喜意。
> 听啊。
> 溪水流着。鸟儿唱着。
> 看啊。
> 春风吹拂野花。野花招呼蝴蝶。
> 大自然正换了一副颜面的当儿。我们这薄薄几页的《良友》。也就交着了这个好运。应时产生出来了。《良友》得与世人相见。在我们没有什么奢望。也不敢说有什么极大的贡献和值得的欣赏。但只愿。像这个散花的春神。把那一片片的花儿。播散到人们的心坎里去。

紧接着这篇短短的卷头语的是一幅西洋雕塑的照片，一个带翅膀的天使左手环抱着一个花篮,右手舒展开去,洒着花瓣,雕塑的名字叫《春之神》,因此也就有了卷头语"把那一片片的花儿。播散到人们的心坎里去"云云。而这期创刊号的封面则是刚刚出道的19岁的影星胡蝶手捧鲜花的特写照片,取名《胡蝶恋花图》,仿佛花之神播撒的花种已经在胡蝶的怀里朵朵绽放,花团锦簇了。

中国画报史上鼎鼎有名的《良友》就这样诞生了。历史已经证明这是一份对现代中国人尤其是市民阶层的日常生活影响深远的画报,恰如阿英当年所说,"在现存的画报之中,刊行时间最长,而又最富有历史价值的,无过于'良友'"[1]。以八开本刊行的《良友》画报从1926年2月创刊,到1945年10月停刊,共出172期。其中伍联德是《良友》王国的创办人和前4期的主编,以开创之功名垂史册。随后的梁得所堪称中兴之主,承前启后,继往开来,主编了第13到第68期。马国亮自第69期开始接手,直至抗战爆发后在香港出版的第138期止,历时最久,也最功勋卓著。用赵家璧的话说:"马国亮主编时期,无论从编辑思想、选题编排,组稿对象(包括文字、绘画、摄影等),印刷质量,可称是《良友》画报的全盛时期,也可以说画报编辑上的黄金时代。"[2]从创刊到终刊,《良友》登载的照片达32000余幅,堪称民国社会画报版的百科全书。

与《良友》此后厚重的历史积淀相比,这篇相当于发刊词的"卷头语"文字功夫相当一般,显得轻飘飘的,甚至有些幼稚。不

---

[1] 阿英:《中国画报发展之经过》,《良友》,1940年1月,第150期纪念号。
[2] 赵家璧:《重印〈良友画报〉引言》,载《良友画报影印本》,上海:上海书店,1986年版。

▲《良友》创刊号封面《胡蝶恋花图》

过没有关系,因为《良友》主要呈现的是图片和摄影,画报是靠图像来说话的。《良友》在现代中国的新闻出版史上之所以独领风骚,究其原因,自然与它以图像为主打内容这一固有的优势密切相关。正像林语堂在《谈画报》一文中说的那样:

> 其实画报之未列入"文学",倒是画报之幸。一登彼辈所谓"大雅之堂",便要失了生趣,要脱离与吾人最切身关系的种种细小人生问题。在我看来,今日画报比文字刊物接近人生的切身问题,而比文字刊物前进。
>
> 吾看画报,反能"通俗"、"有趣"、"切近人生",能反映我们衣食居住的生活,反而近情,所以说画报比文字报进步。将来中国教育果普及,工人农人都能看报,文字刊物也非走上这条路不可。[1]

林语堂洞见到"画报比文字刊物接近人生的切身问题,而比文字刊物前进",这种"前进"的特征与现代科技的进步息息相关。《良友》作为画报,直接得益于20世纪日渐成熟和发达的印刷技术以及摄影技术,正如有研究者指出的那样:"技术革新在多大程度上改变了我们的认知手段,而认知手段的革新又在多大程度上改变了我们对于世界的认识?许多关于传播媒介技术——如印刷术、摄影术以及新兴的网络媒介的讨论,最终想要解答的都是这一问题。在晚清以降的一系列技术革新中,传入于十九世纪末风行于二十世纪初的摄影术是其中极为重要的一环,因为它直接影响了

---

[1] 林语堂:《谈画报》,《良友》,1935年7月15日,第107期。

▲《良友》画报 1935 年第 108 期所刊当红好莱坞明星克莱黛考尔白的照片

人们表达和认知世界的方式。"[1]《良友》的历史地位也需要从它直接影响甚至改换了现代中国人"表达和认知世界的方式"这一高度上着眼。所谓"图画为新闻之最真实者,不待思考研究,能直接印入脑筋,……且无老幼、无中外,均能一目了然"[2],对普通民众来说,摄影图像带给他们的是比文字更加切近的"真实感"与"直观性",使民众直接目击大千世界万花筒般的影像,对自己生存于其中的世界更有身临其境的"现场感",从而带给普通读者的正是鲁迅所谓"无尽的远方,无数的人们,都与我有关"的世界感受,这种世界感受的变化,也直接影响了民众"表达和认知世界的方式"的现代性转型。

  《良友》创刊号"卷头语"这种浅易明快的风格,也无意中显示了《良友》给自己的定位,它此后一以贯之的平民化的风格也为《良友》赢得了更广泛的读者。如果说"五四"诞生的新文学要求的读者主要是知识阶层和文艺青年,而《良友》却可以摆放在普通的都会市民的床头,或者抵达粗通文字的平民的餐桌,"成为增广见闻、深入浅出、宣传文化美育、启发心智、丰富常识、开拓生活视野的刊物。做到老少皆宜,雅俗共赏。当时就有人说《良友》画报一卷在手,学者专家不觉得浅薄,村夫妇孺不嫌其高深"[3]。

  创刊号的"卷头语"表现出的另外一个特点是杂志的低调姿态。编者最初可能也没有料到《良友》甫一发行,就引起轰动。创

---

[1] 倪咏娟:《被消费的战争图像——以抗战时期的〈良友〉画报为中心》结语,北京大学硕士论文,2007年。
[2] 马运增、陈申、胡志川、钱章表、彭永祥编著:《中国摄影史 1840—1937》,北京:中国摄影出版社,1987年版,第147页。
[3] 马国亮:《良友忆旧——一家画报与一个时代》,北京:三联书店,2002年版,第22页。

刊号初印三千册,两三天内即售罄,再印两千册也很快销售一空,最后又加印了两千册,"第二第三期时,已达一万"[1],六年之后已经稳定在五万份的销量。《良友》1932年第72期上题为《今年的良友报又大改新》的启事称:"良友图画月刊每期有五万的销数,每期有五十万读者。"即使保守点估计,赵家璧所说的每期销量4万份的说法也是可信的[2]。即便如此,《良友》依然保持低调的姿态,这种低调进而成为《良友》的办刊风格。与那些高蹈派和先锋派的杂志相比,这种低姿态更有助于彰显平民化的立场,从而赢得更大的市民读者群。如研究者所论述的那样:

> 与其它怀有"教导"、"启蒙"意图的刊物不同,《良友》的一大特点是将自己的姿态放得很低。《良友》编者曾把刊物比作一个"蒙昧的青年",是与其读者一样对现实世界、未来生活心存认识之渴望与探索之勇气的人。[3]

除了市场营销的战略考虑之外,《良友》也注重形成自己的精神性的底蕴,其办刊目标堪称所谋者大。《良友》创办一年之后明确提出:"《良友》的目标是'在普遍性的园地,培植美的,艺术的,知识的花朵'。""我们想这杂志不是供少数人的需求,却要做各界民众的良友。"[4]李欧梵曾经得出这样的观察:"《良友》的良好声誉

---

[1] 余汉生:《良友十年以来》,《良友》,1934年12月,第100期。
[2] 赵家璧:《谈书籍广告》,范用编:《爱看书的广告》,北京:三联书店,2004年版,第176页。
[3] 倪咏娟:《被消费的战争图像——以抗战时期的〈良友〉画报为中心》,北京大学硕士论文,2007年,第37页。
[4] 《编者之页·与阅者谈话》,《良友》,1927年3月30日,第13期。

不是通过知识刺激或学术深度达到的,而是借着一种朋友般的亲切姿态做到的。"[1]而与读者之间这种平等亲切的朋友式的关系,也决定了《良友》画报的"言说方式"。《良友》画报第30期上,有胡汉民为《良友》所作"以平等待我者为良友"的题字,编者由此题字发表了一通感言:

> 我们很感谢胡先生爱护本报的雅意,我们在他的题词中,可以知得他为我们《良友》取义的深切了。确是,我们《良友》的责任和主旨,是要号召普天下人,尽成良友。当天下人尽成良友之时,平等,自由,自然实现了。我们弱小的中国人,不是天天呼喊着要"自由"与"平等"吗?若是,请实行我们良友之道吧,因为良友的道义,就是要实现"平等"与"自由"。[2]

"良友的道义",由此被提升到实现"平等"与"自由"的历史性高度。而"号召普天下人,尽成良友"的宏愿,也表现了《良友》兼济天下的世界观和大局观。

从新的世界感受出发,《良友》所刊载的图片的世界视野也得以扩展。《良友》主编马国亮回顾说:"《良友》畅销的重要原因之一是它对时事的重视,每月发生的重大新闻,几乎都可以从画报中找到如实报道的图片。"[3]在"九·一八"和"一·二八"事变之

---

[1] 李欧梵著,毛尖译:《上海摩登——一种新都市文化在中国(1930—1945)》,北京:北京大学出版社,2001年版,第75页。
[2]《编者与读者》栏,《良友》,1928年9月30日,第30期。
[3] 马国亮:《良友忆旧录》,《良友》,香港,1987年,第4期,第16页。

后，战争题材成为《良友》的一大主题，相继刊发有《北伐画史》《甲午中日战争摄影集》《日本侵占东北真相画刊》《黑龙江战事画刊》《锦州战事画刊》《九·一八国难纪念》《榆关战事画刊》《上海战事画刊》等专刊与号外[1]。《良友》也同时把镜头对准底层。如第103期的《上海街头文化》《北平民间生活剪影》和第119期的《世上无如吃饭难》《上海穷人的新乐园》，都是关于民间生活的速写和剪影。此外如《十字街头》《到民间去》《平民生活素描》等栏目都是持续设立的专题。《良友》涉猎的题材的广泛，为读者建构的是现代世界的全景性的视野，丰富了读者对于大千世界的想象和认知。

在诸种世界图景的展现中，大上海的都市景观一直是《良友》表现的主体内容。"《良友》是标准的海派刊物，能从中听到市声，窥到市影。"[2]《良友》杂志根植于现代都市文化，注定是海派市民文化的产物。如文学史家吴福辉从《良友》与海派的联姻的角度解释《良友》的成功原因：

> 《良友》从来不呈一种单纯的图片加说明的模样，它的文学性历来充沛，特别是海派特性的充沛。比如对于反映上海现代文明形成的驳杂历史过程，它不遗余力。不论是一组摄

---

[1] 《北伐画史》编印于第一次大革命时期，由北伐军总政治部组织人员拍摄，由梁得所编辑而成，到1929年再版三次；《甲午中日战争摄影集》编印于1931年；《日本侵占东北真相画刊》编印于"九·一八"事变后，1931年12月15日，"良友"印的《黑龙江战事画刊》出版；《锦州战事画刊》编印于1932年4月；《九·一八国难纪念》《榆关战事画刊》编印于1933年；《上海战事画刊》编印于1932年"一·二八"事变后。参见倪咏娟，《被消费的战争图像——以抗战时期的〈良友〉画报为中心》，北京大学硕士论文，2007年，第9页。
[2] 吴福辉：《都市漩流中的海派小说》，长沙：湖南教育出版社，1995年版，第137页。

影作品或连环漫画，从题目到前后安排，都很精心。22期表现日常平民生活，有点心铺、馄饨担、代人写信摊子、剃头挑子、小菜场等多幅写真照片，题目是"上海十字街头"。58期在总题为"现代文明的象征"之下，所载照片有烟囱林立、无线电台天线高耸入云、都市建筑曲线与直线合奏、钢架和铁桥远望、铸造钢铁刹那间的热与力、爵士音乐流行的狂歌醉舞、大教堂管风琴的参差美。其他如88期的照片栏目题为"上海之高阔大"，62期有上海影戏院种种，50期有新式旅馆布置与住宅陈设摄影，26期和35期载山东、陕甘豫三省大饥荒的照片题为"到民间去"，29期表现世界美女比赛，31期"新奇之事物"栏有英国机器人、德国飞艇、美国带客厅浴室的长途汽车等介绍，立意和效果都相当艺术化，也体现出海派关注的兴奋点。所以我们可以想像当年的读者如何经由《良友》了解变动中的上海和世界，如何借此大大扩展了眼界。[1]

在《良友》力图展现的世界视野中，核心的视野依然是海派文化和都市生活图景。而图片中内涵的意识形态倾向则集中反映在吴福辉所谓充沛的"文学性"上。这里的"文学性"一方面可以理解为以文字的方式对图片加以生动而带有导向性的解说，另一方面则是《良友》同时吸纳了大量知名作家的加盟。陈子善在《〈良友〉画报和马国亮先生》一文中说："《良友》并非纯文学刊物，但30年代中国文坛的代表作家鲁迅、胡适、茅盾、郁达夫、田汉、丰子

---

[1] 吴福辉：《海派先锋杂志、通俗画刊及小报》，《多棱镜下》，北京：人民文学出版社，2010年版，第196—197页。

恺、老舍、施蛰存、穆时英……几乎无一不乐于在《良友》亮相，或以作品，或以照片，或以手迹，其影响力之大由此可见一斑。"[1]

《良友》由此也携带了文化品位和审美趣味上的双重性。它游走于通俗与高雅，启蒙和媚俗，精英与大众之间，一方面有着启蒙主义式的精神性导向，另一方面也难免出于商业利益的考量而迎合市民阶层的趣味，只不过无论是精神导向还是市民趣味都潜移默化地融入图像世界以及"文学性"之中。在研究界投入较多关注的《良友》封面女郎的问题上，集中反映了《良友》视景的双重性与驳杂性。

马国亮回忆说："《良友》的封面，从创刊开始，一直是以年轻闺秀或著名女演员、电影明星、女体育家等肖像作封面的。"[2]除了胡蝶、阮玲玉、黄柳霜、袁美云、陈云裳等当红影星之外，《良友》也把各界的其他名人遴选入封面，如宋美龄、郑苹如、陆小曼等，也同时登有大中学校的校花皇后，如《良友》第38期封面人物为启秀女学校学生梁宝珍，第40期为东南体育学校学生徐佩珍，第44期为清心中学学生谢志娆，第49期为复旦大学学生张薇仪，第50期为崇德女学生钟敏慧，第51期为中国公学学生陈波儿，第55期为爱国女学学生莫女士。此外，第34期在"妇女界"专栏还登载上海中西女塾女皇陈皓明、崇德女中女皇苏梅影的照片等。尽管不乏以女明星和摩登女郎招揽读者的考虑，但与鸳鸯蝴蝶派杂志的审美意识形态已然有所不同，《良友》同时也致力于对现代社会的"新女性"形象的塑造。李欧梵认为，"不管是把女性身体置

---

[1] 陈子善：《〈良友〉画报和马国亮先生》，《文汇报》2002年4月6日。
[2] 马国亮：《良友忆旧——一家画报和一个时代》，北京：三联书店，2002年版，第247页。

▲《良友》杂志封面

换成一件艺术品（西式的），还是把她转换成健康的载体，并标志着一种新话语的开始……像《良友》画报这样的杂志因为塑造的完全是新女性，所以在女性身体上倾入了全新的含义和伦理价值"。"她们的'出身'和'身份'""被有意禀赋了一层资产阶级的财富和可敬性的'糖衣'"，"如果杂志里的裸体女像是和中外领袖、体育大事和好莱坞明星的照片相杂一处的"，"这里的女性身体展示已成了和日常现代性相关的一种新的公众话语"[1]。《良友》正是以自己特有的繁复和驳杂的形象参与构建了都市文化的现代性转型。

---

[1] 李欧梵：《上海摩登——一种新都市文化在中国（1930—1945）》，毛尖译，北京：北京大学出版社，2001年版，第85—86页。

曾朴的法兰西情结

1927年,以晚清之际创作小说《孽海花》,创办《小说林》月刊著称的曾朴与其公子曾虚白在上海创立真美善书店,出版《真美善》半月刊,同时致力于法国文学作品的翻译,达到了自己一生文学事业的第二次辉煌顶点,最终成就了郁达夫所谓"中国新旧文学交替时代的这一道大桥梁"[1]。

从杂志的名称上,即可看出曾朴对于文学的至高境界——"真美善"的执着求索。创刊号上相当于发刊词的《编者的一点小意见》篇幅并不小,堪称是阐发真美善理念的一篇学术论文,集中表达的是曾朴对于真美善的理解以及"改革文学"、"尽量容纳外界异性的成分"的宏愿:

> 世界上,无论那一国的文学,不受外国潮流的冲激,决不能发生绝大的变化的。不过我们主张把外国的汹涌,来冲

---

[1] 郁达夫:《记曾孟朴先生》,《郁达夫全集》,第三卷,杭州:浙江大学出版社,2007年版,第232页。原载《越风》,半月刊,杭州,1935年10月16日,第一期。

▲ 曾朴父子主编的《真美善》杂志封面

激自己的创造力,不愿沉没在潮流里,自取灭顶之祸;愿意唱新乡调,不愿唱双簧;不是拿葫芦来依样的画,是拿葫芦来播种,等着生出新葫芦来。

对此,苏雪林大加赞赏:"这是何等透彻的眼光,何等高远的见解。一个饱受中国旧文学薰陶的老先生能发出这样的议论,不叫人咄咄称异吗?这篇弁言还有许多宝贵而伟大的意见,不及备录。总之这是一篇极有价值的文学宣言,可算是一种新文坛的重要文献。"[1]

而在这份刊物的具体办刊过程中,曾氏父子认真贯彻的,正是所谓对"异性的成分",即西方文学的吸纳,以期"生出新葫芦"。尤其是法国浪漫派文学,更被曾朴青睐有加。曾朴在给张若谷的《异国情调》写的序言中,曾经借助谈论自己与张若谷的志趣相投,明确地宣示对于外国文学的极大兴趣:"我和若谷,都没有出过洋,没进过什么大学,得过什么博士,我是从考据词章的纸堆里钻出来,像孟子道的:'尽弃其所学而学焉。'才读了许多异国的草装书……我们并没有什么以中学为体西学为用的思想,只觉得我们的文学爬不上世界的文坛,想把外来的潮流,冲激起些浪花,溅上外海 Outre mer,大而且坚的那块岩石。""我们一相遇,就要娓娓不倦的讲法国的沙龙文学;路易十四朝的闺帏文会;邸馆文会;梅纳公夫人的印庭;朗佩尔夫人的客厅;兰史碧娜斯姑娘的客厅……等。""我们就赞美那客厅里一班熟客:拉马丁,威

---

[1] 苏雪林:《〈真美善〉杂志与曾氏父子的文化事业》,参见《中国二三十年代作家》,台北:纯文学出版社,1983年版。

▲ 曾朴像

尼，缪塞，梅黎曼，戈诺，大仲马，乔治桑，史敦达尔……等等。""我们尤其钦佩史丹霭夫人几句话，她说：'罗曼主义是能教使法国文学进步的文学，因为她自然适合于法国……拿来描写我们个人的感想，可以自哀，可以自愁。'我也觉得我国现代文学，好的固然不多；叫嚣的，粗下的，也是触目都是，非再受一次罗曼主义的洗礼"，"唱导自己的人生和全人类的人生，创造新罗曼派，才是对症的良药。这些都是我和若谷对于倾向异国情调绝端一致的命脉。"[1]

序文中对法国浪漫派文学如数家珍，仿佛自己"客厅里一班熟客"，尤其对法国沙龙文学氛围推崇备至，连运用并不生僻也非专有名词的"外海"也要在后面附上法语原文。而核心的主张，则是对于"再受一次罗曼主义的洗礼"的大力倡导。

正是基于这种主导思想，《真美善》大力推介法国浪漫派文学[2]，1927年创刊号三分之二的篇幅是法国翻译作品。与曾朴同气相求的张若谷在《浪漫主义南欧文学》一文中也极力鼓吹对南欧的法国文学的介绍，并格外褒奖了曾氏父子的追求："今后我们所需要企求的，是注意介绍南欧文学的期刊。最近出版的《真美善》就是最易于促人实现我们理想的一种新杂志，是新文学运动中的一枝新兴生力军。"并称创刊号的《编者的一点小意见》"等于一篇提倡浪漫主义文学的宣言"，"试看一年来的《真美善》杂志，不是集

---

[1] 东亚病夫(曾朴)：《异国情调·序言》，张若谷：《异国情调》，上海：世界书局，1929年版，第5—8页。
[2] 曾虚白于1928年刊出的《中国翻译欧美作品的成绩》一文中曾统计，当时中国文坛所翻译的外国文学作品，英国文学56种；德国文学25种；法国文学68种，其中被翻译最多的是雨果，以14种遥遥领先，其中五种译者即为曾朴。见虚白：《中国翻译欧美作品的成绩》，载于《真美善》1928年10月16日第3卷第6号。同期还登出赵景深的《俄国文学汉译编目》，统计出俄国文学翻译89种。

中于翻译法国浪漫主义的文学吗?编者曾氏父子两人(东亚病夫与曾虚白)的工作努力,的确可以惊人,假如能够坚持下去,对于未来的中国新文学运动,一定有重大的贡献和非常的影响"[1]。

《真美善》译介法国文学的努力,在该杂志的各期广告中即可见一斑。1930年5月出版《真美善》6卷1号"特大号"上,刊出了"本刊法国浪漫运动百年纪念号""征文启事":

> 今年是法国浪漫运动的百年纪念,法国各杂志已纷纷作大规模的纪念运动了。本来文学潮流是不能截然规定那一年作起讫的,不过法国浪漫运动的成功却有极明显的界石,那就是:嚣俄剧本《欧那尼》在舞台上占到了地位。当此剧出演时,浪漫派的青年们正像上前线的战士们一样的勇敢地与文学院的古典主义的抗争,抗争的结果,古典主义消声灭迹,于是浪漫派就蓬蓬勃勃地不可一世了。《欧那尼》的出演在一八三〇年,所以今年大家公认是浪漫运动的百年纪念。
>
> 我们这一期特号拟把浪漫运动中心人物如嚣俄,拉马丁纳,维尼,缪塞,戈恬,大仲马,巴尔扎克,乔治桑,梅丽曼,圣槃甫等最著名的代表作作有统系的介绍;并且还搜集许多纪载当时浪漫运动的名作,可以看到那时候的热闹情形。现已备齐材料,编成目录一纸:惟希望太大,精力有限;特此广求爱好法国文学的同志大家起来襄此盛举。

---

[1] 张若谷:《浪漫主义南欧文学》,《咖啡座谈》,上海:真美善书店,1929年版,第116—118页。

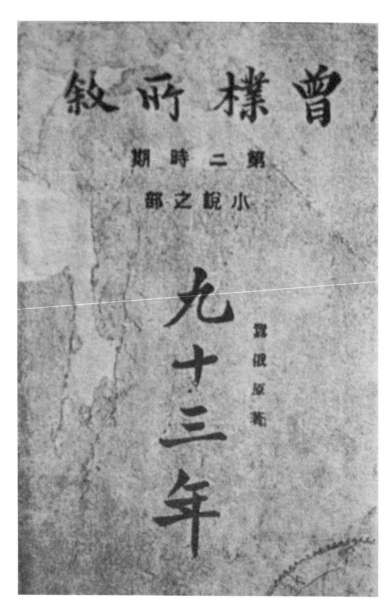

▲ 曾朴翻译的雨果小说《九三年》的封面

这则启事其实是一篇相当专业的法国浪漫运动总结,而试图"把浪漫运动中心人物如嚣俄,拉马丁纳,维尼,缪塞,戈恬,大仲马,巴尔扎克,乔治桑,梅丽曼,圣槃甫等最著名的代表作作有统系的介绍",如此声势浩大的举动也堪称现代文坛少有的盛事。到了1930年7月《真美善》6卷3号的"特大号"正式出版"法国浪漫运动百年纪念号"时,有"编者小言"称:

> 有人问我们,凭什么今年算是法国浪漫运动的百年祭呢?……简括说,因为一百年前的今年,是浪漫健将在舞台上摇旗呐喊冲破了典古派坚固的阵线,开始在民众的心目中,确定了浪漫主义事实上的地位,给困守在基督教压迫下疲惫的心灵开出一条活泼高扬直通天上乐园的路径。这不独是文艺上的一个大转变,并且是一个思想解放的纪念日。

从思想解放的意义上理解法国浪漫运动,堪称高瞻远瞩。或许正因如此,曾朴亲自上阵,陆续翻译了法国浪漫运动的第一号代表人物雨果的《吕伯兰》《欧那尼》《吕克兰斯鲍夏》《钟楼怪人》《项日乐》等作品,即由真美善书店推出的《嚣俄戏曲全集》,同时在《真美善》6卷3号的封底为上述戏剧逐一做了广告。胡适在1928年2月21日给曾朴的信中,曾经这样论及曾朴的翻译:"先生独发弘大誓愿,要翻译嚣俄戏剧全集,此真是今日的文学界的一件绝大事业,且不论成绩如何,即此弘大誓愿已足令我们一班少年人惭愧汗下,恭敬赞叹!""已读三种之中,我觉得《吕伯兰》前半部的译文最可读。这大概是因为十年前直译的风气未开,故先生译此书尚多义译,遂较后来所译为更流利。近年直译之风稍开,我们多少总受一点影响,故不知不觉地都走上谨严的路上来了。"[1]单从翻译技术的角度着眼,胡适只称赞了《吕伯兰》前半部,似乎很欣赏曾朴的"意译"的"流利",但明眼人亦可读出藏于纸背的客套之感。倒是苏雪林关于曾朴的翻译有更积极的评价:"病夫的翻译事业以介绍十九世纪法国文豪雨果的作品为主,他译书纯用语体,努力保存原文的面貌和风格,但又不是呆板的直译。因为他的中文底子好,于原书高深的思想,微妙的意趣,隽永的神韵,幽默的风味,都能曲曲传达出来。"[2]

曾朴对法国文学的了解和兴趣,很大程度上与陈季同的影响有关。曾任驻法大使馆武官的陈季同先后在法国16年,从事大量文学写作和文化研究活动,是个地道的"法国通",他用法文写了八本书,有小说、剧本、学术著作、小品随笔、《聊斋》故事译文等,传播中国文学和文化[3]。曾朴于戊戌变法的1898年就在上海认识了陈季同。在给胡适的回信中,曾朴称陈季同是"我法国文学的导师":"我自从认识了他,天天不断地去请教,他也娓娓不倦的指示我;他指示我文艺复兴的关系,古典和浪漫的区别,自然派、象征派、和近代各派自由进展的趋势……我因此沟通了巴黎几家书店,在三四年里,读了不少法国的文哲学书。我因此发了文学狂。"[4]"正是在陈季同的传授和指点下,曾朴在后来的二三十年中才先后译出了50多部法国文学作品。"[5]

---

[1] 胡适:《论翻译——与曾孟朴先生书》,《胡适全集》第3卷,合肥:安徽教育出版社,2003年版,第803—804页。
[2] 苏雪林:《〈真美善〉杂志与曾氏父子的文化事业》,参见《中国二三十年代作家》,台北:纯文学出版社,1983年版。
[3] 参见李华川:《晚清一个外交官的文化历程》,北京:北京大学出版社,2004年版。
[4] 病夫(曾朴):《复胡适的信》,《真美善》,1928年4月,第1卷第12期。
[5] 严家炎:《中国现代文学起点在何时?》,《社会科学辑刊》,2010年,第4期。

▲ 曾任驻法国大使馆武官的陈季同

除了编辑《真美善》杂志和从事法国文学翻译，真美善书店本身的文化与艺术品味也堪称独特。曾虚白曾说：办《真美善》的想法，"一方面想借此发表一些作品，一方面也可借此拉拢一些文艺界的同志，朝夕盘桓，造成一种法国式沙龙的空气"[1]。这种"法国式沙龙的空气"就是曾朴的真美善书店所刻意营造的氛围。曾朴在给张若谷的《异国情调》写的序言中一再提及法国的"沙龙文学"、"闺帏文会"、"邸馆文会"、"夫人的印庭"与"客厅"等等，都是曾朴的沙龙所追慕的对象。而如同邵洵美的金屋书店一样，曾朴的沙龙也同样是"夜夜笙歌"。据曾虚白回忆，曾朴的"马斯南路的客厅里到了晚上没有一晚不是灯光耀目一直到深夜的"[2]，"摊开曾朴沙龙里的常客名单，便是上海现代文坛上喜爱法国文学、浪漫主义及都会情调的作家名单：李青崖、徐蔚南、徐霞村、邵洵美、徐志摩、傅彦长和朱应鹏，他们的话题多围绕着文学——尤其是法国文学，以佛朗士、绿蒂、乔治桑这些他们着手翻译的法国作家为中心"。[3]郁达夫在《记曾孟朴先生》一文中，回忆起一个寒冷的初冬的晚上，与邵洵美等去拜访曾朴的情景：

> 我们有时躺着，有时坐起，一面谈，一面也抽烟，吃水果，喝酽茶。从法国浪漫主义各作家谈起，谈到了《孽海花》的本事，谈到了先生少年时候的放浪的经历，谈到了陈季同将军，谈到了钱蒙叟与杨爱的身世以及虞山的红豆树；更谈

---

[1] 参见魏绍昌：《孽海花资料》（增订本），上海：上海古籍出版社，1982年版，第179页。
[2] 曾虚白：《曾虚白自传》（上），台北：联经出版事业公司，1988年版，第93页。
[3] 陈硕文：《上海三十年代都会文艺中的巴黎情调（1927—1937）》，台北：政治大学博士论文，2008年，第88页。

到了中国人的生活习惯，和个人的享乐的程度与限界。先生的那一种常熟口音的普通话，那一种流水似的语调，那一种对于无论哪一件事情的丰富的知识与判断，真教人听一辈子也不会听厌；我们在那一天晚上，简直忘记了时间；忘记了窗外的寒风，忘记了各人还想去干的事情，一直坐下来坐到了夜半，才兹走下他的那一间厢楼，走上了回家的归路。[1]

尽管郁达夫记载的冬夜已经是真美善书店因经费支绌，亏累过多，不得已关门之后的事情，曾朴的家也迁至离郁达夫寓舍不远的"静安寺路犹太花园对面的一处松寿里中"，但依然可以依稀嗅到真美善书店鼎盛时期高朋满座的曾朴客厅上空所氤氲着的"法国式沙龙的空气"。

---

[1] 郁达夫：《记曾孟朴先生》，《郁达夫全集》，第三卷，杭州：浙江大学出版社，2007年版，第230—231页。原载《越风》，半月刊，杭州，1935年10月16日，第一期。

胡适的"半部"文学史

《白话文学史》初稿写于1921年,胡适几经增删修改,于1928年由新月书店出版了上卷。而下卷则终不能问世,与胡适的《中国哲学史大纲》[1]同命运,黄侃曾因此调侃胡适是"著作监",写书总是"绝后"。话虽然阴损,但想必道出了当时许多胡适的读者的共感。1929年9月上海《革命周报》上有文章说:"我去冬在报上看见胡先生的《白话文学史》上卷出版的广告,心中异常欢喜,因为渴望了许久的名著居然也出版了。同时心中又起了一种莫名其妙的不快之感。为什么缘故呢?因为我知道胡先生原是一个有著作能力,而又肯努力的人,不过是他的大著每每只出上卷,以下的便死也不肯出来了。他的《哲学史大纲》上卷不是出版了多年,销售过了几万份吗?可是下卷直至今连出版的消息都未听见。此次文学史上卷总算是出版了,但下卷不知又要到何时才能出来。好在有一位疑古玄同先生为爱读胡先生的大著的人们向他提了一个

---

[1]《中国哲学史大纲》(上卷),原为胡适留学美国哥伦比亚大学时的博士论文《中国古代哲学方法之进化史》,1917年胡适据此编成"中国哲学史"的讲义,在北大授课。1918年整理成书,由蔡元培作序,在1919年2月由商务印书馆出版。

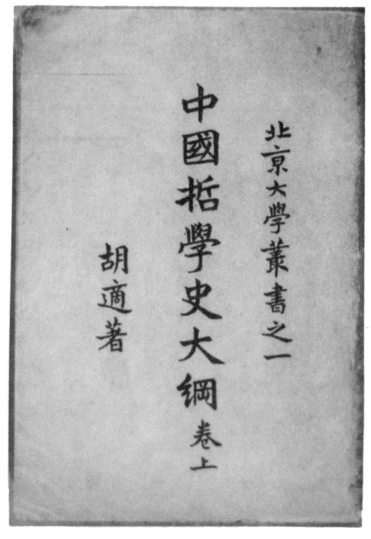

▲ 胡适《中国哲学史大纲》上卷封面

严重的抗议,胡先生也亲自在他的序里担保两三年之内必定把下卷弄出,这话大概有几份可靠吧?"[1]

事实证明,为《白话文学史》封面题字的"疑古玄同先生"的"严重的抗议"没有起到多大作用,而胡适本人的担保也并不可靠。时人和后来的研究者都关注过胡适这种"断尾"的写作现象,也纷纷臆测过外因与内因。温源宁这样分析其中的原因:

> 适之为人好交,又善尽主谊。近来他米粮库的住宅,在星期日早上,总算公开的了。无论谁,学生,共产青年,安福余孽,同乡客商,强盗乞丐都进得去,也都可满意归来。穷窘者,他肯解囊相助;狂猖者,他肯当面教训;求差者,他肯修书介绍;向学者,他肯指导门径;无聊不自量者,他也能随口谈谈几句俗话。到了夜阑人静时,才执笔做他的考证或写他的日记。但是因此,他遂善做上卷书。[2]

在温源宁看来,因为谁都把胡适之视为"我的朋友"的缘故,导致胡适应酬太多,遂成"最好的上卷书作者"。胡适在美国留学期间即已深交的朋友陈衡哲也说:"林语堂说胡适是最好的上卷书作者,这话幽默而真实。胡先生太忙了,少去证婚,少去受捧,完成未完的下卷多好!"为胡适作传的胡不归则认为,胡适之所以是

---

[1] 丑文:《读胡适之先生的〈白话文学史〉》,1929年9月《革命周报》,第101—110期合订本,第11册,第171—172页。
[2] 温源宁著,林语堂译:《胡适之》,收温源宁著,江枫译:《不够知己》,长沙:岳麓书社,2004年版,第390页。该文末注明出处:"录自上海文艺书局1934年12月版《名家传记》。"但查上海文艺书局1934年12月版《名家传记》,其中《胡适之》一文作者署林语堂,误。

"半部博士",是因为:"第一,他的兴趣太广了。哲学的问题没有做完,历史考证的兴趣又引起他了。文学的作品才写得一半,政治的理论又发生了。这样,所以使他不能专心。第二,他对于著作是极其慎重的,不肯轻易发表……"[1]有研究者据此总结道:

> 胡适的白话文学史和他的中国哲学史大纲一样,只有上半部分,没有下半部分。之所以没有续写,原由可以有很多,我们可以有多种设想,如1928年之后,胡适声誉日隆,一面有大量的行政事务和学术事务要处理,另一面还要整理国故(如著《淮南王书》),考订佛学(如出版《神会和尚遗集》、撰写《菏泽大师神会传》等),但笔者个人的揣测,是胡适对续写没有了兴趣和热情。尽管宋以后大量的话本、戏曲、小说等都是白话文学史的上好材料,特别是元代,无论是杂剧、散曲还是小说,均最符合胡适的标准,(当时胡适曾以为施耐庵、罗贯中都是元末的人)。但是那些开创性的思想已经在上半部分得到了较充分的阐释,区分文学作品的价值和质量的标准既是以白话为准,似乎要说的话已经不多,或者说一部白话文学史到此已经完成,除非从社会学角度或叙事学角度等方面再辟新路。
>
> 另外,他的白话文学思想也部分为学界所接受,或者说是五四一代人的共识,如陈独秀、鲁迅、傅斯年等均有相似的表述,再如郑振铎,其《插图本中国文学史》和其后的《中

---

[1] 参见扬子:《说说胡适的两部"断尾"史》,《中华读书报》,2010年1月29日。

国俗文学史》显然也是受这一思潮深刻影响。[1]

胡适没有续写下去的个中原因可能尚待进一步挖掘。但如果回到《白话文学史》问世伊始的历史现场，文坛当时对此书的评价也是需要考虑的一个因素。证诸当年舆论界的评论，对此书持批评态度的也大有人在。

《白话文学史》的上卷共十六章，从汉朝民歌写到唐朝新乐府，侧重的是白话文学发展史。尽管本书名为《白话文学史》，但胡适立意更为高远，在《白话文学史·自序》中称："这书名为'白话文学史'，其实是中国文学史。"因为"'白话文学史'就是中国文学史的中心部分。中国文学史若去掉了白话文学的进化史，就不成中国文学史了，只可叫做'古文传统史'罢了。"恰如王瑶所说："几乎每一位研究中国文学学者的最后志愿，都是写一部满意的中国文学史。"[2]《新月》上该书的广告即称"本书特别注重'活文学'的产生与演进，但于每一个时代的'传统文学'也都有详明的讨论"，这肯定道出了胡适"实则中国文学史"的本意。而关于"白话文学"的"白话"，胡适则说："'白话'有三个意思：一是戏台上说白的'白'，就是说得出、听得懂的话；二是清白的'白'，就是不加粉饰的话；三是明白的'白'，就是明白晓畅的话。"胡适正是借助这种"白话"观去筛选中国古代文学，筛子上剩下来的即是白话文学："依这三个标准，我认定《史记》《汉书》里有许多白话，古乐府歌辞大部分是白话的，佛书译本的文字也是当时的白话或很近

---

[1] 蒋原伦：《胡适白话文学史及其本质主义文学观》，《文艺研究》，2011年，第12期。
[2] 王瑶：《评林庚著〈中国文学史〉》，《清华学报》，1947年10月，第14卷第1期。

▲ 胡适像

于白话，唐人的诗歌——尤其是乐府绝句——也有很多的白话作品。这样宽大的范围之下，还有不及格而被排斥的，那真是僵死的文学了。"[1]

这一系列的表述，都引发了文坛的商榷。

批评的焦点之一是胡适在序中强调的"这书名为'白话文学史'，其实是中国文学史"的表述。在《新月》杂志登出的广告中也把《白话文学史》提升到"今日唯一的中国文学史"的高度：

> 作者本意只欲修改七年前所作《国语文学史》旧稿，但去年夏间开始修改时，即决定旧稿皆不可用，须全部改作。此本即作者完全改作的新本，表现作者最近的见解与工力。本书特别注重"活文学"的产生与演进，但于每一个时代的"传统文学"也都有详明的讨论。故此书虽名为《白话文学史》，其实是今日唯一的中国文学史。[2]

这种宣传策略以及胡适自己的说法，引起了书评人的一致诟病。如1929年《清华周刊》发表署名文章《评胡适白话文学史上卷》，即称读胡适的这部《白话文学史》"处处感觉到他的偏见，武断，杂乱无系统，这或者是'白话'两个字，害了他理想中的中国文学史吧？可是他又说：'这书名为白话文学史，其实是中国文学史。'要是胡先生真个不客气，说它是中国文学史，那么，我们

---

[1] 胡适：《白话文学史》上卷，上海：新月书店，1928年版，第13页。
[2] 载《新月》，1928年4月10日，第1卷第2号。

科学的精神是求知识。不是致用，只是求知，是纯粹"无所为"的好求知识，是求知识而求知识。这一点——为知识而求知识的科学精神——在当时是不容易使大家了解。当时人对于"科学"的见解多终不免误认科学是最有实用的知识，即如独秀，在他的心目中，科学的好处是破除一切迷信，把人类从黑暗里解放出来，引上光明的世界。至于一般人崇拜科学为富国强兵的根源，更不用说了。其实科学发达史上，真正创造科学的许多开山大师都只是为真理而寻求真理，为知识而寻求知识的工作者。英国诗人白朗宁（Robert Browning）有一篇著

▲ 胡适手稿

对于这书的批评,便更要加多了"[1]。上海《革命周报》上发表文章《读胡适之先生的〈白话文学史〉》说:"胡先生在序中说'这书名为白话文学史,其实是中国文学史'。我读了之后,总觉得有些文不对题。一,中国文学史应当从有文学作品时说起,而胡先生却从汉朝说起。二,胡先生的文学史中所举的例,都是韵文(诗和词),所举的代表作家亦是韵文作家,而对散文及散文作家却一字不提,似乎只认韵文才是白话或近于白话的文学作品的样子其实这是胡先生的偏见。"[2]

批评的焦点之二是胡适对"白话"的理解。《一般》杂志刊载署名杨次道的文章,就胡适关于"白话"的核心议题加以评说:"即就适之'白话文学'的主张而言,一,说得出听得懂,二,不加粉饰,三,明白晓畅其实这都是修辞学上最低的限度,并不是修辞上最高的能事。而且同一篇作品,在你看了清楚明白,在他看了曲折深奥。仁者见仁智者见智,原无一定的标准。"[3]与钱锺书、吴晗、夏鼐并称为清华"文学院四才子"的张荫麟也撰文指出胡适此书定义混乱,筛选和褒贬多由主观的毛病,在复述了胡适关于白话的三个"意思"之后,作者写道:

> 吾人观此定义,其最大缺点,即将语言学上之标准与一派文学评价之标准混乱为一。夫朴素之与华饰,浅显之与

---

[1] 张旭光:《评胡适白话文学史上卷》,1929年12月7日《清华周刊》第32卷第8期(第473号)。这篇文章又以"张大东"的署名在《国闻周报》1929年6月9日第6卷第22期上重复发表。
[2] 圡文:《读胡适之先生的〈白话文学史〉》,《革命周报》,上海,1929年9月,第101—110期合订本,第11册。
[3] 杨次道:《读胡适之白话文学史》,《一般》,1929年11月,第6卷第3号,第414页。

蕴深，其间是否可有轩轾之分，兹且不论，用文言之文法及 Vocabulary 为主而浅白朴素之文字，吾人可包括之于白话，然用语体亦可为蕴深或有粉饰之文笔。吾人将不认其为白话文乎？胡君之所谓白话，非与文言之对待，而为 Wordsworthian 之与 Non-Wordsworthian 之对待。审如是，则直名其书为中国之 Wordsworthian 文学史可耳。何必用白话之名以淆观听哉？[1]

在当年诸种评论文章中，张荫麟的这篇精心之作堪称最具有客观性和学理性。其客观性同时表现在并未把《白话文学史》一棍子打死，而对其突出贡献也有中肯的评价：

此书之主要贡献，盖有三焉。

（一）方法上，于我国文学史之著作中，开一新溪径。旧有文学通史，大抵纵的方面按朝代而平铺，横的方面为人名辞典及作品辞典之糅合。若夫趋势之变迁，贯络之线索，时代之精神，作家之特性，所未遑多及，而胡君特于此诸方面加意。

（二）新方面之增拓。如《佛教的翻译文学》两章，其材料皆前此文学史上作家所未曾注意，而胡君始取之而加以整理组织，以便于一般读者之领会也。

（三）新考证，新见解。如《自序》十四及十五页所举王梵志与寒山之考证、白话文学之来源及天宝乱后文学之特别色彩

---

[1] 张荫麟：《评胡适〈白话文学史〉上卷》，《大公报·文学副刊》，1928年12月3日，第48期。

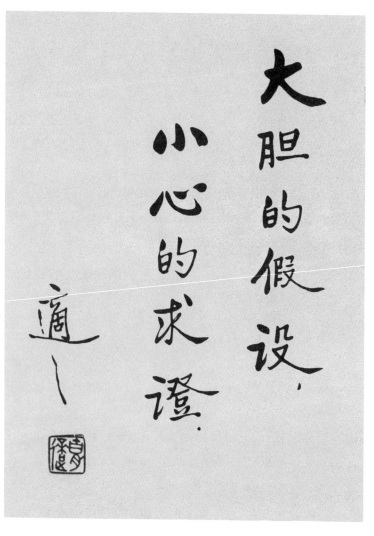

▲ 胡适手迹

等，有极坚确不易者。至其白话文之简洁流畅，犹余事也。

而同样从方法论和世界观的角度立论的是李泽厚："胡适自己以及所谓'胡适派'的许多人的工作，都多半表现为一些细枝末节的考证、翻案、辨伪等等……但就总体来说，胡适以及'胡适派'的学者们对中国通史、断代史、或思想史、哲学史，都少有具有概括规律意义的宏观论点、论证或论著。""他之所以永远不能完成他的《中国哲学史》，而花几十年去搞《水经注》的小考证，都反映了、代表了、呈现了他的这种方法论，而且这不止是方法论，同时是他的世界观和个性特点。"[1]李泽厚的评价或许揭示的是胡适的两部断尾史的下卷难以为继的更内在的原因。

---

[1] 李泽厚:《中国现代思想史论》，北京：东方出版社，1987年版，第97—98页。

"南国诗人"田汉与南国社首次沪上公演

施蛰存在《南国诗人田汉》一文中回顾了自己在20年代上海大学时期的老师田汉所办的半月刊《南国》名字的由来：

> 《南国》有一个法文刊名"lemidi"，意思是"南方"。歌德的《迷娘歌》里曾说到南方是"橙桔之乡"，是浪漫的青年男女的乐园。田老师就用这个典故，给他的文艺小刊物取名。后来他组织剧运，也就用"南国"为剧社的名称。
>
> 当时，田老师还是一个热情的浪漫主义者，他写的初期剧本，也都是浪漫主义的。他是湖南人，永远怀念着他的橙桔之乡。他曾经自称为"南国诗人"，给我们朗诵过苏曼殊的诗："忽闻邻女艳阳歌，南国诗人近若何？欲寄数行相问讯，落花如雨乱愁多。"[1]

---

[1] 施蛰存：《南国诗人田汉》，《北山散文集》（一），上海：华东师范大学出版社，2001年版，第296页。

▲ "南国诗人"田汉

对南国时期的田汉来说,恐怕没有比"南国诗人"更好的命名了。贯穿整个田汉南国时期的创作与演出实践的,正是一种浪漫主义的"南国"气质。这种气质决定了田汉这一时期剧本的艺术主题、剧场氛围和审美风格,甚至也决定了主人公形象的选择。《南归》《苏州夜话》《名优之死》《湖上的悲剧》《古潭的声音》都是以诗人和艺术家为主人公。《南归》中的男主人公更是集流浪诗人和波西米亚艺术家于一身的形象:

> 我孤鸿似地鼓着残翼飞翔,
> 想觅一个地方把我的伤痕将养。
> 人间哪有那种地方,哪有那种地方?
> 我又要向遥远天边的旅途流浪。

即使《古潭的声音》中被诗人拯救出来安置在古潭边楼上的舞女也同样有波西米亚艺术家的气质:

> 我是一个漂泊惯了的女孩子,南边、北边,黄河、扬子江,哪里不曾留过我的痕迹,可是哪里也不曾留过我的灵魂,我的灵魂好像随时随刻望着那山外的山,水外的水,世界外的世界……我本想信先生的话,把艺术作寄托灵魂的地方,可是我的灵魂告诉我连艺术的宫殿她也是住不惯的,她没有一刻子能安,她又要飞了……

她这次"飞"往的地方是充满着灵的诱惑的古潭。在南国社沪上公演的戏单里是这样介绍这出戏的剧情的:"取日古诗人'蛙跃古池中'意。写一诗人从物的诱惑中救出一舞女,居之寂寞的高楼上,及至归来,则此女郎又受灵的诱惑,跃入楼下古潭。诗人为复仇,欲将古潭捶碎,但诗人之声与古潭之声俱远矣。"

《古潭的声音》最早的动机产生于1921年田汉读日本诗人松尾芭蕉的俳句"古潭蛙跃入,止水起清音"所受到的触动,当时田汉就想构思一出围绕古潭的戏剧。《田汉戏曲集》第五集自序谈及《古潭的声音》的最初构想:"在我的想象中的这脚本,做那跃入古潭里的蛙的是一诗人,而在将要跃入的那刹那留住他的是他的老母,于是这里有生与死,迷与觉,人生与艺术的紧张极了的斗争,——这是我最初就想要捉牢的'呼吸'。"田汉从古潭蛙跃入的情境中试图"捉牢"的是人生、艺术与形而上的多重动机。其中的"形而上"的追求,按照美国汉学家康斯坦丁·东的说法,集中表现在田汉探索"未知"的倾向中,而"这种对于未知的探索,和对超乎静止、世俗的现实之外不确定的幸福的寻找,在《古潭的声音》里变得更为怀旧而热烈,更为象征化与神秘化了"[1]。

无论是《南归》中的诗人,还是《古潭的声音》中的舞女,在某种意义上都是田汉自我的投射。而《湖上的悲剧》按田汉的自叙,也同样是"反映我当时世界观底一首抒情诗,什么都涂了浓厚的我自己的色彩"。这种融自我与超验于一体的风格,正是"南国"期田汉的"新浪漫主义"的真髓。"所谓新浪漫主义,便是想要从眼睛所看到的物的世界去窥破眼睛看不到的灵的世界,由感觉所能接触到

---

[1] 康斯坦丁·东:《孤独地探索未知:田汉1920—1930年的早期剧作》,《田汉专集》,柏彬、徐景东等编,南京:江苏人民出版社,1984年版。

的世界去探知超感觉世界的一种努力。"[1]这一时期田汉的戏剧观，可以概括为对"灵与肉的冲突与调和"的探讨，田汉也堪称是较早地感受到灵与肉的分离与冲突这一"新浪漫主义"精神现象的戏剧家，并以对灵与肉的调和的追寻，触碰到了五四时期特有的现代精神的核心。正如康斯坦丁·东在《孤独地探索未知：田汉1920—1930年的早期剧作》中指出："没有一个现代中国戏剧家在20年代享有比田汉更高的声誉了。田汉获得盛名的一个原因，就是他能够将自己的剧作与那浑沌的、混乱不定的时代情绪和气质融为一体。他的剧本不但反映了时代，而且给予时代以诸多的影响。"[2]

"南国"时期的田汉，最能代表这种"浑沌的、混乱不定的时代情绪和气质"，而田汉的气质，其实也可以看成是整个南国社精神特征的缩影。南国社堪称是现代文学史上最具有波西米亚气质的浪漫主义团体，汇聚了一批典型的都市流浪艺术家[3]。南国社的成员陈白尘曾经这样回顾自己所隶属的这一群体："1928年3月起，荒凉的西爱咸斯路上突然多了一群生气勃勃的青年男女，他们或者长发披肩，高视阔步；或者低首行吟，旁若无人；或者背诵台词，自我欣赏；或者男女并肩，高谈阔论；他们大都袋中无钱，却怡然自得，作艺术家状。这就是我们南国艺术学院的学生，他们把上海的

---

[1] 田汉：《新浪漫主义及其它》，《田汉文集》第14卷，石家庄：花山文艺出版社，2000年版，第168页。
[2] 康斯坦丁·东：《孤独地探索未知：田汉1920—1930年的早期剧作》，《田汉专集》，柏彬、徐景东等编，南京：江苏人民出版社，1984年版。
[3] 葛飞认为"上海的'波希米亚人'是东方的才子气和西方恶魔主义、浪漫主义的混合物。波希米亚式艺术家是一个世界性景观，然从传统的现代转换角度立论，我们可以说，中国的'波希米亚人'实在是自放于'海'的才子。"见葛飞：《戏剧、革命与都市漩涡——1930年代左翼剧运、剧人在上海》，北京：北京大学出版社，2008年版，第77页。

西爱咸斯路当作巴黎的拉丁区。"[1]他们的姿态或许多少显得刻意,但是一种自由和解放的浪漫情怀也正由这种张扬的姿态所标举。

《上海画报》"南国戏剧特刊"发表文章用充满诗情的语言不遗余力地赞颂南国社:

> 南国是国内当代惟一有生命的一种运动。
>
> 南国,浪漫精神的表现——人的创造冲动为本体争自由的奋发,青年的精灵在时代的衰朽中求解放的征象。
>
> 从苦闷见欢畅,从琐碎见一致,从穷困见精神——南国,健全的,一群面目黧黑衣着不整的朋友;一小方仅容转侧的舞台,三五个叱咤立办的独幕剧——南国的独一性是不可错误的;天边的雁叫,海波平处的兢霞,幽谷里一泓清浅的灵泉,一个流浪人思慕的歌吟;他手指下震颤着弦索,仙人掌上俄然擎出的奇葩——南国的情调是诗的情调,南国的音容是诗的音容。[2]

这篇文章的作者择取了一系列与浪漫精神相匹敌的语词:冲动、自由、奋发、精灵、解放、苦闷、欢畅、穷困、健全……虽然文风略显华丽雕琢,但赞美之情是发自内心的。尤其是"独一性"的说法,道出的是南国社的无可替代性。而用"诗的情调"和"诗的音容"来概括南国,则透过戏剧的形式捕捉的是诗的内里。

---

[1] 陈白尘:《对人世的告别》,北京:三联书店,1997年版,第310页。
[2] 徐志摩:《南国的精神》,《上海画报》,1929年7月30日,第492期"南国戏剧特刊"。有研究者认为《南国的精神》为诗人徐志摩所作,参见朱勇强《新发现的徐志摩佚文〈南国的精神〉》,《中国现代文学研究丛刊》,1986年,第3期。

▲ 1928年南国艺术学院的学生们

这篇热情洋溢的文章以及与该文章同一版面刊出的陆小曼的题词"南国光明",评价的是南国社的上海公演。

1927年底,田汉与欧阳予倩、徐悲鸿等商议把"南国电影剧社"改组为"南国社",并"由研究室开始向社会作实际活动"[1],这种"实际活动"的主题即是后来南国社的一系列戏剧演出活动。

南国社演出伊始,首先面临的是一系列的窘境和困难。洪深在《南国社与田汉先生》中道出了这些难处:

> 我们有五重困难,我们缺少了五样紧要东西:一没有剧本,二没有演员,三没有金钱,四没有剧场,五没有观众。幸而田汉是个跌不怕,打不怕,骂不怕,穷不怕的硬汉。没有剧本么?他自己来翻译,自己来创作;没有演员么?寻几个同志,组织一个南国社,刻苦的练习起来;没有金钱么?索性不希望国家的津贴,有钱人的资助,自己负了债来穷干;没有剧场么?先寻一个小剧场,或者借人家的剧场;观众不来么?我们自己走到观众那里去,拿出些好东西给他们看看,再对他们说,还有比这个更好的东西藏在家里呢,慢慢地引观众走入我们门里来。[2]

可以说,支撑着"跌不怕,打不怕,骂不怕,穷不怕"的田汉的也正是一种浪漫主义的精神,从而以大无畏的气概,"知其不可为而为之"地推动着自己的戏剧创作和南国社的演出,并使得这场

---

[1] 田汉:《我们的自己批判》,《南国》月刊,1930年,第2卷第1期,第110页。
[2] 洪深:《南国的戏剧·代序》,阎折梧编:《南国的戏剧》,上海:上海萌芽书店,1929年版,第2—3页。

▲ 陆小曼给南国社公演题词"南国光明"

"在野的艺术运动"取得了即使当事人都有些难以置信"如在梦中"一般的成功。《民国日报》在南国社1929年1月赴南京演出期间曾每日开辟"南国专刊",登出了题为"万人空巷迎南国"的文章,称"中国之有新戏剧,当自南国始"[1]。

南国社的首次公演则是在1928年12月15日,选择的上海方浜路梨园公所的剧场,上演的剧目有一幕抒情剧《古潭里的声音》[2]、一幕悲喜剧《苏州夜话》、一幕喜剧《生之意志》、一幕诗剧《湖上的悲剧》、两幕悲剧《名优之死》[3]。田汉对扮演《名优之死》中的名优刘老板刘振声的演员洪深最为推重,称自己的老友洪深"那时刚刚从戏剧协社脱退出来,也有一肚子抑郁磊落的情怀,而他又会唱些京戏,他真是一个刘老板"[4]。其他演员也群情激奋,跃跃欲试。陈明中在《第一次公演的意义》以及《第一次公演三日以后》两篇文章中充满激情地描述了第一次公演的前前后后:

> 在朔风凛冽的冬日,在雪月争辉的深宵,有一群"波西米亚人"踯躅于法租界金神父路的新新里日晖里之间,凡一月有余之久——这是南国社公演前的一批演员与职员在工作后归

---

[1] 参见阎折梧编:《南国的戏剧》,上海:上海萌芽书店,1929年版,第132页。
[2] 《古潭里的声音》为此剧在1928年12月最初公演以及最初发表在《南国周刊》上的名字。再度发表在《南国》月刊1929年第1卷第2期时更名为《古潭的声音》,《编辑后记》中称:"'古潭里的声音'以前在南国周刊上发表过,但那是独角戏,现在恢复她的原状改成母子两人了。"《田汉戏曲集》第5卷自序也谈及第二稿的改动:"在由广州回后第二次公演的剧本依旧有所谓《古潭的声音》,而且这声音更加悠长而繁复了。本来只有几千字的现改成万以上了,本只一个角色——诗人的,现添上诗人之母了。"
[3] 参见田汉《我们的自己批判》,《南国月刊》,1930年5月20日,第2卷第1期。
[4] 参见丁景唐:《上海的田汉故居和南国社旧址——田汉在打浦桥日晖里的时候》,《新文化史料》,1998年,第2期。

去安息了。而他们每个人所憧憬着的是公演的三天有广大的观众将接受他们热情的赠礼!

公演的日期快要到了!每个社员都在热诚的期待……期待的是什么?——

"观众的热闹"与"金钱的获得"乎?

"真实的人性"之捕捉与"同情的慰安"之追寻乎?

"戏剧运动"的进展与"南国的风情"之发扬乎?[1]

这一系列的"乎",既蕴含着演职员们对公演的"热诚的期待",也体现着对南国社公演的意义的多重性理解。而当演出终于开始之后,沪上传媒登载了观众如下的反映:"这次公演的观众每场都是挤满了全剧场;在第一天日场大半的观众都是十二点半钟就到了,直等到三点钟才开幕,然而在这整整的两个半钟头之内,从没有听见一声鼓掌催促的声音……表演的时候,观众都能静静地听着,看着,细味着,而没有半点儿喧声……"[2]

陈明中在演出之后也如实写下自己"梦一般"的感受:"好像是飘渺的梦一样度过了三天,千百个不相识的灵魂闯入了一座幽秘的荒园,——呵,那不是南国在梨园公所的公演吗?灼热的眼泪呀!得意的笑颜呀!同情的慰安呀!感谢观众一致的爱护,你们给与我们的惠赐,已经够满足了。"[3]

这次沪上公演按计划从12月15日到17日演出五场,结果"场

---

[1] 明中:《第一次公演的意义》,阎折梧编:《南国的戏剧》,上海:上海萌芽书店,1929年版,第97页。
[2] 小丽:《不断地干吧》,《民国日报》"闲话栏",上海,1928年12月20日。
[3] 明中:《第一次公演三日以后》,阎折梧编:《南国的戏剧》,上海萌芽书店,1929年版,第97—98页。

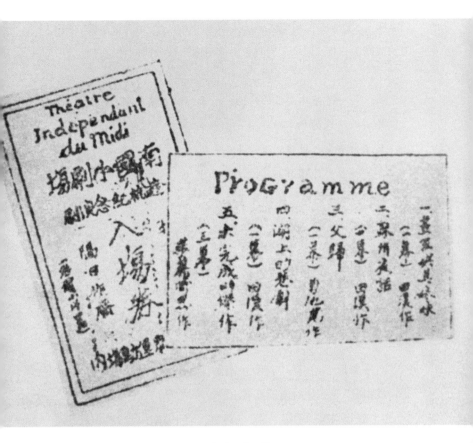

▲ 1928年南国社赴杭州旅行公演的入场券和节目单

场满座",于是在12月22、23日又续演两天[1]。次年阎折梧编的《南国的戏剧》一书,记录了当时各媒体对南国社公演的评价:

> 第一是字林西报的评论,对于此次表演各剧,均甚赞美;并谓田汉氏的剧本原很成功,而又得左明氏唐淑明女士两个天才的演员之帮助,所以"相得益彰";而于其余演员,亦谓各有特长。民国日报青白栏有万里君之《到南国去!》一文,末谓"朋友们!假使你愿意鉴赏艺术——鉴赏真正的戏剧艺术的话,那末也请到'南国'去!假使你愿意看看我们这一群'波西米亚人'从穷苦和一切的艰难中干出来的戏剧成绩的话,那末也请到南国去!"……此外民众日报"花花絮絮"栏有莫邪与静远两君的批评,也认为"南国这次公演,实是现在上海戏剧运动的第一燕,其功绩是不可埋灭的"。[2]

有一家报纸还引用"红豆生南国,春来发几枝,愿君多采撷,此物最相思"来表达对南国社演出的惊艳之感[3]。

"上海戏剧运动的第一燕"的评价,对于"南国诗人"田汉筚路蓝缕的戏剧实践堪称是最好的褒奖。当田汉再吟诵起苏曼殊的诗"南国诗人近若何",当初那"落花如雨"般的"愁云惨雾"当云开雾散了吧。当然,在观众的各种反映中,也有对南国社演出的建议和批评,而这些建议和批评直接促成了田汉在30年代初期的转变。

---

[1]《南国公演的过去简记》,阎折梧编:《南国的戏剧》,上海:上海萌芽书店,1929年版,第218页。
[2] 阎折梧编:《南国的戏剧》,上海:上海萌芽书店,1929年版,第101—102页。
[3] 同上书,第133页。

中国化的"颓加荡"：邵洵美的唯美主义实践

邵洵美的第二本诗集《花一般的罪恶》1928年5月由他自己当老板的上海金屋书店出版，继诗集《天堂与五月》[1]之后进一步奠定了邵洵美作为中国的颓废－唯美派代表诗人的不二人选的地位。1929年2月在《金屋月刊》上刊发了一则关于《花一般的罪恶》的广告：

> 沉寂的诗坛，久不闻到花般的芬芳。邵先生谁也认为最努力于诗的一人。他的诗格，是轻灵的，娇媚的，浓腻的，妖艳的，香喷的；而又狂纵的，大胆的——什么的都说的出来，人家所不能说不敢道的。简直首首是香迷心窍是灵葩，充满着春的气息，肉的甜香；包含着诱惑一切的伟大的魔力。真值得我们欣赏，赞叹，沉醉在他的诗境里边。[2]

---

[1] 邵洵美：《天堂与五月》，上海：上海光华书局，1926年12月付印，1927年1月发行。
[2]《金屋月刊》，1929年2月1日，第1卷第2期。

《金屋月刊》正由邵洵美和章克标担任主编。因此，很有理由推断，这则广告与邵洵美本人脱不了干系，其风格本身就有邵洵美的颓废而唯美的诗风，轻灵，娇媚，浓腻，妖艳，庶几是《花一般的罪恶》的浓缩版。这一广告也的确形象地具现了邵洵美诗歌唯美主义以及颓废主义兼而有之的美学特征，揭示了诗集所代表的中国现代文坛"颓加荡"的典型诗风，连同他主编的唯美主义期刊（《狮吼》和《金屋月刊》等），一起汇入邵洵美孜孜努力的唯美主义的总体性实践之中。而《狮吼》和《金屋月刊》在20年代末30年代初的文坛也集结了一批唯美主义的爱好者，并以此为阵地，使得中国现代文学史出现了一个文学史家命名为"《狮吼》-《金屋》作家群"[1]的唯美主义群体。

而邵洵美本人的诗集《天堂与五月》《花一般的罪恶》以及1936年出版《诗二十五首》[2]则是践行颓废-唯美艺术主张的最好标本。其中《花一般的罪恶》以其少有的"狂纵""大胆"，更是引起了文坛的正反两方面的广泛关注。

翻阅初版本的《花一般的罪恶》，仅是诗集的封面也具有颓废-唯美色调，除了书名和作者，只在正下方绘了一大朵六瓣形的纯黑色的花，暗合了书名"花一般的罪恶"。这一封面设计正是出自邵洵美本人之手。

给诗集取名"花一般的罪恶"，或许是向颓废派诗歌的鼻祖，恶魔主义诗人波德莱尔的《恶之花》致敬。在同样由金屋书店出版的邵洵美评论集《火与肉》中的《史文朋》一文中，邵洵美对史文

---

[1] 参见解志熙在《美的偏至：中国现代唯美-颓废主义文学思潮研究》中的命名，上海：上海文艺出版社，1997年版。
[2] 邵洵美：《诗二十五首》，上海：上海时代图书公司，1936年版。

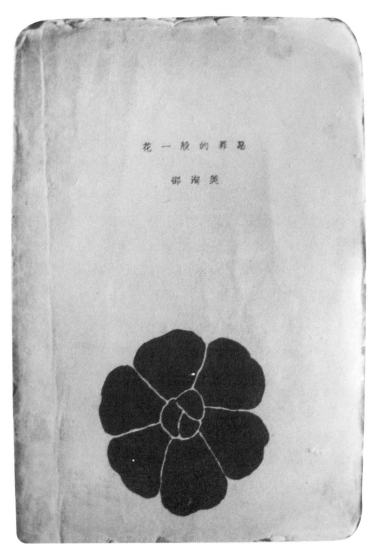

▲ 邵洵美为自己的诗集《花一般的罪恶》设计的封面

朋和波特莱尔的诗风做过如下评价：

> 他俩是创造主，是一切真的，美的，情的，音乐的，甜蜜的诗歌底爱护神。他俩底诗都是在臭中求香；在假中求真；在恶中求善；在丑中求美；在苦闷的人生中求兴趣；在忧愁的世界中求快活；简括一句说"便是在罪恶中求安慰"。[1]

这段评价堪称触及了史文朋和波德莱尔的核心追求，也道出了颓废美学的精髓所在。而邵洵美创意独具地把"颓废"翻译成了音译与意译兼具的"颓加荡"[2]，也使西方这一颓废主义的专有名词获得了30年代特有的中国化语境表达，或许也预示着邵洵美以自己的身体力行真正使西方的颓废审美中国化的努力。正因如此，苏雪林称邵洵美是"中国唯一的颓废诗人"，并对"颓加荡"的翻译加以申说："所谓'颓加荡'是个译音字，原文是 Decadent，这个字的名词是 Decadence，有堕落衰颓之义。中国颓废派诗人不名之为颓废而音译之为'颓加荡'倒也很有趣味。"[3]

而具体说来，邵洵美的这种"颓加荡"的趣味，虽然不乏波德莱尔和魏尔伦（邵洵美译成"万蕾"）式的颓废，但骨子里更是英国式的唯美。他似乎更赞赏的是王尔德和乔治·摩尔。在《贼窟与圣庙之间的信徒》一文中，他以惯用的夸张与矫饰表达了对摩尔的《一个少年的忏悔录》的倾慕："啊，这才是我理想中的忏悔录吓，

---

[1] 邵洵美：《史文朋》，《火与肉》，上海：金屋书店，1928年版，第20页。
[2] 解志熙则把邵洵美"首创"的"颓加荡"这一翻译称为"庸俗化译法"，参见《美的偏至：中国现代唯美-颓废主义文学思潮研究》，上海：上海文艺出版社，1997年版，第230页。
[3] 苏雪林：《论邵洵美的诗》，《文艺》，1935年11月1日，第2卷第2期。

我羡慕他的学问渊博,我羡慕他的人生观,他也和王尔德 O.Wilde 一般张着唯美派的旗帜,过着唯美派的生活,不过王尔德带着些颓废派的色彩,而他却有一种享乐派的意味。我以为像他那一种生活,才是真的生活,才是我们所需要的生活。"[1]这段话或许道出了邵洵美真正推崇的也许并不是波德莱尔的恶魔主义,而是一种唯美派兼享乐派的人生观。因此就可以理解何以邵洵美的诗作中,充满的是本能的欲望和官能的享受:

> 欲情的五月又在燃烧,
> 罪恶在处女的吻中生了;
> 甜蜜的泪汁总引诱着我
> 将颤抖的唇亲她的乳壕。
>
> 这里的生命像死般无穷,
> 像是新婚晚快乐的惶恐;
> 要是她不是朵白的玫瑰,
> 那么她将比红的血更红。
>
> ——邵洵美,《五月》
>
> 睡在天床上的白云,
> 伴着他的并不是他的恋人;
> 许是快乐的怂恿吧,

---

[1] 邵洵美:《贼窟与圣庙之间的信徒》,《火与肉》,上海:金屋书店,1928年版,第51—52页。

他们竟也拥抱了紧紧亲吻。

啊和这一朵交合了,
又去和那一朵缠绵地厮混;
在这音韵的色彩里,
便如此吓消灭了他的灵魂。

——邵洵美,《颓加荡的爱》

陈梦家称"邵洵美的诗,是柔美的迷人的春三月的天气,艳丽如一个应该赞美的艳丽的女人,只是那缱绻是十分可爱的。《洵美的梦》,是他对于那香艳的梦在滑稽的庄严下发出一个疑惑的笑。如其一块翡翠真能说出话赞美另一块翡翠,那就正比是洵美对于女人的赞美"[1],柔美艳丽却又妖冶放荡的女人确是邵洵美笔下的永恒的题材,正如苏雪林所说:"一切刺激中,女色当然是最基本的,最强烈的刺激,所以邵洵美的诗对于女子肉体之赞美,就不绝于书了。"[2]苏雪林还用"以情欲的眼观照一切"的说法概括邵洵美的诗。如她所论及的《春》:"啊,这时的花总带着肉气,/不说话的雨丝也含着淫意",如《花一般的罪恶》:"那树帐内草褥上的甘露,/正像新婚夜处女的蜜泪;/又如淫妇上下体的沸汗,/能使多少灵魂日夜迷醉。"这些诗作都印证着沈从文的批评:邵洵美"以官能的颂歌那样感情写成他的诗集。赞美生,赞美爱,然而显出唯美派人生的享乐,对于现世的夸张的贪恋,对于现世又仍然看到空

---

[1] 陈梦家编选:《新月诗选》序言,上海:新月书店,1933年版。
[2] 苏雪林:《论邵洵美的诗》,《文艺》,1935年11月1日,第2卷第2期。

虚"[1]。沈从文的观察或许揭示了中国式的唯美派兼享乐派的最大问题，即享乐的官能性，对于现世的"夸张的贪恋"，在官能的耽溺中却没有升华，尤其是匮乏西方的宗教感的渗透，只剩下世俗的无止境的享乐。

平心而论，与好友徐志摩相类，邵洵美的确具有鲜明的诗人气质，虽然他的诗歌也的确没有达到一流的境界。《诗二十五首》中有一首诗名为《你以为我是什么人》：

> 你以为我是什么人？
> 是个浪子，是个财迷，是个书生，
> 是个想做官的，或是不怕死的英雄？
> 你错了，你全错了，
> 我是个天生的诗人。

在某种意义上，邵洵美这首诗既是自我定位，也是自我申辩。因为精力旺盛的邵洵美简直是无所不能，出版家、翻译家、评论家、活动家、散文家、商人、编辑、诗人，集上海滩文人所能具有的职业于一身。因此，认为自己"是个天生的诗人"的邵洵美可能觉得有必要正人视听。《金屋月刊》上的广告便称邵洵美是"谁也认为最努力于诗的一人"，话虽说的有些满，却可以看成是邵洵美的自我期许。在《诗二十五首》长达十三页的自序中，邵洵美称："我写新诗已有十五年以上的历史，自信是十二分的认真；十五年来虽然因了干着吉诃德先生式的工作，以致不能一心一意去侍奉

---

[1] 沈从文：《我们怎样去读新诗》，《现代学生》创刊号，1930年10月。

▲ 徐悲鸿 1925 年所绘邵洵美像

诗神,可是龛前的供奉却从没有分秒的间断,这是我最诚恳最骄傲的自由。"[1]这番话同时可能是针对鲁迅对他的批评的某种无意识的辩解。鲁迅在《准风月谈》后记里曾说:"邵洵美先生是所谓'诗人',又是有名的巨富'盛宫保'的孙婿,将污秽泼在'这般东西'的头上,原也十分平常。但我以为作文人究竟和'大出丧'有些不同,即使雇得一大群帮闲,开锣喝道,过后仍是一条空街,还不及'大出丧'的虽在数十年后,有时还有几个市侩传颂。穷极,文是不能工的,可是金银又并非文章的根苗,它最好还是买长江沿岸的田地。然而富家儿总不免常常误解,以为钱可使鬼,就也可以通文。使鬼,大概是确的,也许还可以通神,但通文却不成,诗人邵洵美先生本身的诗便是证据。"[2]鲁迅的话可能很深地伤害了自命一个"诗人"的邵洵美的自尊。尽管邵洵美及其同党们对鲁迅的谩骂也同样不绝如缕且有过之无不及[3]。

其实,即使从诗歌创作本身出发,对邵洵美这种"颓加荡"的风格,文坛的批评声也从来就没有断过。如孙梅僧于《苦茶》第四期发表文章,指责邵洵美的诗歌肉欲气息太重,通篇充斥着"火"、"肉"、"吻"、"毒"、"舌"、"唇"、"玫瑰"、"处女"等字句的堆砌,却叫人看不懂,同时指出"唯美""顾名思义应该用全副的精神去创造美",而邵洵美却误入歧途[4]。即使是新月派同人也试图与邵洵美式的唯美主义撇清关系:"我们不敢附和唯美与颓废,因为我们

---

[1] 邵洵美:《诗二十五首》,上海:上海时代图书公司,1936年版,第1—2页。
[2] 鲁迅:《准风月谈·后记》,《鲁迅全集》,第5卷,北京:人民文学出版社,1981年版,第384页。
[3] 参见王京芳:《邵洵美和鲁迅》,《鲁迅研究月刊》,2009年,第6期。
[4] 参见邵洵美:《关于〈花一般的罪恶〉的批评》,《狮吼》半月刊复活号,1928年,第1期。

不甘愿牺牲人生的阔大,为要雕镂一只金镶玉嵌的酒杯。美我们是尊重而且爱好的,但与其咀嚼罪恶的美艳不如省念德性的永恒,与其到海陀罗凹腔里去收集珊瑚色的妙药还不如置身在扰攘的人间倾听人道那幽静的悲凉的清商。"[1]至于瞿秋白等左翼批评家则直接斥责唯美派的创作为"色情"[2]。

文学史家则对邵洵美表现出具有不同倾向性的判断。李欧梵在《上海摩登:一种新都市文化在中国1930—1945》中认为邵洵美的诗歌具有一种"风格上的力量",这种力量体现为"大肆铺张了建筑在'物'上的华美多彩的意象——天然或人工物品,尤其是花、植物、水和奇石——以此营造一个'原质幻想'世界,也即欧洲艺术中对'颓废想象'的一个重要特征",邵洵美的诗同时也表现出一种"缤纷的想象力"[3];解志熙则称《花一般的罪恶》"只有赤裸裸的感官欲望和生命本能的宣泄,呈现给读者的是有所谓女性的'红唇'、'舌尖'、'乳壕'、'肚脐'、'蛇腰'直至女性的'下体'所组成的'视觉之盛宴',而唯一的主题即是鼓励人们在颓废的人间苦中及时行乐","如果说邵洵美对中国唯美-颓废主义文学思潮有什么独特'贡献'的话,那就是他率先将美感降低为官能快感,并藉唯美之名将本来不乏深刻人生苦闷的'颓废'庸俗化为'颓加荡'的低级趣味"[4]。

文学史研究者还对邵洵美编辑和出版实践里反映出的唯美主

---

[1]《〈新月〉的态度》,《新月》创刊号,1928年3月10日,第6—7页。
[2] 瞿秋白:《猫样的诗人》,《瞿秋白文集》(一),北京:人民文学出版社,1953年版,第270页。
[3] 李欧梵:《上海摩登:一种新都市文化在中国1930—1945》,北京:北京大学出版社,2001年版,第266—267页。
[4] 解志熙:《美的偏至:中国现代唯美-颓废主义文学思潮研究》,上海:上海文艺出版社,1997年版,第229—230页。

义的追求进行了探讨[1]。邵洵美编辑的《狮吼》和《金屋月刊》都模仿了英国的两份唯美主义杂志《黄面志》和《萨伏依》,在杂志插图和封面的设计上,也刻意模仿比亚兹莱画风,他主持的金屋书店所出版的书籍也同样讲究新颖别致,风格唯美。有论者这样追述邵洵美在书籍的装帧设计上所用的心思:

> 在当时金屋书店出版的书籍,最精致也最讲究。书页不是用古雅的米黄色的书纸,就是用粗面的重磅厚道林纸,虽则是薄薄的一本三四十页的小书,看起来,却显得又厚又可爱。封面又是在芸芸的出版物当中,别出心裁,使爱书家常常不可释手。在当年的出版物中,除创造社的书价较贵之外,要算金屋书店的书价最昂。[2]

与出版物相匹配的是金屋书店的风格,据章克标回忆,"这时的金屋书店,虽然只是小小的一个靠马路的单间,却由他自己设计监造,很费心地装修了一下。因为靠马路有大的玻璃橱窗,很可以陈列些书,布置的美观大方。招牌用黑底金字,门面装潢也金碧辉煌,富丽堂皇,十分典雅。店里面设备也好,沙发、写字台、营业柜台、陈列的书架,都是配合房间的大小而特制的"[3]。尽管鲁迅曾讽刺邵洵美是通过"开一只书店,拉几个作家,雇一些帮闲,

---

[1] 参见费冬梅:《"花一般的罪恶"——论邵洵美的唯美主义实践》,北京大学硕士论文,2010年。
[2] 温梓川:《邵洵美金屋藏娇》,《文人的另一面——民国风景之一种》,桂林:广西师大出版社,2004年版,第264页。
[3] 章克标:《不成功的金屋》,《章克标文集》(下),上海:上海社会科学院出版社,2003年版,第130页。

出一种小报","捐做'文学家'"[1]，但装潢精致典雅的金屋书店毕竟发挥了邵洵美汇聚文学圈子的"会宾楼"兼"文艺客厅"的功能，为邵洵美的文坛交游提供了一个有唯美品味的空间。在社交场合，邵洵美也呈现出一个"唯美主义者"的形象，仿效乔治·摩尔、王尔德等西方的唯美主义者，讲究服装和修饰，注重谈吐的优雅风趣，试图像乔治·摩尔那般做个流连于"跳舞场，酒吧间，街上的学生"。"概而言之，无论是着装、谈吐还是赌博、抽鸦片，邵无不奉行'为艺术而生活'的信条，往往略过内容，而直接关注其审美化和形式的层面。以上种种，都在当年的文坛建构了一个兴趣广泛、具有艺术家气质的'唯美的纨绔子'形象。"[2]

章克标对这一"唯美的纨绔子"有如下评价：

> 我觉得洵美一个人有三个人格，一是诗人，二是大少爷，三是出版家。他一生在这三个人格中穿梭往来，盘回反复，非常忙碌，又有调和……这三个人格得以调和与开展，主要依靠金钱资财。大少爷要挥霍结交，非钱不行；办出版事业、开店当然需要资本，而且未必一定会赚钱，赔了本时，还得把钱补充、追加进去；做诗人似乎可以不要钱了，古时贫苦而闻名天下的诗人很多，但现代社会，做诗人要结社集会，要出刊物，印集子，参加各种社会活动，到处都得花钱。所以钱是最为必须的一种基础，基本的根基，有了钱才可以各

---

[1] 鲁迅：《准风月谈·各种捐班》，《鲁迅全集》，第5卷，北京：人民文学出版社，1981年版，第264页。
[2] 费冬梅：《"花一般的罪恶"——论邵洵美的唯美主义实践》，北京大学硕士论文，2010年。

▲ 邵洵美给徐志摩和陆小曼画的漫画，上写："一个茶壶，一个茶杯，一个志摩，一个小曼。"

方面有展布。

在章克标看来,邵洵美之所以在三个人格之间游刃有余地穿越,从根本上说取决于"大少爷"这一角色,以及"钱"所奠定的"基本的根基"。"这便将邵洵美的文学艺术活动的'根基'剥落出来,相对邵洵美对自身艺术身份的推重而言,章克标这个'无产者'从自身角度对其进行观照,揭示出了更为深刻的问题。从这里,我们发现了邵洵美身份的尴尬,发现了其自我认同与他人认知之间的罅隙所在。"[1]

而重释邵洵美唯美主义的实践,在还原其应有的历史原初面貌的同时,也同样会发现其尴尬的文化处境。正如有研究者指出的那样:"海派唯美主义产生的是欲望的人,而非审美的人。""唯美主义是非常精英化的事物,而它的海派继承者则把它进行了实用主义的转化,由针对中产阶级的对台戏变为世俗上层(中国的中产阶级)的时髦消费品,由超道德变为人之常情式的道德,由反社会变成反激进变革,赤子之心变为自我安慰、自欺欺人的人格弱点,无用之用的社会批判功能变成较低级的自我安慰功能,精英主义变为平庸主义,恶之花变为猥琐之花……,一言以蔽之,唯美主义传入上海变成了它原本所代表的事物的反面。"[2]这一评判虽然显得有些过于严厉,但也切中了唯美主义固有的要害。

---

[1] 费冬梅:《"花一般的罪恶"——论邵洵美的唯美主义实践》,北京大学硕士论文,2010年。
[2] 参见赵元:《论"海派-唯美派"的文学》,北京大学硕士论文,2001年。

巴黎情境与巴金的国际主义视景

巴金在 1934 年出版的《巴金自传》中这样回溯自己的长篇小说处女作《灭亡》[1]1927 年在巴黎写作时的情形：

> 每夜回到旅馆里，我稍微休息了一下这疲倦的身子，就点燃了煤气炉，煮茶来喝。于是巴黎圣母院的悲哀的钟声响了，沉重地打在我的心上。
>
> 在这样的环境里过去的回忆又继续来折磨我了。……我想到那过去的爱和恨。悲哀和欢乐，受苦和同情，希望和挣扎，我想到那过去的一切，我的心就像被刀割着痛，那不能熄灭的烈焰又猛烈地燃烧起来了。为了安慰这一颗寂寞的青年的心，我便开始把我从生活里得到的东西写下来。每晚上一面听着圣母院的钟声，我一面在一本练习簿上写一点类似小说的东西，这样在三月里我写成了《灭亡》前四章。[2]

---

[1] 巴金:《灭亡》，原载《小说月报》，1929 年 1 月至 4 月，第 20 卷第 1 号至第 4 号，上海：上海开明书店，1929 年版。
[2] 巴金:《巴金自传》，上海：第一出版社，1934 年版，第 144—145 页。

考察巴金创作的一生，最初走上写作道路时的巴黎情境对他具有至关重要的决定作用。在异域的孤寂的环境中，巴金的爱与恨、悲哀和欢乐、受苦和同情、希望和挣扎……诸种情感烈焰般地在心中燃烧，冶炼成长篇小说《灭亡》，也把一种空前浓烈的情感强度灌注到小说的字里行间，进而孕育成为巴金一生的写作风格的酵母。

巴黎期间，在巴金的思想历程中具有重要意义的事件还有巴金充满激情地投入的具有国际共产主义性质的声援活动，声援的对象是即将被美国政府处死的两位意大利人——沙柯（N. Sacco）和鱼贩子樊宰底（B. Vanzetti）：

> 于是我不再在卢骚的铜像前哀诉了。我不再是失了向导的盲人了。我不再徘徊了。我已经找到了我的向导。那个德丹监狱里的囚徒，意大利的鱼贩子在我的眼前变成了比"日内瓦公民"还要伟大的巨人。"全世界中最优美的精神"如今不存在于大学里、学院里、书斋中、研究室里了。他是在全圆国家的一个监狱内，一个刑事犯的囚室内。
>
> 于是我怀着感动而紧张的心情，像朝圣地的进香客那样地虔诚，坐在我的寂寞冷静的屋子里，用大张的信纸将我的胸怀，我的悲哀，我的挣扎，我的希望……完全写下来，写给那个德丹监狱里的囚徒。我的眼泪和希望都寄托在那些信笺上面了。
>
> 一个阴雨的早晨我得到了从波士顿寄来的邮件，除了一包书外，还有一封英文长信，一共是四张大的信笺，而且是两面写的。我看见颤抖似的笔迹和奇怪的拼字法与文法，我的眼泪就流出来了。我热烈地读着这封信，声音和手都抖得

▲ 巴金《灭亡》的封面

厉害，我每读几行就要停顿一下，因为有什么东西堵塞了我的咽喉。

他的信是以感谢的句子开始的。他感谢我的同情和信任，他说："青年是人类的希望。"又说："你必须再生活若干惨痛的岁月，才可以懂得你给了垂死的老巴尔托以何等的快乐和安慰。"……他跟我谈话像父亲对儿子，哥哥对兄弟。他说他应该使我明白这一切，以后我才会有勇气来面对生活的斗争，不致感到幻灭。他叫我要忠实地生活，要爱人、帮助人。最后他还以兄弟般的快乐的心情拥抱我。

四页信笺就这样地结束了。我痴痴地坐在桌子前，好像是在做梦。我把信拿在手里，读了又读。我终于伏在桌上哭了。

从此我的生活有了目标，而我也有面对生活斗争的勇气了。我说我要生活下去，而且要经历惨痛的岁月，即使那个"全世界中最优美的精神"会消灭在电椅上，我也要生活下去，我要做他所叫我做的事。[1]

在《灭亡》序中，巴金称："我有一个'先生'，他教我爱，他教我宽恕。然而由于人间的憎恨，他，一个无罪的人，终于被烧死在波士顿，查理斯顿监狱的电椅上。就在电椅上他还说他愿意宽恕那个烧死他的人。我没有见过他，但我爱他，他也爱我。"[2] 这个教给巴金爱与宽恕的"先生"即是在狱中给巴金写过两封信的"意大利的鱼贩子"樊宰底。

---

[1] 巴金：《巴金自传》，南京：江苏文艺出版社，1995年版。
[2] 巴金：《灭亡》，上海：上海开明书店，1934年版，第6页。

▲ 巴金像

必须充分估计这个意大利"先生"带给巴金的意义。在巴金阅读的大量无政府主义著作之外，巴黎生涯给巴金最大的触动的恐怕正是这位"讲了我心里的话"的樊宰底，他展示给巴金的是"全世界中最优美的精神"，他使巴金的生活有了目标，也有了面对生活进行斗争的勇气，进而孕育了巴金作品中对世界的爱与献身的精神。而巴金的"写一个蕴蓄着伟大精神的少年的活动与灭亡"[1]的处女作的写作，也是把樊宰底的影响化为自我拯救的过程："我写得快，我心里燃烧着的火渐渐地灭了，我才能够平静地闭上眼睛。心上的疙瘩给解开了，我得到了拯救。""这以后我一有空就借纸笔倾吐我的感情，安慰我这颗年轻的孤寂的心。"[2]

巴金的处女作就是在这样一种国际性处境中完成的。异域的新鲜感受、法国式的浪漫主义、国际化的左翼政治视野以及流行于欧洲的无政府主义思潮，共同构建了巴金在巴黎时期带有国际主义倾向的文学视野，也塑造了《灭亡》的几种内在的国际化视景，进而延续到巴金后来的创作生涯之中。或许正因如此，《中国文艺年鉴(1932年)》从罗曼主义的出路和全人类的普遍性的高度盛赞巴金："书写个人的感情的罗曼主义的作品既在这个时代里逢到了它的末路，罗曼主义的特质假若还有在文艺作品里存在的可能，那便要找一条新的出路去走，而最好的办法是把个人的，特殊的，扩大到全人类，普遍的方面去。在这种尝试上有了成效的，是巴金。我们甚至可以说，文学上的罗曼主义是因了巴金才可能把

---

[1] 1928年12月10日《小说月报》第19卷第12号《第20卷内容预告》中称："《灭亡》，巴金著，这是一位青年作家的处女作；写一个蕴蓄着伟大精神的少年的活动与灭亡。"
[2] 巴金:《巴金自传》，南京：江苏文艺出版社，1995年版。

寿命延续到一九三二年以后去。""在怠惰和疲倦的状态下支持着的文坛上，近年来只有巴金可以算是尽了最大的努力的一个。他以热烈而动人的笔致，抒写着全人类的疾苦，以博得广大的同情。他的作品范围非常博大，而且多量地采取异域的题材，他的流畅而绮丽的风格也能在热情的场面紧紧抓住读者的注意力。"[1]

巴金出现在中国现代文坛上的意义正在于展示给中国文坛的是新鲜的"异域的题材"以及作品中"热情的场面"，并"以热烈而动人的笔致，抒写着全人类的疾苦"，由此"把个人的，特殊的，扩大到全人类，普遍的方面去"。如巴金出版于1931年的短篇小说集《复仇》，共收十四个短篇，其中十二篇的主人公皆被作者设定为欧洲人物。在《复仇·自序》中，巴金称：

> 虽然是几篇短短的小说，但人类底悲哀都展现在这里面了。这里有被战争夺去了爱儿的法国老妇，有为恋爱所苦恼着的意大利的贫乐师，有为自己底爱妻为自己底同胞复仇的犹太青年，有无力升学的法国学生，有意大利的亡命者，有薄命的法国女子，有波兰的女革命党，有监狱中的俄国囚徒。他们是人类底一份子，他们是同样有人性的生物。他们所追求的都是同样的东西——青春，生命，活动，幸福，爱情，不仅为他们自己，而且也为别的人，为他们所知道、所深爱的人们。失去了这一切以后所发出的悲哀，乃是人类共有的悲哀。[2]

---

[1]《一九三二年中国文坛鸟瞰》，《中国文艺年鉴（1932年）》，中国文艺年鉴社编辑，上海：现代书局，1933年版，第16—17页。
[2] 巴金：《复仇·自序》，《复仇》，上海：新中国书局，1931年版，第1—2页。

从《灭亡》到《复仇》，巴金的创作一开始就反映出了国际主义视野和关怀。而其中的"人类的普遍性""异域的题材"以及小说中"热情的场面"，也正与巴金在巴黎最初的创作历程密切相关。

巴金1929年出现在中国文坛，因此也许有着别人无法替代的意义。没有谁比他更能彰显文学的情感的力量和浪漫的激情，故而，"文学上的罗曼主义是因了巴金才可能把寿命延续到一九三二年以后去"。在社会剖析派的冷静客观的文学风格渐成风气的30年代，巴金的以激烈的情感状态见长的"罗曼主义"堪称独树一帜，或许五四浪漫主义在行将寿终正寝之际，的确因为巴金的出现而得以延长。苏雪林也指出："巴金在当代作家中是最富于情感的一个。情感之热烈，至于使他燃烧，使他疯狂。在他作品的字里行间，我们好像觉得他两眶辛酸泪在迸流，把着笔的手腕在颤抖。"[1]这种情感的力量充分体现在处女作《灭亡》中，小说展现出的无论是爱的情感，还是憎的力量，都强烈无比。也许从小说人物性格塑造的角度上看，《灭亡》中的主人公杜大心难说丰满，甚至有符号化的迹象。但是其情感的力量和献身的姿态弥补了巴金最初写作功力之不足，换句话说，真正赢得了读者的心的，是巴金本人的激情和热情。苏雪林即把巴金的浪漫主义也归于巴金的热情："因为热情太无节制，所以巴金的作品常不知不觉带着浪漫色彩。《灭亡》中的杜大心是一位罗曼蒂克的革命家;《死去的太阳》女郎程庆芳的死，是一幅美丽动人的浪漫图画。"这种没有节制的热情，或许正是巴金进入30年代文坛的独有的通行证。

但是巴金的浪漫，却并非五四狂飙突进式的浪漫。巴金的文

---

[1] 苏雪林:《中国二三十年代作家》，台北:台北纯文学出版社，1983年版。

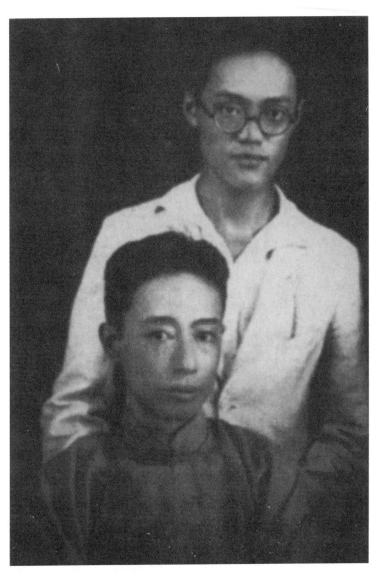

▲ 1929年巴金（右上）与大哥在上海合影

学力量在于他感知黑暗的能力。如同巴金在《光明》自序里所说："每夜,每夜,一切都静寂了,人间的悲剧也都终局了,我还拿着笔在白纸上写黑字,好像我底整个生命就在这些白纸上。这时候我底眼前现了黑影。这黑影逐渐扩大,终于在我底眼前变成了许多幅悲惨的图画。我底心好像受了鞭打,很厉害地跳动起来,我底手也不能制止地迅速在纸上动。我自己是不复存在了,至少在这时候。不仅是一个阶级,差不多全人类都要借我底笔来伸诉他们底苦痛了。"[1] 在《复仇》自序中,巴金表达的是更加强烈的情绪："每夜每夜我底心疼痛着,在我底耳边响着一片哭声。似乎整个的黑暗世界都在我周围哭了。""我哭,为了我底无助而哭,为了看见人类底受苦而哭。""我虽不能苦人类之所苦,而我却是以人类之悲为自己之悲的。我底心里燃烧着一种永远不能够熄灭的热情,因此我底心就痛得更加厉害了。"[2]

巴金所塑造的主人公,也因此大都具有改造黑暗社会的献身精神和人道主义情怀,具有根基于对黑暗的控诉而产生的浓烈的大爱。这种感知黑暗和控诉黑暗的能力在《激流三部曲》以及《憩园》与《寒夜》等创作中也一以贯之。因此,巴金式的人道主义与他所接受的无政府主义相契合的关节就在对人类幸福献身的理想中。正如巴金翻译的克鲁泡特金的《人生哲学》所写："人生哲学底目的也是要在社会中创造出一种空气,使得人类中大多数都全然依着冲动地,即毫无踌躇地,去完成那些最能产生万人底福利及每个单独的个人底完全幸福之行动。"晚年的巴金回忆自己的最初

---

[1] 巴金:《光明·自序》,《光明》,上海:新中国书局,1932年版,第1—2页。
[2] 巴金:《复仇·自序》,《复仇》,上海:新中国书局,1931年版,第2页。

的写作道路时这样说:"可以说我的写作生活就是从人道主义开始的。《灭亡》,我的第一本书,靠了它我才走上文学的道路,即使杜大心在杀人被杀中毁灭了自己,但鼓舞他的牺牲精神的不仍是对生活、对人的热爱吗?"[1]

也正是从这种"对生活、对人的热爱"的角度上看,巴金对无政府主义思潮的接受,也许可以获得一种新的观照视角。正如巴金所说:

> 我所喜欢的和使我受到更大影响的与其说是思想,不如说是人。凡是为多数人的利益贡献出自己一切的革命者都容易得到我的敬爱。我写《灭亡》之前读过一些欧美"无政府主义者"或巴黎公社革命者的自传或传记,例如克鲁泡特金的《自传》;我也读过更多的关于俄国十二月党人和十九世纪六、七十年代俄国民粹派或别的革命者的书,例如《牛虻》作者丽莲·伏尼契的朋友斯捷普尼雅克的《地下的俄罗斯》和小说《安德列依·科茹霍夫》,以及妃格念尔的《回忆录》。我还读过赫尔岑的《往事与回忆》,读了这许多人的充满热情的文字,我开始懂得怎样表达自己的感情。在《灭亡》里面斯捷普尼雅克的影响是突出的,虽然科茹霍夫和杜大心并不是一类的人。而且斯捷普尼雅克的小说高出我的《灭亡》若干倍。我记得斯捷普尼雅克的小说里也有"告别"的一章,描写科茹霍夫在刺杀沙皇之前向他的爱人(不是妻子)告别的情景。[2]

---

[1] 巴金:《巴金译文选集·序》,《巴金书话》,北京:北京出版社,1996年版,第272—273页。
[2] 巴金:《谈〈灭亡〉》,《巴金书话》,北京:北京出版社,1996年版,第79—80页。

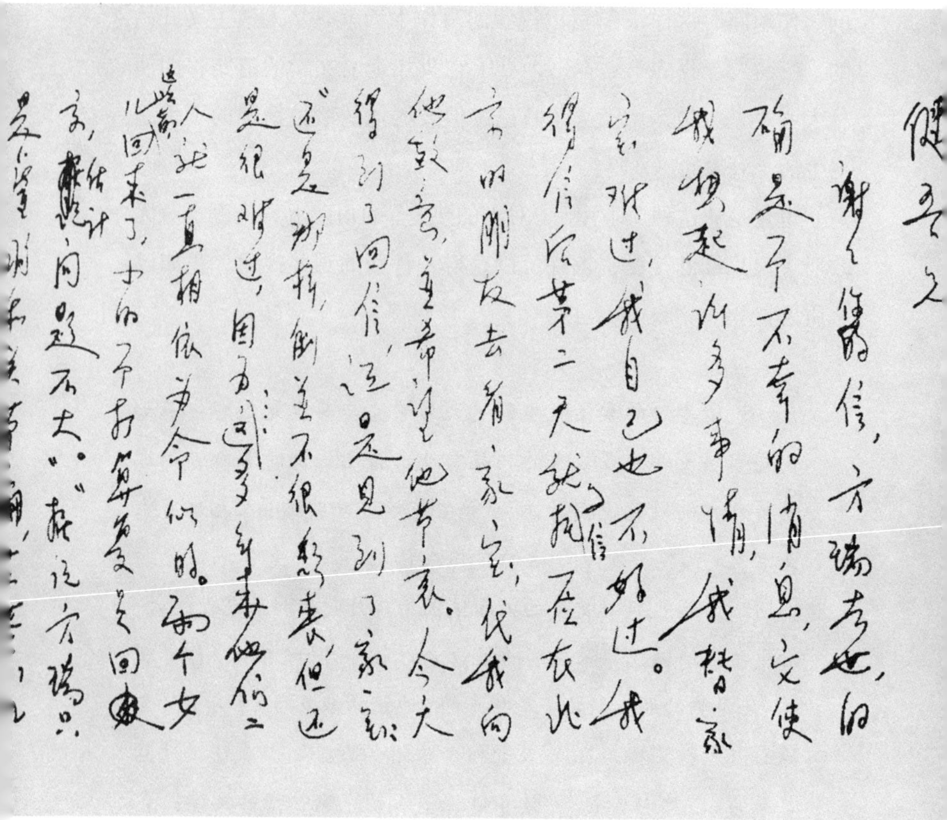

健吾兄：
谢谢你的信，方瑞去世的
确是不幸的消息，它使
我想起许多事情，我替家
宝难过，我自己也不好过。我
得信后第二天就托在此
的朋友去看看家宝，代我向
他致意，并希望他节哀。今天
得到了回信，这是见到了家宝之后写的，
还是那样，倒并不很悲哀，但还
是很难过，因为……这些年来他们二
人就一直相依为命的。两个女
儿回来了，小的不打算再回（去）
了，估计家宝的问题不大。据说方瑞只
是小量……[illegible]

▲ 巴金致李健吾的信

《灭亡》表现出的巴金对无政府主义和俄罗斯十二月党人以及俄国民粹派等革命者的热爱，不仅仅是由于思想上获得了启蒙，而且是情感和姿态上的以及人物的人格上的激发，这也是巴金在巴黎时期从意大利在美国的那个"鱼贩子"身上获得的力量。

巴金的处女作还同时展示了巴金性格中的忧郁性，这种忧郁也根源于巴金进入文坛伊始在社会观和世界观方面找不到历史远景所带来的固有的矛盾性，这与旅居巴黎的巴金所处的迷茫混乱的欧洲总体性社会历史环境有关。在《谈〈灭亡〉》中巴金说：

> 我常常讲起我的作品中的"忧郁性"，我也曾虚心地研究这"忧郁性"来自什么地方。我知道它来自我前面说过的那些矛盾。我的思想中充满着矛盾，自己解决不了的矛盾。所以我的作品里也有相当浓的"忧郁性"。倘使我找到了正确的道路，参加了火热的实际斗争，我便不会再有矛盾了，我也不会再有"忧郁"了。《灭亡》的主人公杜大心也是一个充满矛盾的人。在他的遗著中有着这样的一句话："矛盾，矛盾，矛盾构成了我的全部生活。"他的朋友李冷说："他的灭亡就是在消灭这种矛盾。"[1]

或许无法把杜大心视为巴金的自我投射，在《灭亡》序中巴金就已申明："自然杜大心不是我自己。"不过，杜大心的矛盾，也必然是巴金自己所具有的矛盾的忠实反映。

巴黎的将近两载的生活对于巴金有着多重的意义："我在法国

---

[1] 同上书，第77页。

学会了写小说。我忘记不了的老师是卢梭、雨果、左拉和罗曼·罗兰。我学到的是把写作和生活融合在一起,把作家和人融合在一起。我认为作品的最高境界是二者的一致,是作家把心交给读者。我的小说是我在生活中探索的结果,一部又一部的作品就是我一次又一次的收获。我把作品交给读者评判。我本人总想坚持一个原则,不说假话。"[1]这种贯彻一生的"原则",也同样可以追溯到巴金的巴黎情境中。

---

[1] 巴金:《巴金自传》,南京:江苏文艺出版社,1995年版。

"一·二八"事变与战争文学热

1932年的沪上文坛和出版界出现了战争题材的热潮，与1932年1月28日上海经历的抗击日本侵略者的淞沪抗战有最直接的关系。一直持续到3月3日的淞沪抗战给上海造成了巨大的损害，战争爆发的第二天凌晨，日机从停泊在黄浦江上的"能登吕"号航空母舰起飞轰炸闸北，宝山路上的商务印书馆及藏书超过三十万册的东方图书馆均被炸毁，闸北一片火海。而中国十九路军的浴血奋战以及上海市民对中国军队的大力支持，也都成为文学和出版领域可歌可泣的题材。这次对日战争，在1932年现代书局出版的《上海战影》和《上海抗日血战史》中得到了详尽的呈现。《上海战影》共两集，每集收图百数十幅，为上海抗日血战经过之实地摄影。《上海抗日血战史》也附战地摄影四十六幅，同时收入一幅战区地图。两本书都是在第一时间出版的反映上海抗日血战的大型图书。

刊登在《现代》杂志上的关于《上海抗日血战史》的广告是从"介绍一部伟大的现代史"的高度呈现这部"血战史"的历史意义的：

▲《上海抗日血战史》的封面

上海抗日之战，炮声震动全世界，战争之烈，流血之多，牺牲之大，遭劫之惨，俱属空前所未有。本局有鉴于斯，爰就战事暂告缓和之间，特请上海名记者何西亚先生，纂述是书，就史学之眼光，用立体的观察，本其平素经验，聚精会神，以事纂集。故包罗宏富，巨细靡遗。全书分五大编计二十章，四百余节。举凡此次战事发动之前因后果，十九路军及第五军抗战之悲壮惨烈，国际之调停干涉，列强之明争暗斗，政府之决心抵抗，国人之同仇敌忾，战区之灰烬瓦砾，灾民之死里逃生，无不详述颠末，一贯相承；他如迁都，罢市，炮轰南京，伪国铺张，美国海操，苏俄动员，以及我国市民学校之义勇军大刀队等之组织与作战，各界之踊跃捐输热忱慰劳，妇女界之活跃，外交界之折冲，亦莫不专立章目，分别编录。手此一部，即无异置身战场，足以惊心动魄；又无异纵目全局，大可一览无遗。与其他坊间芜杂凑集投机敛钱者，绝对不同。本书卷首，除附有战地摄影战区地图外，并另刊有编者长序万余言，尤为名贵。[1]

《上海抗日血战史》也的确称得上广告所说"包罗宏富，巨细靡遗"的精心之作。全书五编内容分别为："神勇御暴麞战记""国内团结御外侮""列强的密切注意""举国同仇敌其忾""名都空前大劫灰"，为中国现代史保留下了丰富而具体的抗战资料。从中也可以见出冒着枪林弹雨在前线从事战地采访和新闻报道的记者的功劳。

---

[1] 载《现代》，1932年5月，第1卷第1期。

現代書局
最新出版
上海抗日血戰史
□介紹一部偉大的現代史□
▲全書四百頁——三十餘萬言▼
▲附戰地攝影四十六幅——戰區地圖一大幅▼
前時事新報 現上海晨報 編輯主任
何西亞編
實價大洋一元二角
上海抗日之戰，砲聲震動全世界，戰爭之烈，流血之多，犧牲之大，遭刼之慘，俱屬空前所未有。本局有鑒於斯，爰就戰事暫告緩和之間，特請上海名記者何西亞先生，纂述是書，就史學之眼光，用立體的觀察，本其平素經驗，聚精會神，以事纂輯。故包羅宏富，鉅細靡遺。全書分五大編計二十章，四百餘節。舉凡此次戰事發動之前因後果，十九路軍及第五軍抗戰之悲壯慘烈，國際之調停干涉，列強之明爭暗鬥，政府之決心抵抗，國人之同仇敵愾，戰區之灰燼瓦礫，災民之死裏逃生，無不詳述顛末，一貫相承；他如遷都、罷市、砲轟南京，僞國舖張，美國海操，蘇俄動員，以及我國市民學校之義勇軍大刀隊等之組織與作戰，各界之踴躍捐輸熱忱慰勞，婦女界之活躍，外交界之折衝，亦莫不專立章目，分別編錄。手此一部，卽無異置身戰場，足以驚心動魄，又無異縱目全局，大可一覽無遺。與其他坊間無聊湊集投機斂錢者，絕對不同。本書卷首，除附有戰地攝影戰區地圖外，並另刊有編者長序萬餘言，尤爲名貴。
1932/5

▲《上海抗日血战史》的广告

除了纷纷奔赴前线的战地记者，不少作家也亲临战场，耳闻目睹，用文字记录了这场团结御侮的抗战。战事停歇后，作家们也有暇充分消化和整理自己对战争的记录和记忆，从而为文学史从文学与战争关系的角度审视"一·二八"提供了足够丰富与翔实的文学性史料。

有趣的是，30年代沪上文坛诸种不同政治派别的作家，无论"左中右"，都把笔触伸向战争题材。

"一·二八事变"之后，左翼阵营的鲁迅、茅盾、叶圣陶、陈望道、胡愈之、冯雪峰、周扬、田汉、夏衍等43人联名发表《上海文化界告世界书》，声讨日本帝国主义的侵略，反对国民党的不抵抗主义，呼吁全世界无产阶级和革命文化团体支援中国抗日斗争，组织"中国著作家抗日会"，力图推动上海文学艺术家和新闻工作者积极参与宣传抗日，揭露日军暴行，继而创作和出版了大量抗战作品。其中最重要的收获是作家们奔赴第一线之后集中写出了一批报告文学，如楼适夷的《向着暴风雨前进》《战地的一日》，叶圣陶的《战时琐记》、夏衍的《两个不能遗忘的印象》《劳勃生路》，洪深的《时代下几个必然的人物》等等。

1932年4月，由南强编辑部编（实际上是阿英编选）的《上海事变与报告文学》出版[1]，该书分"几番大战""火线以内""士兵生活""战区印象""十字旗下""新线印象"等6辑，收《曹家桥之役》《江湾血战》《炮火线下战士的生活》《到火线里去》《前线插曲》等报告文学28篇，这些报告文学最初曾经发表于《时事新报》《大晚报》,《文艺新闻》战时特刊《烽火》《大美晚报》

---

[1] 南强书局编辑部编：《上海事变与报告文学》，上海：南强书局，1932年4月版。

▲ 1932年2月4日，鲁迅与茅盾、叶圣陶、胡愈之等43人联名发表上海文化界告世界书，抗议日军的侵略暴行

堅決反對帝國主義瓜分中國

反對壓迫中國民眾反日反帝

▲上海文化界發告世界書

上海文化界人士昨出告世界書云、全世界無產階級和革命的文化團體及作家們、和日本的帝國主義不在一個的小事件中、迄今已將炸轟了上海中華界的大部要工業、文化機關、已殺害數千繁盛炸燬的帝國主義現又重兵集中上海、民眾英勇的反日的各重要城市、同時瓜分中國各大沿江沿海的岸、街市及東南沿海各重要城市、日本帝國主義的軍艦已四雲集、將重發動、迫下上海民眾我們堅決反對日國主義戰爭、非已在嚴重的關頭反帝國主義鬥爭、已在嚴重的關頭、反對中國主義瓜分中國的任何壓迫、反對加於中國政府的對象、

《太平洋月报》《时报》《社会与教育》等报刊，实录了战时景象。阿英为这部书写的序《从上海事变说到报告文学》中称：

> 作家们也是如此。无论属于那一个阶级的作家，除去直接奉侍帝国主义者的而外，都曾参加了这一次的战役，从事于组织的活动与文笔的活动。——在文笔活动方面，产生最多的，是近乎 Reportage 的形式的一种新闻报告；应用了适应于这一事变的断片叙述的报告文学的形式，作家们传达了关于一二八以后各方面的事实。在他们的这些短的作品之中，是反映了战争的经过，几次大战的全景，火线以内的情形，后方民众的活动，救护慰劳的白描，以及其他一切等等事件。"[1]

《上海事变与报告文学》也成为中国现代文学史上第一部报告文学选集，标志着报告文学的形式与战争的直接关联性。正是淞沪抗战把报告文学的体式第一次推到了文学史的前台，"是最新的形式的文学"，也是报道战争的最直接也最快捷的文学形式，在报道战争进行动员方面，"具有着无限的鼓动效果"。阿英还归纳了报告文学的作者应当"据有毫不歪曲报告的意志，强烈的社会的感情，以及企图和被压迫者紧密的连结的努力"[2]这三个条件，对报告文学的体式在中国的成熟起到了值得一书的历史作用。

在左翼阵营之外，自由主义、民族主义作家们也纷纷介入对战争的书写。值得一提的作品有民族主义阵营的黄震遐的《大上

---

[1] 阿英：《从上海事变说到报告文学》，《上海事变与报告文学》，上海：南强书局，1932年4月版，第1—2页。
[2] 同上书，第3页。

▲《现代》杂志所登版画《闸北风景》,揭露日军侵略上海的暴行

海的毁灭》[1]，以及与黄震遐同为前锋社同仁的张若谷的《战争·饮食·男女》[2]。

张若谷在淞沪战争爆发之后曾经与黄震遐以及《真美善》编辑曾虚白一起到战场去探访消息[3]，为《战争·饮食·男女》一书中的战争场景提供了第一手材料。该书的上编为"抗日战争素描"，计有：从军乐（小引）、一·二八午夜、在吴淞炮火线下、吴淞第二次冒险、不怕死的同志们、无情的铁鸟蛋、神勇三连长等十六篇战地速写，这些速写汇入了一·二八之后沪上文坛报告文学的热潮中。

在《从军乐》（小引）中，张若谷写道：

> 一月二十八日午夜的炮声不但惊醒了上海三百万醉生梦死的市民，同时激励了全国四万万同胞的热血和义愤。一向爱好和平的中华民族，一听见那凶残的日军占领我国东北富庶土地的噩耗，民气已经激昂到万分，一二八夜，日军又突侵侮上海，自然更燃起爱国的火焰，在每一个国民的脉搏里，赤血都在沸腾。忠勇的十九路军队，洒血掷骨，和敌军决死抗战。民众也都纷起组织义勇军，参加战役。许多有志的热血青年们，弃家从军的义侠事件，在每天报纸上，终是数见不鲜。
>
> 记者为了刺探战地消息，常赴前线，混在作战军士的堆

---

[1] 黄震遐：《大上海的毁灭》，1932年5月28日起连载于上海《大晚报》，后由大晚报社在同年出版单行本。
[2] 张若谷：《战争·饮食·男女》，上海：上海良友图书印刷公司，1933年版。
[3] 张若谷：《随军回忆》，《战争·饮食·男女》代序，同上书。

▲ "民族主义文艺"杂志《前锋月刊》

里，亲身经历军队中的生活。不分拂晓，黑夜，雨晨雪夕，大家在枪林弹雨之中，无情炮火线下，呼吸着壮的空气。[1]

文章一改作者以往海派唯美文字的旖旎的文风，与左翼阵营的报告文学书写风格有趋同的迹象，也意味着以战争为题材的报告文学写出个性来是不很容易的。

不过该书命名为《战争·饮食·男女》，只在上编写了战争，中编命名为"灵与肉的饮食"，下编则起名"男女两性的苦闷"，并引用孟子的"饮食男女，人之大欲存焉"作为中编的题记，这种把战争主题与饮食、男女放在一处的奇妙的并置，可谓意味深长，一方面透露出"战争"也同样可以成为海派文化消费的对象，另一方面，则暗示着，战争的题材和意义并不比饮食男女更为重大。作者在《从军乐(小引)》中讥讽的"上海三百万醉生梦死的市民"，在战争告一段落之后，终于可以继续沉迷在饮食男女纸醉金迷醉生梦死之中，而无法预料另一场更惨烈漫长的战争即将到来。

黄震遐的《大上海的毁灭》则是民族主义派别的代表性小说。小说虽然也歌颂了十九路军的浴血奋战，但同时也表现出对上海被战争毁灭的恐惧以及战争悲观主义的情绪。小说第二十三章有一封前线参战的连长写给人物之一草灵的一封信：

> 攻他们么？当然是可以，然而事先替我们侦察的飞机在哪里？临时掩护我们前进的火炮又在哪里？敌人是陆海空军全备，我们却只有陆军，陆军是具备步，骑，炮，工，战车

---

[1] 张若谷：《战争·饮食·男女》，上海：良友图书印刷公司，1933年版，第1页。

五种,而我们却只有步兵,而步兵,敌人在每一连的正面上,有两挺重机关枪和六挺轻机关枪,我们却只有两挺轻机关枪。啊,草灵同志,比例是这样,我们有没有攻呢,大胆地告诉你吧,我们是攻了,而且是前仆后继地冲锋前进,不过,结果却不像战争,只像屠杀而已。[1]

接下来,是读了信的草灵在日记里大发感慨:"无论哪一次,过去的历史都很清楚地告诉我们,凡是物质居劣势的交战国,苟非有多数民众来填补战场上的空隙,一天天像大批原料似的投进熔炉里去消耗着,这个交战国的结果就往往都是惨败。所以,在近代战术运用下的悲惨战斗,若单靠有限的常备军去堵塞敌人进路,实在只是空谈,梦想,故即使政府加派二三十万大兵到淞沪战场之上,而其抵抗期亦最大限度只能维持半载,敌人仅须以其常备军之半数与我支撑,在物质上就可远胜我军十倍。"

小说人物草灵自居于在战争中"物质居劣势"一方的国民,把"堵塞敌人进路"看成是"空谈,梦想",并悲观地预见了中国最后必然惨败的结果。

当年鲁迅曾经撰文引用了《大上海的毁灭》中草灵的下面一段日记:

> 十九路军打,是告诉我们说,除掉空说以外,还有些事好做!
>
> 十九路军胜利,只能增加我们苟且,偷安与骄傲的迷梦!

---

[1] 黄震遐:《大上海的毁灭》,上海:大晚报馆,1932年版,第303页。

十九路军死,是警告我们活得可怜,无趣!

十九路军失败,才告诉我们非努力,还是做奴隶的好!

鲁迅接着一针见血地指出:

这是警告我们,非革命,则一切战争,命里注定的必然要失败。现在,主战是人人都会的了——这是一二八的十九路军的经验:打是一定要打的,然而切不可打胜,而打死也不好,不多不少刚刚适宜的办法是失败。"民族英雄"对于战争的祈祷是这样的。而战争又的确是他们在指挥着,这指挥权是不肯让给别人的。战争,禁得起主持的人预定着打败仗的计画么?好像戏台上的花脸和白脸打仗,谁输谁赢是早就在后台约定了的。呜呼,我们的"民族英雄"![1]

鲁迅揭露的是所谓"民族英雄"的真正嘴脸,昭示出战争构成的是文学家良心、立场和政治倾向的最好的一块试金石。

---

[1] 鲁迅:《对于战争的祈祷》,《鲁迅全集》,第5卷,北京:人民文学出版社,1981年版,第40页。

《现代》杂志与"现代派"诗

一个杂志创造一个流派,这在中外文学史上多有先例。《现代》杂志在"现代派"诗的创生和发展过程中的作用是举足轻重的。这不仅因为"现代派"的得名就来自《现代》杂志,更因为这份杂志是集中刊载和阐释现代派诗歌的最重要的阵地。它还带动了其他一系列寿命或长或短的杂志的问世。

1935年孙作云发表《论"现代派"诗》一文,把30年代登上诗坛的一大批年青的都市诗人具有相似倾向的诗歌创作概括为"现代派诗"。其重要的标志就是1932年5月在上海创刊的,由施蛰存、杜衡主编的《现代》杂志。此后几年,卞之琳在北平编辑《水星》(1934),戴望舒主编《现代诗风》(1935),到了1936年,由戴望舒、卞之琳、梁宗岱、冯至主编的《新诗》杂志,把这股"现代派"的诗潮推向高峰。伴随着这一高峰的,是1936至1937年大量新诗杂志的问世。"如上海的《新诗》和《诗屋》,广东的《诗叶》和《诗之页》,苏州的《诗志》,北平的《小雅》,南京的《诗帆》等等,相继刊行,……那真如雨后春笋一样地蓬勃,一样地有生气。"[1]以至

---

[1] 孙望:《战前中国新诗选》初版后记,南昌:江西人民出版社,1983年版。

于作为"现代派"诗人的一员的路易士认为"1936—37年这一时期为中国新诗自五四以来一个不再的黄金时代"[1]。因此,所谓的"现代派",大体上是对30年代到抗战前夕新崛起的有大致相似的创作风格的年青诗人的统称。其中汇聚了上海、北平、南京、武汉、天津等许多大城市的诗人群体。

《现代》杂志上发表诗歌的诗人群则要庞杂一些。施蛰存离职前编辑的《现代》,从1932年5月创刊,到1934年10月第5卷6期终刊,共两年零五个月,计29本。现代文学史家、诗人吴奔星写有《中国的〈现代〉派非西方的"现代派"——兼论戴望舒其人其诗》一文,对《现代》上发表诗歌的作者做了详细统计:

> 施蛰存编的《现代》除译诗外,共发诗176首,作者71人。且按出现先后开列于后(人名后括号内的数字表示发诗首数):戴望舒(14)、施蛰存(9)、朱湘(2)、严敦易(2)、莪伽(艾青)(10)、史卫斯(3)、何其芳(2)、曦晨(1)、郭沫若(2)、李金发(6)、臧克家(3)、陈琴(1)、侯汝华(3)、龚树揆(1)、伊湄(2)、洛依(2)、宋清如(清如)(6)、吴惠风(2)、钟敬文(1)、金克木(11)、孙默岑(1)、林庚(5)、陈江帆(5)、水弟(1)、李心若(20)、吴汶(3)、鸥外鸥(1)、爽唧(1)、南星(3)、少斐(1)、放明(1)、舍人(1)、林加(1)、李同愈(1)、王一心(2)、次郎(1)、吴天颖(1)、王振军(1)、杨志粹(1)、林英强(1)、辛予(1)、杨世骥(6)、玲君(1)、王华(1)、路易士(2)、汀石(1)、金伞(1),刘际勗

---

[1] 路易士:《三十自述》,《三十前集》,上海:诗领土出版社,1945年版。

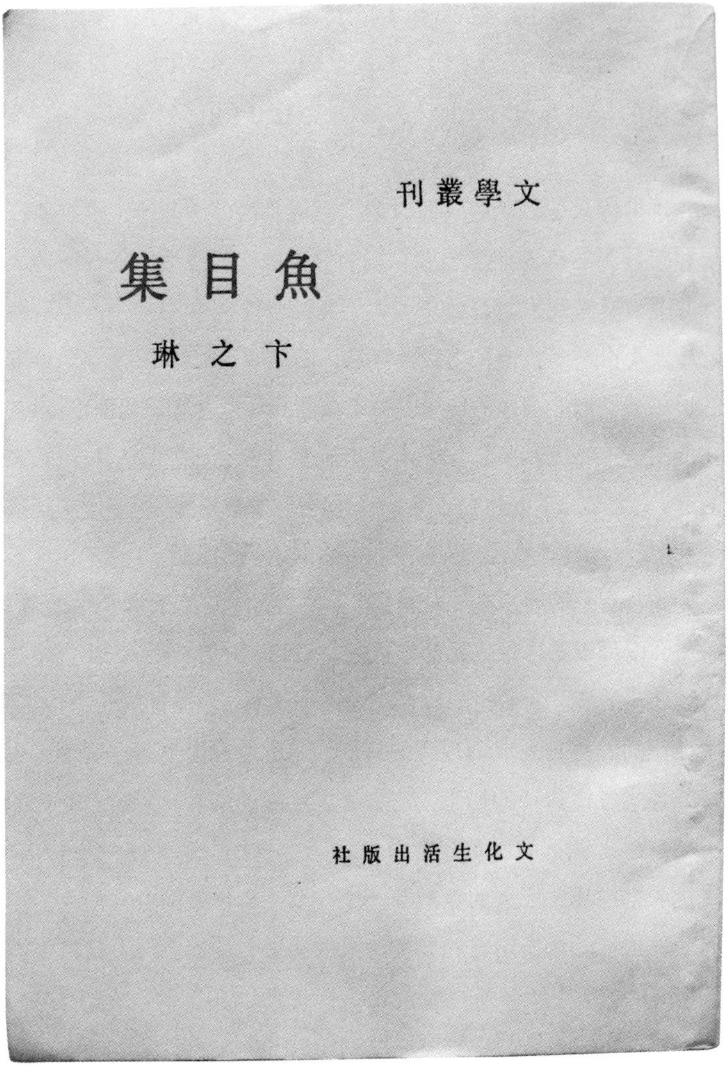

文學叢刊

魚目集

卞之琳

文化生活出版社

▲ 卞之琳诗集《鱼目集》封面

(1)、李微(1)、沈圣时(1)、严翔(1)、黑妮(1)、郁琪(1)、钱君匋(3)、禾金(1)、王承曾(1)、吴奔星(1)、周麟(1)、许幸之(1)、老舍(1)、宋植(1)、老任(1)、叶企范(1)。[1]

这批诗人中,既有五四时期即已成名的郭沫若等,也有象征派和新月派的诗人如李金发、朱湘等,也有无法纳入现代派诗人群的艾青、臧克家等。就一本大型的综合性杂志,《现代》上登载的诗歌不可谓多,但是施蛰存有意识的倡导,则对"现代派"诗潮的形成起了推波助澜的作用。除了在创刊号上有意识地征集诗集,在此后的《现代》杂志上陆续登出施蛰存撰写的《关于本刊所载的诗》[2],《又关于本刊中的诗》[3],同时刊发戴望舒的诗论《望舒诗论》[4],构成了《现代》杂志诗歌观念的纲领性文献。

施蛰存《现代》杂志4卷1期上发表的《又关于本刊中的诗》一文,则可以看作现代派的宣言:"《现代》中的诗是诗。而且是纯然的现代的诗。它们是现代人在现代生活中所感受的现代的情绪,用现代的辞藻排列成的现代的诗形。""所谓现代生活,这里面包含着各式各样独特的形态:汇集着大船舶的港湾,轰响着噪音的工场,深入地下的矿坑,奏着Jazz乐的舞场,摩天楼的百货店,飞机的空中战,广大的竞马场……甚至连自然景物也与前代的不同了。这种生活所给与我们的诗人的感情,难道会与上代诗人们从他们的生活中所得到的感情相同的吗?"

---

[1] 吴奔星:《中国现代诗人论》,西安:陕西人民出版社,1988年版,第207—208页。
[2] 施蛰存:《关于本刊所载的诗》,《现代》,1933年9月,第3卷第5期。
[3] 施蛰存:《又关于本刊中的诗》,《现代》,1933年11月,第4卷第1期。
[4] 戴望舒:《望舒诗论》,《现代》,1932年,第2卷第1期。

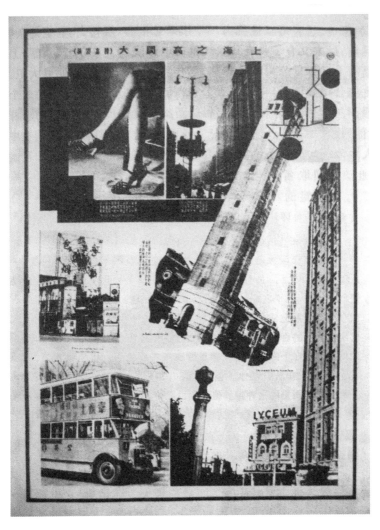

▲《良友》画报所登《上海之高·阔·大》,画面由都会图景组成

施蛰存倡导的现代派诗表现出对"现代诗形"的自觉，是"纯然的现代的诗"，"是现代人在现代生活中所感受的现代的情绪，用现代的辞藻排列成的现代的诗形"，吻合于30年代高速增长的现代化与都市化，是现代都会时代精神的反映。而真正符合施蛰存所倡导的现代诗形的，是一些更年轻的都会化的诗人，如徐迟就把自己描述成一个都市新人类的形象：

> 从植着杉树的路上，我来了哪，
> 挟着网球拍子，哼着歌：
> menuet in G；Romance in F。
>
> 我来了，雪白的衬衣，
> #与b爬在我嘴上，
> 印第安弦的网影子，在胸脯上。
>
> ——《二十岁人》

他的《赠诗人路易士》是大都会现代诗人的传神写照：

> 你匆匆地来往，
> 在火车上写宇宙诗，
> 又听我说我的故事，
> 拍拍我的肩膀。
>
> 出现在咖啡座中，
> 我为你述酒的颂；

酒是五光的溪流,
酒是十色的梦寐。

而你却鲸吞咖啡,
摸索你黑西服的十四个口袋,
每一口袋似是藏一首诗的,
并且你又搜索我的遍体。

在他们的笔下,现代生活主要表现为都市生活。而他们的都市生活也的确是五光十色的。

正像当时海派的新感觉派小说家那样,现代派诗人其实也同样没有贡献出波德莱尔在巴黎世界中生成的现代都市哲学。更值得关注的是现代派诗人所提供的对现代都市生活的心理感受和体验。在诗中他们追求视觉、听觉、味觉、触觉、嗅觉等诸种感官的复合体验,传达出现代都市所能提供的人类心理体验和感性时空的新视野。诸如徐迟、施蛰存、陈江帆、玲君、李心若等为数不多的诗人更注重都市的感受和体验,注重对都市风景的炫奇式的展览。不过单有这些是不够的,他们还没有把都市的外在景观和对都市的心理体验落实到了诗学层面,生成一种"有意味的形式"。或者说,他们还没有获得一种诗学途径,即把体验到的都市内容与文本形式相对应的途径。他们的贡献是捕捉到了一些直观的都市化意象。如"舞在酒中"的舞女,繁杂的管弦乐,"蜂巢般地叫唤着"的"工业风的音调","贴在摩天楼的塔上的满月"⋯⋯构成了视觉和声音的盛宴。陈江帆的都市之夜则是"属于唱片和手摇铃的夜"(《减价的不良症》)。他们的诗中充斥了琳琅满目的具体化意象,构成了都市文化中标志性的符码,反映了都市的特定的景观。

这是徐迟的《都会的满月》:

> 夜夜的满月,立体的平面的机件。
> 贴在摩天楼的塔上的满月。
> 另一座摩天楼低俯下的都会的满月。
>
> 短针一样的人,
> 长针一样的影子,
> 偶或望一望都会的满月的表面。
>
> 知道了都会的满月的浮载的哲理,
> 知道了时刻之分,
> 明月与灯与钟的兼有了。

这里的"都会的满月"指的是上海摩天楼上的大钟,它像一轮人造的满月,汇聚了满月、灯、钟几种功能,是都市的夜晚的标识物。时间与空间在这座钟上获得了统一,是一个机械时代的最直观的反映。"短针一样的人,长针一样的影子",这水到渠成的比喻恰恰把都市中人与现代机械与现代时间联系在一起,既传达出炫目的体验,也反映了诗人的现代时间观念与意识。在都会的满月中的确浮载着哲理。

施蛰存的倡导,使现代派的诗歌汇入都市现代性的总主题之中。这里面有现代意识的自觉。但分析诗人们现代感受的层面,可以感到现代感受并不一定限于都市经验。他们的现代感受更表现为一种分裂的形态。而施蛰存本人则像戴望舒一样,在趣味上与现代生活是异趣的。《嫌厌》是一个反映他对都市与乡村的矛盾的心态的例子,一边是都市赌场中永远环行着的轮盘赌,是红的绿的和白的筹码,是有着神秘的多思绪的眼的女郎,另一边则是对乡土的怀想:

> 我要向她俯耳私语:
> "我们一同归去,安息
> 在我们底木板房中,
> 饮着家酿的蜂蜜,
> 卷帘看秋晨之残月。"
> 但是,我没有说,
> 夸大的"桀傲"禁抑了我。

诗人心底渴望归去,但不甘失败于都市的"桀傲"又禁抑了他。相当多的现代派诗人徘徊在这种游移不定的心绪中。即使是徐迟的诗中,乡土的意象也不时叠加在都市的旋律之上:"爵士音乐奏的是:春烂了。/春烂了时,/野花想起了广阔的田野。"(《春烂了时》)"广阔的田野"是隐现于现代派诗歌中的潜在的背景。

相当多的都市现代派诗人其实是与乡土有着深刻的精神关联,他们对于现代生活有一种天然的疏离感。

施蛰存也试图实践自己的关于写现代生活的主张,但并不成功。如《桃色的云》:"在夕暮的残霞里,/从烟囱林中升上来的/大朵的桃色的云,/美丽哪,烟煤做的,/透明的,桃色的云。"尽管这里面似乎有一丝对现代大工业的反讽意味,但充其量只能是浮光掠影地捕捉所谓现代生活的最表面的部分。即使是徐迟,当他写着田园诗情的时候,也比他的都市图景更为精彩。现代派其实没有处理好的,恰恰是所谓现代的生活领域。当施蛰存强调诗人的感情的时候,他的诗歌主张是走在正途上;而当施蛰存以现代生活作为一个重要标准来衡量现代派诗的时候,他其实没有意识到,描写了现代生活的不一定就是现代的诗,关键在于有没有一种现代意识,一种反思的眼光。

而大多数的现代派诗人的作品内容和题材是与现代生活有距离的。尤其是乡土的追寻、古典的情怀,哲理的吟咏,都可以说远离了现代生活。但这并不意味着这一类诗歌没有现代性或现代感。相反,也许更有意味和深度的诗作恰恰来自那些与大都市的现代生活保持着观照距离的诗人们。尤其是同时有京派背景的汉园三诗人以及林庚、金克木等诗人。

尽管无法把中国的现代派与西方同期的现代主义划等号,但现代派诗人正是从后期象征主义以及艾略特、庞德、瓦雷里等西方现代主义诗人那里汲取了更多的诗学营养,尤其是借鉴了意象主义的原则,同时在李金发为代表的初期象征派诗歌艺术实践的基础上创造性地转化了波德莱尔、魏尔伦的象征主义诗艺。他们是在反拨浪漫主义直抒胸臆的诗风的过程中走上诗坛的,对"做诗通行狂叫,通行直说,以坦白奔放为标榜"的倾向"私心里反叛着",从而把诗歌理解成一种"吞吞吐吐的东西","它底动机是在表现自己和隐藏自己之间"。戴望舒的主张具有代表性:"诗是由真

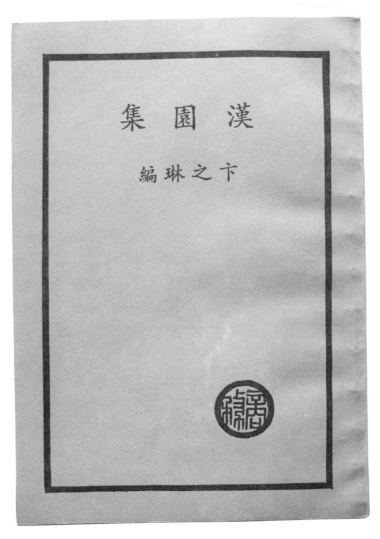

▲ 卞之琳、何其芳、李广田合著的《汉园集》封面

实经过想象而出来的,不单是真实,亦不单是想象。"[1]因此,现代派诗歌在真实和想象之间找到了平衡,既避免了"坦白奔放"的"狂叫""直说",又纠正了李金发的初期象征派过于晦涩难懂的弊病。在诗艺上,现代派诗人注重暗示的技巧,很少直接呈示主观感受,而是借助意象、隐喻、通感、象征来间接传达情调和意绪,这使得现代派诗歌大都具有含蓄和朦胧的诗性品质。

---

[1] 戴望舒:《望舒诗论》,《现代》,1932年,第2卷第1期。

中国杂志史上的一个"准神话"

1932年的前几个月堪称是上海文坛的"灾难的岁月"。"日本帝国主义的炮火在这年头刚诞生的时候就直接的轰炸了久已成为文化中心的上海。这其间,重要的文化机关被毁灭,交通的网线被截断,出版事业完全停顿。……1932年在最初四个月之间根本没有文坛。"[1]正是在这个意义上,有观察家指出:"文坛的恢复,是以五月一日《现代》杂志创刊为纪元。"[2]而中国办刊史上堪称一个"《现代》的纪元"也从此开始,最终创造了中国杂志史上的一个"准神话"。

之所以称为"准神话",是因为由于各种各样主观和客观历史因素的制约,《现代》离真正的神话还有些许距离。现代书局在《申报》上为《现代》做的广告称:

> 本杂志每期十万余言,凡是属于文艺这园地的,便是本

---

[1]《一九三二年中国文坛鸟瞰》,《中国文艺年鉴(1932年)》,中国文艺年鉴社编辑,上海:现代书局,1933年版,第3—4页。
[2] 同上。

▲《现代》杂志创刊号

杂志的内容，担任经常执笔的都是现代文坛第一流的作家。每期并附有精美名贵文艺画报四页，为一九三二年最伟大最充实的纯文艺刊物。[1]

"最伟大最充实的纯文艺刊物"显然有自吹自擂之嫌，不过《现代》在此后的编辑过程中，"担任经常执笔的都是现代文坛第一流的作家"的承诺基本上兑现了。纵观《现代》杂志的作者群，堪称是一个极为豪华的阵容，新文学的知名作家差不多一网打尽。其中发表过小说的有郁达夫、茅盾、叶圣陶、老舍、废名、张资平、林徽因、穆时英、施蛰存、刘呐鸥、张天翼、巴金、沈从文、靳以、鲁彦、郑伯奇、彭家煌、丁玲、沙汀、徐訏、叶紫、芦焚、丘东平等；发表过诗歌的有郭沫若、李金发、戴望舒、施蛰存、朱湘、艾青、何其芳、臧克家、玲君、史卫斯、陈江帆、宋清如、林庚、金克木、钟敬文、鸥外鸥、吴奔星、路易士、邵洵美、南星等；发表过散文的有鲁迅、周作人、丰子恺、叶灵凤、梁实秋、赵家璧等；发表过文学批评的有杜衡、胡秋原、周扬、杨邨人、苏雪林、韩侍桁、梁实秋、伍蠡甫等；发表剧本的有欧阳予倩、白薇、李健吾、钱杏邨、洪深、陈白尘等。而且许多现代文学史上的名篇，都是在《现代》杂志上最先面世。单以小说为例，就有茅盾的《春蚕》、巴金的《海底梦》、老舍的《猫城记》、郁达夫的《迟桂花》、叶圣陶的《秋》、施蛰存的《薄暮的舞女》、沈从文的《春》、张天翼的《蜜蜂》、穆时英的《上海的狐步舞》、刘呐鸥的《赤道下》等。这些作家作品也因此保证了《现代》杂志多少当得上"最伟大

---

[1] 原载《申报》，1932年5月3日。

最充实的纯文艺刊物"的自誉。

《现代》取得的办刊成就,主要得益于主编施蛰存的办刊方针以及现代书局的大力支持和经营策略。在上海成为左翼的大本营,左翼刊物也屡遭查禁的海上文坛险恶的政治气候中,现代书局的老板洪雪帆和张静庐一直考虑办一个"不冒政治风险的文艺刊物"[1],因此,他们独具慧眼地看中了党派色彩并不鲜明的施蛰存。也因为如此,在《创刊宣言》中,施蛰存主要强调了现代书局作为东家的地位之重要性以及期望给杂志带来的非同人性的特点:

> 本志是文学杂志,凡文学的领域,即本志的领域。
>
> 本志是普通的文学杂志,由上海现代书局请人负责编辑,故不是狭义的同人杂志。
>
> 因为不是同人杂志,故本志并不预备造成任何一种文学上的思潮、主义,或党派。
>
> 因为不是同人杂志,故本志希望能得到中国全体作家的协助,给全体的文学嗜好者一个适合的贡献。
>
> 因为不是同人杂志,故本志所刊载的文章,只依照着编者个人的主观为标准。至于这个标准,当然是属于文学作品的本身价值方面的。
>
> 因为本刊在创刊之始,就由我主编,故觉得有写这样一点宣言的必要。虽然很简单,我却以为已经够了。但当本志由别人继承了我而主编的时候,或许这个宣言将要不适用的。

---

[1] 施蛰存:《重印全份〈现代〉引言》,《现代》(合订本),第1卷,上海:上海书店,1984年版。

所以,这虽然就是本志的创刊宣言,但或许还要加上"我的"两个字更为适当些。[1]

这份创刊宣言当然烙印着主编施蛰存鲜明的个人特征,但也因施蛰存有着充分的编辑自由和用稿权,也才保证了《现代》的"非同人性"得以贯彻始终。

1981年施蛰存在《〈现代〉杂忆》一文中更为详尽地指出《现代》这种非同人性的重要性:

> "五四"运动以后,所有的新文化阵营中刊物,差不多都是同人杂志。以几个人为中心,号召一些志同道合的合作者,组织一个学会,或社团,办一个杂志。每一个杂志所表现的政治倾向、文艺观点,大概都是一致的。当这一群人的思想观点发生了分歧之后,这个杂志就办不下去。《新青年》、《少年中国》、《创造》,都可为例子。我和现代书局的关系,是佣雇关系。他们要办一个文艺刊物,动机完全是起于商业观点。但望有一个能持久的刊物,每月出版,使门市维持热闹,连带地可以多销些其他出版物。我主编的《现代》,如果不能满足他们的愿望,他们可以把我辞退,另外请人主编。在这样的情况之下,我的《现代》绝不可能办成一个有共同倾向性的同人杂志。因此,我在《创刊宣言》中强调说明了这一点。我主编的各期刊物的内容,也充分贯彻了这个精神。[2]

---

[1] 原载《现代》创刊号,1932年5月1日。
[2] 施蛰存:《〈现代〉杂忆》,《北山散文集》(一),上海:华东师范大学出版社,2001年版,第247页。

▲ 施蛰存 1934 年在上海

这种非同人杂志的定位,也决定了《现代》不想推动某种"思潮和主义"的非党派性,也因此可以海纳作者,广交读者,的确是后来《现代》取得成功的一个极为关键的办刊方略。

在《现代》创刊宣言中,施蛰存最后强调的是《现代》用稿的标准:"因为不是同人杂志,故本志所刊载的文章,只依照着编者个人的主观为标准。至于这个标准,当然是属于文学作品的本身价值方面的。"编者个人的主观成为标准,这是主编权力的体现,也是主编的方略的体现,而以"文学作品的本身价值方面"的标准为核心的甚至是唯一的标准,的确有助于保证《现代》刊载的作品的基本艺术质量。

不过,何谓"文学作品的本身价值方面"的标准,也自有分教。《现代》从杂志的得名即可看出它的"现代性"的取向。且不说30年代的"现代派诗"因《现代》而得名,也因《现代》的推动而走向鼎盛;也不说新感觉派的小说正是在《现代》上走向成熟的(如施蛰存刊发的刘呐鸥的《赤道下》、穆时英的《上海的狐步舞》等作品,都是新感觉派作家成熟期的作品,而穆时英以在《现代》发表11篇原创小说的业绩高居《现代》小说创作者之榜首[1],这个"新感觉派的圣手"的确是在《现代》上"成圣"的),单是《现代》持续地大篇幅地介绍西方现代文学的办刊策略,在现代刊物史上就是数一数二的。除了1934年创刊的伍蠡甫主编的《世界文学》杂志是介绍外国文学的专门性杂志外,《现代》对西方现代文学介绍最力,眼光最新,譬如第5卷第6期推出的"现代美国文学专号","全书四百多页,是郑振铎为《小说月报》编的《中国文学专号》以后的

---

[1]参见孙琳:《论〈现代〉杂志的编辑理念》,青岛大学硕士论文,2007年。

最大专号。"[1]史上或许只有1918年《新青年》第4卷第6期推出的"易卜生专号"可以媲美。也正是通过《现代》,国人进一步认识了西方的现代派作家如阿波里奈尔、约可伯、桑德拉尔、茹连格林、海明威、福克纳、桑得堡等等名头。如果总结现代中国对西方"现代派"的接受,甚至对现代世界以及"现代性"本身的认知,《现代》杂志起的是独一无二的历史作用。

而《现代》杂志在具体编辑方针,营销策略,宣传手段,广告运作等方面取得的经验,也堪称是现代出版史上值得大书一笔的案例。例如《现代》特大号和专号的不定期推出,就有助于扩大影响和发行量。据施蛰存自己在《〈现代〉杂忆》中叙述:

> 三十年代的定期刊物,在创刊和每卷开始的时候,通常都增加篇幅,称为"特大号"。这也许是从日本出版界传来的风气。编刊"特大号"的意义,首先是为了吸收预定户。因为每本"特大号"的零售价贵些,对预定户则不增价,这样就有人愿意预定了。其次是刺激销路。一本"特大号"刊物,非但篇幅增加,内容也比较充实、丰富些。它给读者以好印象,可以保证以后各期的销路。

施蛰存编《现代》的三年中,"对于'特大号'的作用,和期刊读者的心理,颇有体会。"[2]除"特大号",《现代》还屡出"增大号",甚至"狂大号",都是刺激读者购买欲,增加杂志分量的重要举措。

---

[1] 施蛰存:《〈现代〉杂忆》,《北山散文集》(一),上海:华东师范大学出版社,2001年版,第275页。
[2] 同上书,第274页。

此外值得一提的是《现代》的营销方式与广告运作。书局比较重视杂志的发行,"《现代》还进一步加强外埠发行工作,现代书局分店由最初的北平、成都、汉口、汕头、开封五处增加到后来的十六处,新增的分销处先后设在南京、厦门、郑州、福州、杭州、南阳、九江、广州、徐州、洛阳、贵阳、济南和重庆等城市,聘请经理人负责杂志在当地的发行事宜。对一些没有设置分店地区的读者则委托邮局代寄,邮资另加。"《现代》的发行城市越来越多,读者数量与日俱增,杂志的影响力也在不断扩大,社会各界纷纷在《现代》刊登广告。"《现代》所刊载的广告涉及面很广,"似乎成了老上海现代生活的物质消费指南"[1]。有研究者制表对《现代》登载的书籍以外的广告内容进行过统计[2]:

表1 广告内容统计表

排序	类别(以及在版面上特殊位置)		数量(次)
1	香烟	1. 美丽牌7次(封底广告)	29
		2. 一字牌2次	
		3. 金鼠牌20次(封底广告)	
2	药品	虎标万金油6(封面里页)	22
		妇女药5	
		防疫药水4	
		麦精鱼肝油3	
		人造自来血2	
		胃药1	
		八卦丹1	
3	调味品		21

---

[1] 孙琳:《论〈现代〉杂志的编辑理念》,青岛大学硕士论文,2007年。
[2] 颜湘茹:《从〈现代〉看20世纪30年代上海市民新型身份的建构》,《社会科学》,2008年,第4期。

续表

排序	类别（以及在版面上特殊位置）	数量（次）
4	稿纸或信笺	20
5	银行	9
6	丝织厂	4
7	学校招生广告	各2次
	电光公司	
	医师	
8	化妆品	各1次
	帽子	
	时装公司	
	印刷公司	
	眼镜公司	
	窑业公司	
	印制铁罐	
	电器行	
	纸业	
	蚊香	

《现代》上刊载的这些广告透露出一种集物质性、消费性与都市性于一体的综合图景，"勾勒了都市繁华、市民阶层勃兴、工业化程度提高导致消费观变革等现代性质素"，"在推销商品的同时，也向社会灌输着一种全新的生活样式"[1]。《现代》上的广告由此构成了杂志试图总体上塑造的"现代感"的重要一部分。

《现代》杂志之所以能成为当时中国杂志的翘楚，正是"现代"的办刊理念、经营策略、营销宣传以及广告运作综合努力的

---

[1] 颜湘茹：《从〈现代〉看20世纪30年代上海市民新型身份的建构》，《社会科学》，2008年，第4期。

结果,《现代》的发行量也创下了当时期刊之最。据张静庐回忆:"《现代》——纯文艺月刊出版后,销数竟达一万四五千份,现代书局的声誉也连带提高了……第一年度的营业总额从六万五千元到十三万元。这是同人们对于这初步计划努力的收获,也是我个人尝试的成功。"[1]

尽管《现代》办刊的初衷之一是"并不预备造成任何一种文学上的思潮、主义,或党派",不过《现代》杂志还是不可避免地卷入文学论争。

《现代》第1卷第3期发表了苏汶(杜衡)的《关于"文新"与胡秋原的文艺论辩》,在文艺界引起了一场延续一年之久的关于"第三种人"的大论战。鲁迅、冯雪峰、周扬、瞿秋白等都介入了这场争论,其文章也都在《现代》杂志上发表,使《现代》成为论辩的主战场。

施蛰存在《〈现代〉杂忆》中回忆:"对于'第三种人'问题的论辩,我一开头就决心不介入。一则是由于我不懂文艺理论,从来没写理论文章。二则是由于我如果一介入,《现代》就成为'第三种人'的同人杂志。在整个论辩过程中,我始终保持编者的立场,并不自己认为也属于'第三种人'——作家之群。"[2]但由于杜衡与施蛰存以及《现代》杂志的密切关系,客观上使得《现代》的立场难以表现出施蛰存最初所确立的非同人和非党派的独立性。而更重要的是,即使是非党派的立场,也是一种政治立场,更何况是在"左""右"对垒旗帜鲜明的30年代,想保持中立的姿态比高空走

---

[1] 张静庐:《在出版界二十年》,南京:江苏教育出版社,2005年版,第102页。
[2] 施蛰存:《〈现代〉杂忆》,《北山散文集》(一),上海:华东师范大学出版社,2001年版,第252页。

钢丝都难。正如有研究者所指出:"《现代》尽管从表面上看是谨小慎微的,但并非是全然去政治化的,政治性的内涵那怕是被统治当局所镇压的异端政治诉求仍然存在着被容忍、被接纳的可能性,而这则要取决于这种政治性的诉求是否能和文学性的规范致密的缝合在一起,产生出文学杰作。《现代》由文学立场进而建立起政治立场的思路,应该是相当清晰的。""在处理丁玲失踪事件以及法国著名的左翼作家伐扬·古久列访沪事件的时候,《现代》基本上遵循了上述原则,从而一方面似游离于现实政治之外,另一方面却又相当深刻地以自己的方式介入了现实政治。"[1]

而现代书局与《现代》编辑部内部也同样存在一个微缩版的政治小气候。据施蛰存回忆:张静庐引入杜衡与施蛰存一起编辑《现代》之后,"使有些作家不愿再为《现代》撰稿,连老朋友张天翼都不寄稿了。我和鲁迅的冲突,以及北京、上海许多新的文艺刊物的创刊,都是影响到《现代》的因素"[2]。而通观《现代》的从始到终的出版过程,也是主编与书局以及社会压力之间的博弈的过程。《现代》共计六卷三十四期,但版权页上编辑人的名字几次更替。据施蛰存自述:

> 我个人事实上只编了《现代》的第一卷和第二卷,共十二期。从第三卷第一期起,杜衡(苏汶)参加了编辑任务。这一改变,不是我所愿意的。当时现代书局资方,由于某一种情

---

[1] 董丽敏:《文化场域、左翼政治与自由主义——重识〈现代〉杂志的基本立场》,《社会科学》,2007年,第3期。
[2] 施蛰存:《我和现代书局》,《北山散文集》(一),上海:华东师范大学出版社,2001年版,第327页。

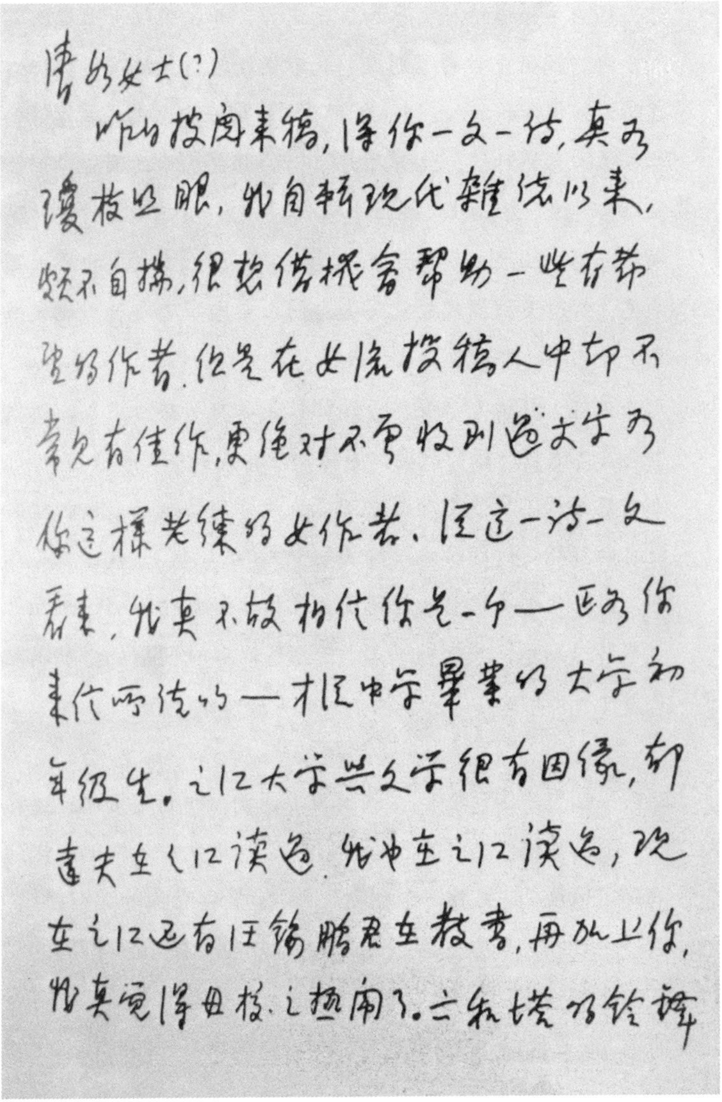

唐晓女士(?)

　　昨日接奉来稿,得你一文一诗,真可刮目些眼。我自转现代难流以来,颇不自揣,很想借机会帮助一些有希望的作者。你看在此流投稿人中却不多见有佳作,更绝对不会收到色女生为你这样芳华的女作者。这一诗一文看来,我真不妨权代你宣传一下——正为你来信所说的一位高中毕业或大学初年级生。之江大学兴文学很有因缘,郁达夫在之江读过,我也在之江读过,现在之江还有汪铭鹏君在教书,再加上你,我真觉得母校之辉煌了。二者塔的铃铎

▲ 施蛰存手迹

况,竭力主张邀请杜衡参加编辑工作,并在版权页上标明二人合编。杜衡是我的老朋友,我不便拒绝,使他难堪。但心里明白,杜衡的加入,会使《现代》发生一些变化。编辑第三卷和第四卷的时候,我竭力使《现代》保持原来的面貌,但已经有些作家,怕沾上"第三种人"的色彩,不热心支持了。编到第五卷,由于我和鲁迅先生为《庄子》与《文选》的事闹了意见,穆时英被国民党收买去当图书杂志审查委员,现代书局资方内哄,吵着要拆伙,我感到这个刊物已到了日暮穷途,无法振作,就逐渐放弃编务,让杜衡独自主持。不久,现代书局资方分裂,张静庐退出书局,另外去创办上海杂志公司。洪雪帆病故。现代书局落入流氓头子徐朗西手里,我和杜衡便自动辞职。徐朗西请汪馥泉接手主编《现代》,只出版了二期,因现代书局歇业而停刊了。我和杜衡编的《现代》,至第六卷第一期止,共出版了三十一期。以后的《现代》,可以说是另外一个刊物。[1]

汪馥泉接手主编《现代》,共出版了三期,而非施蛰存叙述的"二期"。不过施蛰存之后的三期《现代》已经改为综合性的文化杂志,的确可以说"是另外一个刊物"了。施蛰存时代的无奈终结,意味着一个刊物的创办受着多方面的条件的制约,既有书局的发行人的意图和资本的制衡,又有主编的人脉关系的牵扯,更有施蛰存所谓"商业观点"的约束,最后则难以脱离整体的时代文化和

---

[1] 施蛰存:《〈现代〉杂忆》,《北山散文集》(一),上海:华东师范大学出版社,2001年版,第248页。

政治语境。但在1932年文坛寥落的大气候下起步,又赶上了1933到1934年所谓"杂志年"的热潮,施蛰存的《现代》仍然可以说创造了一个中国杂志创办史上一个并不多见的"准神话"。

告别奥尼尔：洪深30年代的转向

30年代初由上海现代书局刊行的《洪深戏曲集》在为洪深20年代的话剧事业做了一次总结的同时，也预示着洪深话剧创作与演出实践的新的转向。这一转向的动机隐约见于洪深为戏曲集写的代序《欧尼尔与洪深》一文之中。

现代书局印行的《洪深戏曲集》事实上有两个版本，第一个版本的版权页上标注的是"1932年9月1日改版"，定价五角五分。这一版收入有洪深的自序《属于一个时代的戏剧》以及《贫民惨剧》《赵阎王》两个剧本[1]。次年《洪深戏曲集》又出了一个新版本，版权页上注明的是"1933年6月1日初版"。这一"初版"本比前一年的"改版"本新增了一篇题为《欧尼尔与洪深（代序）》的文章，承担的是序言的功能。而前一"改版"本中的自序《属于一个时代的戏剧》则作为一篇创作谈编在两篇戏剧之前，不再承担序言的功能，书的定价也改为"实价六角"。

---

[1] 这一版本的内容其实与1928年9月上海东南书店出版的《洪深剧本创作集》完全相同，均由《属于一个时代的戏剧》（自序）以及《贫民惨剧》《赵阎王》组成。1932年现代书局的《洪深戏曲集》或许正是对东南书店版的"改版"。

▲《现代》杂志上的《洪深戏曲集》广告

《洪深戏曲集》所收二剧《贫民惨剧》[1]和《赵阎王》，分别创作于1916年和1922年，前者是作者赴美留学的年份，后者则是作者留学归来的年份。两部戏的并置非常直观地表现出洪深的跨越式的成长。如果说《贫民惨剧》还多少有文明戏的痕迹，那么《赵阎王》则是洪深回国后在剧坛的第一次亮相，也以对奥尼尔的表现主义的借鉴令中国戏剧界耳目一新，标志着现代主义戏剧在中国本土最初的实绩。而洪深接下来的戏剧活动，则堪称成就卓著。1924年洪深为上海戏剧协社执导《少奶奶的扇子》，标志着中国话剧演出作为剧场舞台艺术开始走向成熟，也由此确立了话剧的专职导演和正规排演制度。茅盾这样叙述对《少奶奶的扇子》的观感：

> 我去一看，大开眼界，啊，话剧原来是这样的！只有这一次演出《少奶奶的扇子》，才是中国第一次严格地按照欧美各国演出话剧的方式来演出的：有立体布景、有道具、有导演、有舞台监督。我们也是头一次听到"导演"这个词。看了洪深导演的这个戏，很觉得了不起，当时就轰动了上海滩。[2]

毕树棠在30年代追溯《少奶奶的扇子》的公演："其特色在能将西方名剧摄其神貌，一变而为完全适合中国观众之新剧，当时轰动南北，争相排演，其成功可想。"[3]田汉说："导演王尔德的《少

---

[1] 洪深的五幕话剧《贫民惨剧》原刊1920年6月、9月、12月的《留美学生季报》第2、3、4期，曾先行收入1928年9月上海东南书店出版的《洪深剧本创作集》。
[2] 茅盾：《茅盾全集》，第34卷，北京：人民文学出版社，1997年版，第278页。
[3] 毕树棠：《二十年来清华文坛屑谈》，《国立清华大学二十周年纪念刊》，1931年5月。

奶奶的扇子》，奠定了中国话剧表导演艺术方面初步的规模。"[1]赵铭彝在《忆洪深与田汉》一文中则说："到《少奶奶的扇子》公演，进一步取得空前的成功，初步奠定了中国现代话剧的模式，并建立起一整套戏剧工作的制度。"[2]张庚也曾经指出："自从洪深起，中国的话剧才开始有了专业导演的职务，演出的统一性方被特别强调起来。"[3]

因此，1932年10月《现代》1卷6期刊载的一则《洪深戏曲集》的广告词堪称对洪深在现代戏剧史上诸方面贡献的一次简明扼要的总结：

> 洪深先生为中国话剧运动中最努力的一员，不但丰富于舞台经验，且对于剧本制作之技术上亦有极深刻之研究。本集包含有两个时代性剧本《赵阎王》与《贫民惨剧》，均为精心构思之作，内容技巧尤多独到之处，且均经各处上演，获得极大之成功，允推为洪深先生之得意杰作。书前附有自序"属于一个时代的戏剧"，对于戏剧与时代，详细阐明，引证丰富，立论透辟，对于戏剧运动，颇多贡献。

其中"最努力的一员"以及"丰富于舞台经验，且对于剧本制作之技术上亦有极深刻之研究"等语均中肯到位，非一般广告语所难免俗的溢美之词。但这部《洪深戏曲集》收入的却是洪深的两篇

---

[1] 田汉：《忆洪深兄》(《洪深文集》代序)，《洪深文集》，第1卷，北京：中国戏剧出版社，1957年版。
[2] 赵铭彝：《忆洪深与田汉》，《文艺研究》，1982年，第2期。
[3] 张庚：《半个世纪的战斗经历》，《戏剧论丛》，第三辑，北京：中国戏剧出版社，1957年版。

早期创作,而且早已有了上海东南书店的版本。两篇早期创作的再度刊行虽体现了现代书局对洪深应有的看重,却难以反映《赵阎王》之后洪深的戏剧实践。值得一读的,倒是《洪深戏曲集》1933年"初版"本中增收的《欧尼尔与洪深(代序)》一文。

这篇"代序"有一个副标题:"一度想象的对话。"洪深为这次"想象的对话"拟设的时间是1933年1月;地点则是"太平洋的两岸",对话的双方是奥尼尔与洪深本人。这次虚拟的对谈堪称精彩绝伦,一方面表现出洪深不拘一格的写作风格,另一方面也透露出洪深的戏剧道路一直笼罩在奥尼尔的阴影之下。

1916年留美的洪深1919年考入哈佛大学,师从倍克教授学习戏剧与文学,并最后获得硕士学位,成为中国到国外专攻戏剧的"破天荒第一人"[1]。洪深与美国戏剧大师尤金·奥尼尔是"师兄弟"关系,他的《赵阎王》即模仿奥尼尔的《琼斯皇》,营造了一个具有象征主义色彩的神秘气氛。在这场虚拟的对话中,洪深一开始即让奥尼尔提及与自己的渊源:

> 欧尼尔:我和你相隔二年。
>
> 洪　深:是的,你在一九一七年离开哈佛,我在一九一九年才进哈佛;我和你是相隔二年的先后同学,都是培克教授的弟子。

接下来,洪深以一个师弟的姿态虚心叩问,事实上是借助奥

---

[1] 洪深:《中国新文学大系·戏剧集》导言,赵家璧主编:《中国新文学大系》,上海:上海良友图书印刷公司,1935年版。

尼尔的权威性，来传达自己的戏剧观。这次"对话"，也构成的是洪深反躬自省的过程，并在自省的同时寻求对奥尼尔影响的超越。尤其有意味的是这次对话的结尾，洪深让奥尼尔阐释了关于"命运"的理论：

> 欧尼尔：古人处在大自然威胁之下，许多事不能了解，所以迷信神权与命运。……但在我，解释做"一切都由于社会环境"，环境当然包括人和人的以往的历史的关系，以及一个人的生理状态在内。而社会的环境，不是可以用科学的方法改造的么？
>
> 洪　深：唯——唯。（他不再开口了，但是暗自寻思着，创作与非创作，实在是极小的一部分问题，最重要的，还是一出戏的社会效果。食与色，本来是人生的两件大事；是生理所需要，一个人不能不去满足它的。为了争食而互相残杀，古往今来的作者，能正确地彻底地有力地描写的，已经是很少很少。至于为了争色而互相残杀，剧本虽多，但不是歪曲，便是浅薄，能如欧尼尔这样深刻，已经是十分难得的了。不过，争食争色，是两件独立的事么！争色，能不为争食所影响么！欧尼尔的社会环境，何以只包括生理而竟完全忘记生产了呢！这个，将来还要找一个机会谈谈的。）

洪深的"不再开口"并非唯唯诺诺的表现，作者恰恰通过虚拟一个叙述者的声音呈现出一个思索的自我，从而使这次拟想的对谈，也构成了洪深的两个自我的潜对话。一个是深受奥尼尔影响的《赵阎王》时期的自我，另一个则是意图超越奥尼尔的30年代的自我。而这次对谈则既是对奥尼尔的致敬,也是一次超越,堪称是"为了告别的聚会",尤其是洪深所暗自寻思的"欧尼尔的社会环境,何以只包括生理而竟完全忘记生产",更是昭示了洪深已经有着戏剧观念新的取向的生成。

转向的标志,是洪深的"农村三部曲"的问世,即 1930 年创作的《五奎桥》(乃洪深参加左翼活动后第一个话剧剧本)、1931 年创作的《香稻米》、1932 年创作的《青龙潭》。《五奎桥》为第一部,也是最成功的一部,当时也有广告:

> 以农村生活为题材的创作,在戏曲方面实以洪深先生为第一人。本书为著者近来伟大计划的三部曲之第一部,曾在著者指导下,由复旦剧社上演轰动一时,被推为一九三二年最优秀的创作剧本之一。内容非常充实,无一句空话;至结构的绵密,对话的生动流利,犹其余事。首附著者《戏剧的人生》长文代序,详述著者从事话剧运动的经过,可为当世名贤借镜,并附以历次演剧经验为系统之插画二十余幅,尤为珍贵。[1]

洪深在农村三部曲中所追求的,大概就是把社会环境扩展到"争食"与"生产"的环节,应和的是左翼的文学观和社会观。而背后则是洪深加入左联之后所携带的鲜明的倾向性:"我已阅读社会科学的书;而因参加左翼作家联盟,友人们不断与以教导,我个人的思想,对政治的认识,开始有若干改变。这两部戏所表现的

---

[1] 原载《现代》,1934 年 1 月 1 日,第 4 卷第 3 期。

▲《良友》画报 1933 年第 77 期登载的《五奎桥》演出剧照

企图,因之也较为明确。我是想说,地主乡绅们,执行'六法'维持秩序的官吏们,放高利贷的资本家们,代表帝国主义者深入农村进行经济侵略的买办们,以及依附他们为生的鹰犬走卒们,由于他们在旧社会所处的地位,是不可能不剥削农民,不可能不压迫农民的。制度决定了他们的品性,制度规定了他们的行为。制度不推翻,他们自然继续作恶的。"[1]正是基于这种意识形态,洪深在《五奎桥》[2]中把"五奎桥"塑造成一个旧制度的象征:

> 这座五奎桥不仅仅是一座桥,而是一个重要的象征了。"五奎",一般乡下人迷信是司理命运的天上的星宿;桥名"五奎",或者还许是对于科举时代那读书人的功名际遇的一种颂祷。事实上这座桥的来历,果然是因为前清某某年间,本城一家姓周的,一门两代,出了一个状元四个举人,于是衣锦还乡;除了重新在祖茔上树起石人石马,又把那祖茔前河流上原有的一顶小桥,修理了改名"五奎"……直到现在,这座桥还是周乡绅家对于乡下人的一种夸耀,迷信、愚昧、顽旧的制度,封建势力、地主的特殊利益,乡绅大户欺压平民的威权!似乎五奎桥存在一日,这些一切,也是安如磐石,稳定地存在着的。[3]

"五奎桥"也由此成为洪深所设计的戏剧冲突的焦点。《五奎桥》

---

[1] 洪深:《洪深选集·自序》,北京:开明书店,1951年版。
[2]《五奎桥》最初发表于刊1932年11月、12月《文学月报》第1卷第4期及5、6期合刊。1933年12月现代书局出单行本,后收入1936年6月上海杂志公司《农村三部曲》。
[3] 洪深:《五奎桥》,上海:现代书局,1933年版,第37—38页。

所塑造的李全生，正是为了拆除五奎桥，让洋水龙通过，为桥东的稻田浇水，而与五奎桥的主人周乡绅进行斗争的农民形象，也汇入到30年代一批左翼作家所塑造的农民群像之中。

30年代的洪深同时超越的还有自己的艺术手法。到了《五奎桥》中，写实性成为艺术主旋律，如洪深在《五奎桥》代序《戏剧的人生》中谈到自己的《贫民惨剧》时所说："在题材方面，我坚决地要描写贫民生活情形，虽不免有空想和过分夸张的地方，而精神却是写实的。"[1]这种写实精神在《五奎桥》中成为洪深更自觉的世界观和方法论的追求，也使《五奎桥》成为1932年关于农村题材的代表性作品之一，正如《中国文艺年鉴（1932年）》所说："洪深虽然仅仅产生以农民斗争为题材的《五奎桥》，然而这是更现实的，更精细的，不愧为1932年的话剧的代表。"[2]

而当洪深告别了奥尼尔的象征主义的同时，得与失恐怕就同时蕴藏其中了。30年代的洪深力图像《洪深戏曲集》自序所说的那样，创造"属于一个时代的戏剧"。因此，他认为："一个时代有一个时代的精神与状态，有特殊的思想人事与背景……凡一切有价值的戏剧，都是富于时代性的。换言之，戏剧必是一个时代的结晶，为一个时代的情形环境所造成，是专对了这个时代而说话，也就是这个时代隐隐的一个小影。"[3]试图对时代而说话的洪深，必然强调戏剧对重大社会主题的反映。左翼戏剧理论家张庚当年曾经这样论及洪深的《农村三部曲》："最近数年来，他更花了精力，尽

---

[1] 洪深：《戏剧的人生（代序）》，《五奎桥》，上海：现代书局，1933年版，第7页。
[2] 《一九三二年中国文坛鸟瞰》，《中国文艺年鉴（1932年）》，中国文艺年鉴社编辑，上海：现代书局，1933年版，第34页。
[3] 洪深：《洪深戏曲集·自序》，《洪深戏曲集》，上海：现代书局，1932年版，第1页。

▲ 洪深著《五奎桥》（第二版）封面

他的可能,在我们面前呈现了他所理解的江南农村的疾苦,农村中的思想动摇和激变。在他的世界观中,个人的,小有产者的苦闷是不被重视的。每一个题材,每一个题材中所表现的主题,在他,都有一种必要的价值的衡量:那便是当作一个社会问题、道德问题而提出来;而且在可能范围之内给予解决或者解答。"为了反映和解释时代的本质、主流和全貌,"首先吸引他的注意的,不是事件,人物,而是现象一般,从这现象一般,他首先去取得一个科学地正确的解释与解决。""因此,事物的发展不是沿着现象对于作者兴趣的逼近,却是沿着最后的结论所逼成的戏剧的 Action 前进的。也因此,人物不是闪烁在作者头脑中的不可磨灭的'幻影',而是为了整个戏剧 Action 上的需要才出现的代言者。"[1]因此,张庚把洪深的现实主义概括为"与动的现实主义相对立的一种机械的现实主义"[2]。有文学史家进一步认为这种洪深式的"'机械的现实主义'的戏剧创作规范,模式,逐渐占据了现代戏剧的中心地位,不仅成为支配性的创作倾向,而且逐渐成为一种传统,影响、制约着后来的创造者"。[3]

《现代》上刊出的《洪深戏曲集》和《五奎桥》两个广告都把洪深戏剧演出的成功,作为图书推销的重要策略,从中见出洪深的戏剧在中国现代话剧演出史上也占有一席之地。不过《洪深戏曲集》广告中称《赵阎王》与《贫民惨剧》,"均经各处上演,获得极大之成功",恐与事实不尽相符。至少 1923 年由洪深自己出资自饰主角自任导演在上海笑舞台演出《赵阎王》,难说成功。洪深自己回

---

[1] 张庚:《洪深与〈农村三部曲〉》,《光明》,1936 年 8 月,第 1 卷第 5 期,第 349 页。
[2] 同上书,第 348 页。
[3] 钱理群:《大小舞台之间》,杭州:浙江文艺出版社,1991 年版,第 11 页。

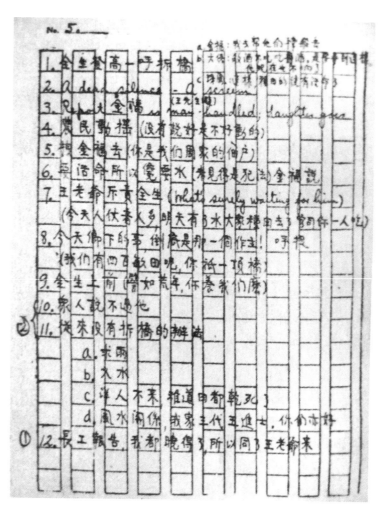

▲ 洪深《五奎桥》剧本大纲

顾说:"那时的观众,看惯了'妾妇之道'的优伶,一致地说我是有神经病。""这出戏到民国十八年冬间重演,才获到了观众的同情。"[1]倒是《五奎桥》的演出,取得了轰动。《五奎桥》公演后,《良友》画报即登出剧照若干幅,所配文字称:"全剧意义正确,表现农民之反抗封建势力之压迫,含义至大。此剧曾由复旦剧社演出,由朱公吕氏导演。特聘袁牧之氏客串饰周乡绅一角,使该剧之出演,得获更大之成功。"[2]戏中饰周乡绅的袁牧之是话剧演员中的翘楚。1933年12月现代书局印行袁牧之著《演剧漫谈》,《现代》杂志登出的该书广告语称:

> 我国非职业话剧运动中,在从事实地表演上,袁牧之先生实为最努力之一人。袁先生是一位天才的演剧家,历次主演各名剧如《文舅舅》《五奎桥》《怒吼吧,中国》等,均轰动一时,且表演深刻,化妆神妙,对于剧中人神情尤能传达。本书系集其数年来之随笔四十篇而成,以一个戏剧演员,历述主演各剧时之心理情调,技巧经验,足供努力戏剧运动者作实际之参考。话剧运动自发轫以来近十余年,关于临场演剧之实际经验谈的出版物殊不多见,本书虽为著者个人散文体的纪述,然内容之真实,非身经表演者不能道也。[3]

在洪深的话剧创作、表演和导演的一体化视野中,"戏剧是感化人类的工具,而演员能透彻地理解与充分地发挥剧本的作用,

---

[1] 洪深:《我的打鼓时期已经过了么?》,《良友》画报,1935年8月,第108期。
[2] 《洪深名剧〈五奎桥〉公演(五幅)》,《良友》画报,1933年6月,第77期。
[3] 袁牧之著《演剧漫谈》的广告见1933年12月出版的《现代》杂志第4卷2期。

则是戏剧表演成功的关键。"[1]《五奎桥》的演出,也堪称是现代话剧凝聚导演、演员、剧场、剧作家、剧本的文学性诸种元素于一身的结果,预示了30年代中国剧场艺术的走向成熟[2]。

---

[1] 参见孙青纹:《洪深小传》,《洪深研究专集》,杭州:浙江文艺出版社,1986年版。
[2] 参见钱理群:《大小舞台之间》,杭州:浙江文艺出版社,1991年版。

废名小说的"文章之美"

1932年12月,开明书店出版了废名的别开生面的长篇小说《莫须有先生传》,在该书末页的广告中,为同样由开明书店出版的废名短篇小说集《桃园》《枣》,长篇小说《桥》,连同《莫须有先生传》四个单行本统一做了一个广告。广告语用的是周作人对于废名的评论:

> ……我觉得废名君的著作在现代中国小说界有他的独特的价值者,其第一的原因是其文章之美。……
>
> ……文艺之美,据我想形式与内容要各占一半,近来创作不大讲究文章,也是新文学的一个缺陷。的确,文坛上也有做得流畅或华丽的文章的小说家,但废名君那样简练的却很不多见。……

开明书店这一广告策略不能不说足够聪明。作为周作人的四大弟子之一,废名的所有小说的单行本都由周作人写序或跋,亦可见周作人对这一弟子的看重。附于《莫须有先生传》书末这一广

▲ 30年代的废名

告语中的前一段即引自周作人为《枣》与《桥》写的序言，后一段则出自《桃园》跋。

广告所择取的这两段文字中，周作人都对"文章"的范畴予以强调。而通观周作人对废名创作的评论，可以看出，对"文章"的重视的确是周作人一以贯之的文学主张，譬如在写于1943年的《怀废名》一文中，周作人引用自己1938年的文字："（废名）所写文章甚妙……《莫须有先生传》与《桥》皆是，只是不易读耳。"[1] 周作人把"不大讲究文章"，视为"新文学的一个缺陷"，这可能是周作人格外看重废名的文章的原因所在。周作人也曾选择从文章的角度来读废名从1925年即在报刊上连载并于1932年出版第一卷单行本的长篇小说《桥》，以至在编选《中国新文学大系》散文一集时也选了《桥》的六章，分别为《洲》《万寿宫》《芭茅》《"送路灯"》《碑》《茶铺》。在《中国新文学大系·散文一集》导言中周作人这样说明理由："废名所作本来是小说，但是我看这可以当小品散文读，不，不但是可以，或者这样更觉得有意味亦未可知。"这种"意味"，大概主要来自于"文章之美"。而借助于周作人"文章之美"的眼光，读者或许可以看出《桥》的一些精义之所在，也或许更能准确定位废名的《桥》以及废名小说文体在中国现代文学史上的意义。也正因为如此，有论者称废名是"'文章家'中最肆力于文章者"，并称《桥》和《莫须有先生传》的"文字的别致，艰涩，差不多达到了叫人不敢相信的程度，在新文学的创作中，不愧为

---

[1] 药堂（周作人）：《怀废名》，冯文炳（废名）：《谈新诗》附录，北京：新民印书馆，1944年版。

▲ 废名《桥》初版封面,设计十分"现代派"

别树一帜的作品"[1]。

在1925年写的《桃园》跋中,周作人引述了废名的《桃园》中的一段文字:

> 铁里渣在学园公寓门口买花生米吃!
> 程厚坤回家。
> 达材想了一想,去送厚坤?——已经走到了门口。
> 达材如入五里雾中,手足无所措,——当然只有望着厚坤喊。……

周作人称:"这是很特别的,简洁而有力的写法,虽然有时候会被人说是晦涩。这种文体于小说描写是否唯一适宜我也不能说,但在我的喜含蓄的古典趣味(又是趣味!)上觉得这是一种很有意味的文章。"[2]周作人肯定废名的是"简洁而有力的写法",从自己"喜含蓄的古典趣味"出发读出了废名"文章"的别有意味。

如果说在这篇《桃园》跋中,周作人对废名的小说文体还有些拿不准,"晦涩"的评价还有些负面,那么到了为《枣》与《桥》写的序中,周作人则借助对晦涩的深入讨论明确表达了对废名文章之美的赞赏:"我读过废名君这些小说所未忘记的是这里面的文章。如有人批评我说是买椟还珠,我也可以承认,聊以息事宁人,但是容我诚实地说,我觉得废名君的著作在现代中国小说界有他的独特的价值者,其第一的原因是其文章之美。"周作人继而称:

---

[1]《一九三二年中国文坛鸟瞰》,中国文艺年鉴社编辑:《中国文艺年鉴(1932年)》,上海:现代书局,1933年版,第28页。
[2] 周作人:《桃园》跋,载废名:《桃园》,上海:开明书店,1930年10月第3版。

从近来文体的变迁上着眼看去,更觉得有意义。废名君的文章近一二年来很被人称为晦涩。据友人在河北某女校询问学生的结果,废名君的文章是第一名的难懂,而第二名乃是平伯。本来晦涩的原因普通有两种,即是思想之深奥或混乱,但也可以由于文体之简洁或奇僻生辣,我想现今所说的便是属于这一方面。在这里我不禁想起明季的竟陵派来。……公安派的流丽遂亦不得不继以竟陵派的奇僻,我们读三袁和谭元春刘侗的文章,时时感到这种消息,令人慨然。公安与竟陵同是反拟古的文学,形似相反而实相成……。民国的新文学差不多即是公安派复兴,唯其所吸收的外来影响不止佛教而为现代文明,故其变化较丰富,然其文学之以流丽取胜初无二致,至"其过在轻纤",盖亦同样地不能免焉。……简洁生辣的文章之兴起,正是当然的事。[1]

周作人也正是在"简洁生辣"的意义上评论俞平伯,在《燕知草》跋中,周作人认为:"我平常称平伯为近来的一派新散文的代表,是最有文字意味的一种,这类文章在《燕知草》中特别地多。……我想必须有涩味与简单味,这才耐读。"[2]周作人的这种思路在《中国新文学的源流》中说得更加清楚,称公安派的流弊在于"过于空疏浮滑,清楚而不深厚","于是竟陵派又起而加以补救"。"胡适之,冰心,和徐志摩的作品,很像公安派的,清新透明而味道不甚深厚","和竟陵派相似的是俞平伯和废名两人,他们的作

---

[1] 周作人:《枣和桥的序》,载废名:《桥》,上海:开明书店,1932年版,第3—5页。
[2] 周作人:《燕知草跋》,载俞平伯:《燕知草》,北京:北新书局,1929年版。

品有时很难懂,而这难懂却正是他们的好处"[1]。

周作人对废名文章的称许当然与他自己的文学理想有关。废名在某种意义上也实践了周作人的文学史方略。但是,周作人从竟陵派的文学资源上讨论废名的文章,或许只说出了《桥》的文体特征的一部分。《桥》的文学渊源和文体风格乃至诗学语言远为丰富而复杂,而《桥》的真正意义或许在于,它所汲取的文学养分其实是难以具体辨识的,已经为废名的创造性所化。

其实在1925年所写的《竹林的故事》序中,周作人即曾经赞赏过废名的"独立的精神":"冯君从中外文学里涵养他的趣味,一面独自走他的路,这虽然寂寞一点,却是最确实的走法,我希望他这样可以走到比此刻的更是独殊地他自己的艺术之大道上去。"[2]这种对"自己的艺术之大道"的期许,可以说在废名的《桥》中大体上实现了。其实《桥》作为现代小说,的确内涵着丰富的"中外文学"的"涵养",其语言和思维也同时表现出西方文学的影响,这与废名读英文系,读莎士比亚、哈代和波德莱尔大有关系。但《桥》之所以是别开生面之作,主要表现在融会贯通的化境及其独创性方面。鹤西便称赞《桥》说:"一本小说而这样写,在我看来是一种创格。"[3]朱光潜把《桥》称为"破天荒"的作品:

> 它表面似有旧文章的气息,而中国以前实未曾有过这种文章。它丢开一切浮面的事态与粗浅的逻辑而直没入心灵深

---

[1] 周作人:《中国新文学的源流》,北平:人文书店,1934年版,第51—52页。
[2] 周作人:《竹林的故事序》,载冯文炳(废名):《竹林的故事》,北京:北新书局,1925年版,第3页。
[3] 鹤西:《谈〈桥〉与〈莫须有先生传〉》,《文学杂志》,1937年8月1日,第1卷第4期。

我说给江南诗人写一封信去，
乃窥见窗子里一株树叶的疏影，
他们写了日午一封信。
我想写一首诗，
犹如日，犹如月，
犹如午阴，
犹如无边落木萧萧下，
我的诗情没有两个叶子。

五，八。

▲ 废名的诗《寄之琳》手稿

处，颇类似普鲁斯特与伍而夫夫人，而实在这些近代小说家对于废名先生到现在都还是陌生的。《桥》有所脱化而却无所依傍，它的体裁和风格都不愧为废名先生的特创。[1]

《桥》之所以是中国以前实未曾有过的文章，朱光潜认为主要的原因在于它屏弃了传统小说中的故事逻辑，"实在并不是一部故事书"。当时的评论大都认为"读者从本书所得的印象，有时象读一首诗，有时象看一幅画，很少的时候觉得是在'听故事'"。因此，如果为废名的小说追根溯源的话，废名可以说最终接续的是中国作为一个几千年的诗之国度的诗性传统，他在小说中营造了一个让人流连忘返的诗性的世界。在这个意义上说，废名堪称是中国现代"诗化小说"的鼻祖，从废名开始，到沈从文、何其芳、冯至、汪曾祺，中国现代小说史中能够梳理出一条连贯的诗化小说的线索。而废名作为诗化小说的"始作俑者"，为现代小说提供了别人无法替代的"破天荒"的文体。在某种意义上说，废名的文体是融汇了古今中外的养分，"特创"出的一种文体。正像批评家刘西渭对废名的评价："在现存的中国文艺作家里面""很少一位象他更是他自己的。……他真正在创造，遂乃具有强烈的个性，不和时代为伍，自有他永生的角落。成为少数人流连往返的桃源"[2]。这个让"少数人流连往返的桃源"，就是废名所精心建构的诗意的小说世界。

这个诗意的小说世界从语言上说当然得益于废名的文章之美，

---

[1] 孟实:《桥》,《文学杂志》,1937年7月1日,第1卷第3期。
[2] 刘西渭:《〈画梦录〉——何其芳先生作》,郭宏安编:《李健吾批评文集》,珠海:珠海出版社,1998年版,第132页。

而废名的文体的"涩味与简单味"也许的确与周作人追溯的竟陵派相关,但是就《桥》的文学语言的精髓而言,则或许是废名追慕六朝和晚唐的结果,就像废名后来自述的那样:"我写小说,乃很象古代陶潜、李商隐写诗","就表现的手法说,我分明地受了中国诗词的影响,我写小说同唐人写绝句一样。"[1] 废名小说的诗化文体之精炼、浓缩,以及意境的空灵、深远,正得益于陶潜、庾信、李商隐的影响。如《桥》中的文字:"一匹白马,好天气,仰天打滚,草色青青。"可以说充满了跳跃、省略和空白,作为小说语言,其凝练和简捷,与六朝和晚唐诗境相比,实在不遑多让。而《桥》更擅长的,是意境的营造:

> 实在他自己也不知道站在那里看什么。过去的灵魂愈望愈渺茫,当前的两幅后影也随着带远了。很象一个梦境。颜色还是桥上的颜色。细竹一回头,非常惊异于这一面了,"桥下水流呜咽",仿佛立刻听见水响,望他而一笑。从此这桥就以中间为彼岸,细竹那里站住了,永瞻风采,一空倚傍。

(《桥·桥》)

一个普通的生活情景,在废名笔下化为一个空灵的意境,充满诗情画意,有一种出世般的彼岸色彩。

《桥》作为一部"创格"的"破天荒的作品",它的特出之处还表现在废名对古典诗歌中的意象、典故、情境甚至是完整的诗句的移植。如:"琴子心里纳罕茶铺门口一棵大柳树,树下池塘生春

---

[1] 废名:《废名小说选·序》,北京:人民文学出版社,1957年版。

草。"谢灵运的"池塘生春草"就这样直接进入废名的小说中，嫁接得极其自然，既凝练，又不隔，同时唤起了读者对遥远年代的古朴、宁静的田园风光的追溯和向往。又如：

> 就在今年的一个晚上，其时天下雪，读唐人绝句，读到白居易的《木兰花》，"从此时时春梦里，应添一树女郎花"，忽然忆得昨夜做了一梦，梦见老儿铺的这一口塘！依然是欲言无语，虽则明明的一塘春水绿。大概是她的意思与诗不一样，她是冬夜做的梦。　　　　　　　　（《茶铺》）

这一繁复的语境也是从唐人绝句中衍生出的，梦中"老儿铺"的一塘春水绿，与白居易的诗句互相映衬，诗性意味便更加浓郁。可以看出，古典诗句和典故在小说中经过废名的活用，具有了某种诗学的功能。它不再是独立存在的意象与意境，而是参与了叙述和细节构建，所谓"字与字，句与句，互相生长"[1]。废名正是由古典诗词中的意境引发小说中虚拟性联想性的情境，从而使传统意味、意绪、意境在现代语境中衍生、生长和创生，传统因此得以具体地生成于现代文本中。在这个意义上说，《桥》是中国文学以及文化中"诗性的传统"或"传统的诗性"的具体体现，传统存留于废名的诗性想象中，也存留于废名对晚唐和六朝诗意的缅想之中。

周作人把废名的晦涩主要归于文体问题，但《桥》之所以晦涩恐怕更与废名试图处理的是意念和心象有更直接的关系。《桥》营造与组织了大量的意念与心象，套用废名在《桥》中的表述，《桥》

---

[1] 废名：《说梦》，《语丝》，1927年5月，第133期。

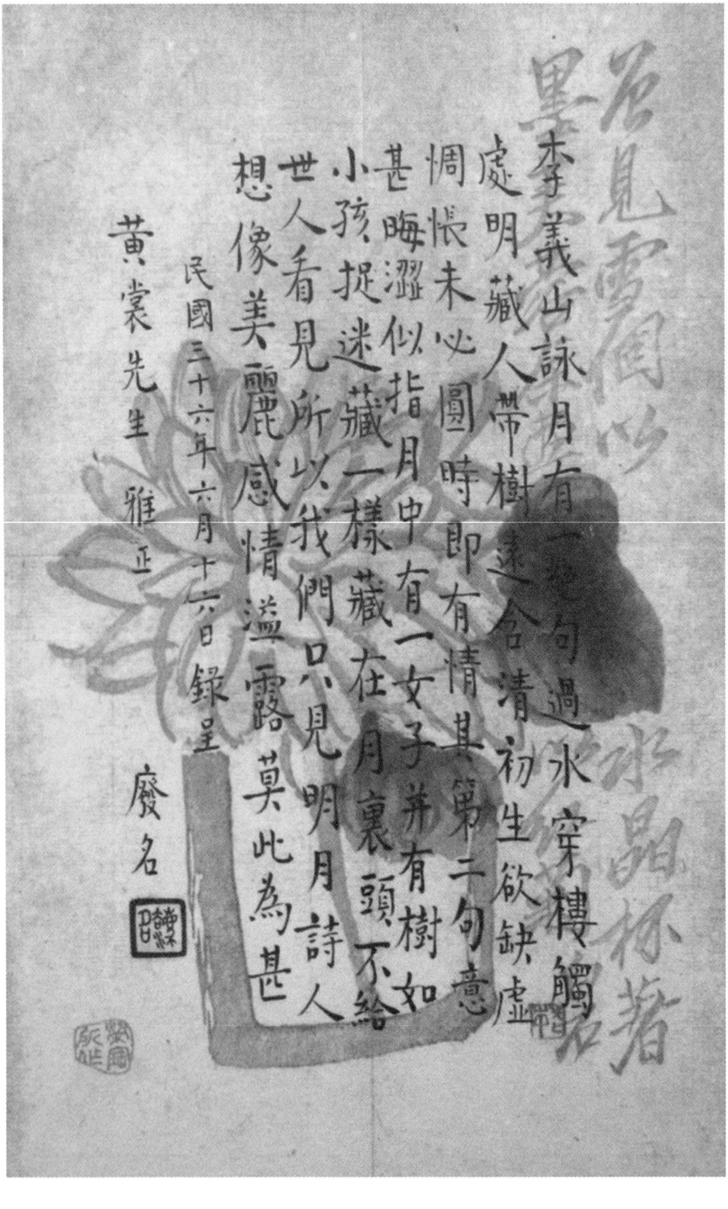

李義山詠月有一句過水穿樓觸處明藏人帶樹遠合清初生欲缺虛惆悵未必圓時即有情其第二句意甚晦澀似指月中有一女子並有樹如小孩捉迷藏一樣藏在月裏頭不給世人看見所以我們只見月明月詩人想像美麗感情邈露莫此為甚

黃裳先生雅正

民國三十六年六月十六日錄呈

廢名

乃是一部"存乎意象间"的作品(《天井》)。有相当多的心象体现了废名个人化的特征,"晦涩"与这种"个人化"有着更直接的关系。《桥》中富有表现力的部分正是其中濡染了作家自己的个人化色彩的意念:

> 走到一处,夥颐,映山红围了她们笑,挡住她们的脚。两个古怪字样冲上琴子的唇边——下雨!大概是关于花上太阳之盛没有动词。不容思索之间未造成功而已忘记了。
>
> (《花红山》)

在琴子看来,花上太阳之盛的情状没有动词可来形容,只好暂时借用了"下雨",这在人们所习惯了的"下雨"的既有意义之外赋予了它新奇的意义,其中关涉了语言发生学的问题。下雨本身并不古怪,"古怪"的是废名赋予"下雨"以"花上太阳之盛"的意思,这显然是作者个人化的意念,没有公共性和通约性。这里关键问题尚不在于"下雨"与"花上太阳之盛"是否有内在的相似性,而在于废名试图藉此激发汉语的新的表现力。又如:

> "春女思。"
> 琴子也低眼看她,微笑而这一句。
> "你这是哪里来到一句话?我不晓得。我只晓得有女怀春。"
> "你总是乱七八糟的!"
> "不是的,——我是一口把说出来了,这句话我总是照我自己的注解。"
> "你的注解怎么样?"

"我总是断章取义,把春字当了这个春天,与秋天冬天相对,怀是所以怀抱之。"(《花红山》)

这固然有废名的笔墨趣味在里面,但并不是一种文字游戏,细竹自己的"注解"与"断章取义"反映了废名在现代语境下对重新激活传统语言的刻意追求,其中包含废名对语言的陌生化观照,对媒介的自觉,对语言限度的体认。在《已往的诗文学与新诗》一文中,废名认为"文字这件事情,化腐臭为神奇,是在乎豪杰之士",这种化腐朽为神奇的本领尤其体现在复活古典文学所惯用的比喻之中。有研究者指出:"使'死'的或者'背景的'隐喻复生是诗人的艺术中不可缺少的部分。"[1]废名在激活了古典文本中程式化了的隐喻的同时,也就突破了对语言传统的惯常记忆,使古典词语在新的意指环境中复活。他对古诗的引用,对典故的运用,都是在现代汉语开始占主导地位的历史环境中思考怎样吸纳传统诗学的具体途径。他对古典诗歌的理解也是把古典意境重新纳入现代文本使之获得新的生命。虽然《桥》常常移植古典的诗文意境,但往往经过了自己的个人化改造,并纳入自己的文本语境之中。

"北方骆驼成群,同我们这里牛一般多。"

这是一句话,只替他画了一只骆驼的轮廓,青青河畔草,骆驼大踏步走,小林远远站着仰望不已。(《树》)

---

[1] 泰伦斯·霍克斯:《隐喻》,穆南译,太原:北岳文艺出版社,1990年版,第135页。

一句"青青河畔草"被纳入小林的一个想象性的情境之中,在与"骆驼大踏步走"的组合中获得了废名的个人性,小林所仰望着的这一其实是他虚拟的情境,被"青青河畔草,骆驼大踏步走"的组合提升了。《桥》中不断地表现出废名对古典诗歌的充满个人情趣的领悟。如《桥》一章:"李义山咏牡丹诗有两句我很喜欢,'我是梦中传彩笔,欲书花叶寄朝云。'你想,红花绿叶,其实在夜里都布置好了,——朝云一刹那见。"琴子称许说"也只有牡丹恰称这个意,可以大笔一写"。在《梨花白》一章中,废名这样品评"黄莺弄不足,含入未央宫":"一座大建筑,写这么一个花瓣,很称他的意。"这也是颇具个人化特征的诠释。鹤西甚至称"黄莺弄不足"中的一个"弄"字可以概括《桥》的全章。"弄"字恐怕正表现了废名对语言文字个人化的表现力的玩味与打磨。鹤西称《桥》是一种"创格",也正是指废名在诗化的语言和意境方面的个人化的创造[1]。

---

[1] 参见吴晓东:《废名·桥》,上海:上海书店,2011年版。

田汉的转变

1933年,田汉的一共五集的戏曲集终于出齐,总计收入26部戏,差不多把田汉的戏曲全部收集其中,堪称30年代初中国话剧界最大的收获。1933年《现代》杂志上登出的《田汉戏曲集》的广告称:"田汉先生为五四运动以来,从事戏剧运动最努力之一人,开辟荒寂之中国剧坛,洪深先生尊为'跌了,爬起来再干',想见其努力之猛。惟田汉先生各作,散见各处,向无完本,致爱读者,时感不便。本局为应此需要起见,特恳惠田汉先生将数年来各作,搜集编纂,每集并加撰长序,计五集,现均已出齐。从此五集中,可以看出田汉先生思想之进路,自初期浪漫主义运动以至最近之向新的艺术方向之转变,均历历在目。"[1]广告中尤其强调"各剧均经上演获得极大之成功",戏曲集中所收剧本差不多都是以舞台脚本为基础的书面创作,经历过舞台演出的一次次的检验,与纯粹为了在报刊杂志上发表的文学性剧本自然不可同日而语。陈子展总结田汉的剧本的成功经验时亦说:"田先生的戏曲倘若有什么成功

---

[1] 见《现代》,1933年3月1日,第2卷第5期。

之处，我以为不是在乎可读，而是在乎好演的。他的戏曲之所以好演，所以获得舞台上的效果，这也不是出于偶然。因为他的脚本，大都是先在舞台上试练，在这试练的期中是不会写成定本的，要等到在舞台上奏了相当的效果，才把它写定起来。这样，关于情节的错综，人物的配当，语言的洗练，不知已经费过许多的匠心了。所以一经写定之后，人家不得不惊异他的技巧之熟练。"[1]

《田汉戏曲集》中的第一集是1933年2月由现代书局初版，比其余各集晚出。田汉在《第一集自序》中说：

> 这戏曲集是一九三〇年底就开始编的。但在四五集发行之后到一九三二年下半期的现在才编定第一集不能不说是可怪的事。然而在明白这经过的人又毫无足怪，因为这集子是和一九二九以来的新兴文化运动共着运命的。在它开始发展中立定这集子的编辑计划，发行其一部分；在它的受难期间这集子也完全停顿，在它将入复兴期的现在，又重新开始工作。

所谓"一九二九以来的新兴文化运动"，与田汉休戚相关的是南国社的上海、杭州、南京、广州的一系列公演；"受难期间"则可以看做是由于《卡门》的上演，南国社遭禁而解散，从而结束了轰轰烈烈的燠热的"南国期"；"复兴期的现在"则指的是1930年田汉先后参加了中国自由大同盟、中国左翼作家联盟、中国左翼戏剧家联盟等革命团体之后，政治上的转向所带来的戏剧艺术上的转型期。这就是广告词中所谓"田汉先生思想之进路，自初期浪

---

[1] 陈子展：《"田汉戏曲集"第四集》，《青年界》，1932年3月20日，第2卷第1号。

▲ 田汉 1930 年在上海

漫主义运动以至最近之向新的艺术方向之转变"。

而田汉的这种"转变"实际上在南国社公演时期就已经酝酿了。

南国社的公演,在好评如潮的同时,也有评论者出于对"南国""爱之深,望之切",提出了许多善意的建议和批评。如署名莫邪的观众写了一篇《南国公演的第一日》的剧评,针对《苏州夜话》"非战"的中心思想,指出"为要达到我们的理想社会战争是必经的阶段","要想不经激烈的战争一径达到我们理想的社会那是一种幻想",继而在文章中分析了战争的性质,试图使南国社成员认识正义战争与非正义战争的区别所在,而不应一味地"非战"[1]。又如田汉公演结束后接到一封署名"一小兵"的观众来信,令南国社感到"警醒":"最后的苏州夜话剧情是诅咒战争与贫穷。这种乞怜声气,你们或许以为可以讨得那班吸血鬼似的军阀们的同情罢。他们会要发慈悲心放松那抽紧的索子罢。先生!伟大的先生!你的作品是多么背着时代的要求啊。……我所倾慕的先生,莫要自命清高,温柔,优美,我们被饥寒所迫的大众等着你们更粗野的更壮烈的艺术!"[2]在南国社广州公演期间,有厉厂樵在《民国日报》上发表文章称:"田先生的戏在感情方面说确乎很热烈;但在情节,性格,思想各方面细细研究起来,我觉得他的戏离现实的人生不很近,仿佛是超而又超的东西。在现代的中国果否需要这样的戏剧?"还有署名"护花长"的观众则在《国华报》上撰文说:"南国的戏艺术是有的。我觉得可惜离开了平民——中国的平民。……离开了平民,就失去了平民,戏剧的艺术单靠非平民的人们欣赏

---

[1] 田汉:《我们的自己批判》,《南国》月刊,1930年4月,第2卷第1期,第116页。
[2] 同上书,第119页。

很容易变成贵族化。假如南国已上了艺术的大道则请领导平民也同到艺术之宫。"[1]这些意见和批评集中针对的是南国社脱离民众的贵族化倾向，令田汉为之警醒。而"护花长"文中的警句"离开了平民，就失去了平民"也成了南国社的座右铭，平民意识的生成构成了田汉转变的直接动因。

田汉的转变在他为《田汉戏曲集》第四和第五集写的自序中即可看出。第四集的自序交待自己"由唯美的残梦，青春的感伤，到现实底觉醒。……"第五集自序则再度引用"南京公演时一个小兵的来信"："他说：'第一出《古潭的声音》是多么"玄"啊，"灵"啊。好一个追求灵魂的诗人！但在我们这些衣不蔽体、食不充饥的人们何须乎这避开现实去求灵魂的东西。'这简单的几句话真是象那跃入古潭的蛙儿似的震破古潭的空寂，同时震破了低迷在我的脑筋里的艺术至上主义的残梦。"田汉在引述自己的《古潭的声音》中诗人的台词"你那水晶的宫殿真比象牙的宫殿还要深远吗？"之后这样表达自己观念的转变：

> 什么地方有着比象牙的宫殿还要深远的水晶的宫殿呢？这是指示着肉的破产与灵的胜利吗？不，这只是表示不以实生活为根据的艺术至上主义的殿堂的崩溃，及其哀歌。把这意思翻译成南国社实际的教训时便是从前那样很浪漫地集合着许多所谓"波西米亚青年"们虽然一时会造出相当的艺术的空气，但其组织不结根于每个人的实际生活，他们一感着生

---

[1] 田汉：《我们的自己批判》，《南国》月刊，1930年4月，第2卷第1期，第120页。

▲ 1930年南国社在上海演出《卡门》剧照,图为俞珊所饰的卡门

活的不安,自然就要一个个地分离了。[1]

田汉悟到的是艺术至上主义与"实生活"的脱节,无力于应对"生活的不安",最终导向艺术家群体的分崩离析。有研究者富有洞见地指出,"'南国'是一个具有政治、经济双重意义上的乌托邦"。"就'南国'对流浪艺术家的吸引力而言,它的确可与巴黎拉丁区和纽约格林威治村媲美"。而最终,"'南国'这个艺术家乌托邦和一切形式的乌托邦一样,注定是短命的"[2],一方面是经济的困顿,另一方面则是政治的渗透:"随着国共两党把文艺领域视为意识形态斗争的战场,随着左右两翼争夺中间派文化人的动作加剧,'南国'这个乌托邦遂不复存在。"[3]当"许多南国社的分子在解决个人的生活以后,都离开了田汉"[4]。譬如1929年3月7日,欧阳予倩邀田汉和洪深率南国社赴广州与广东戏剧研究所联合演出,演出结束后,被称为"南国社明珠"的唐叔明和骨干唐槐秋等却留在广州,就此离开了南国社[5]。"明珠沉海化顽石,古井对雨生苍烟。"田汉以这样两句联语"'速写'了我在粤两月间的情绪",并称"从广州——那'荔枝与明珠之国'我是载了许多很深刻的具体的幻灭回来的"[6]。田汉在《谈谈"南国的哲学"》一文中,已经敏锐地预见了这种"一个个地分离"的前景:

---

[1] 田汉:《田汉戏曲集》第五集自序,上海:现代书局,1930年版。
[2] 葛飞:《戏剧、革命与都市漩涡——1930年代左翼剧运、剧人在上海》,北京:北京大学出版社,2008年版,第56—57页。
[3] 同上书,第61页。
[4] 马彦祥:《洪深论》,《马彦祥文集》,第3卷,北京:文化艺术出版社,1997年版,第54页。
[5] 丁景唐:《上海的田汉故居和南国社旧址——田汉在打浦桥日晖里的时候》,《新文化史料》,1998年,第2期。
[6] 田汉:《田汉戏曲集》第五集自序,上海:现代书局,1930年版。

南国社没有钱，社会上没有多大理解，要靠着感情集合许多男女青年作费力不讨好的艺术运动，结果到处要碰着障碍，感着寂寞，且好好的团体随时有破坏之虞。南国社戏剧运动从开始至今，除一二效死不去之徒外，曾经过多少次破坏啊。当你正高兴做着很美满的梦的时候，人家已经预备着离开你了。

南国的戏，其中必含着一种新的悲哀。因此南国社的社员越发达，便可知其旧分子越转动得激烈。这是贫乏的南国社无可如何的出路，就是它伟大的哲学。[1]

这就是作为中国都市里的波西米亚人之浪漫乌托邦走向"分离"的内部动因，并在根本上决定于艺术观和社会观之间的难以调和的冲突，正像田汉检讨的那样："我对于社会运动和艺术运动持着两元的见解。即在社会运动方面很愿意为第四阶级而战，在艺术方面却仍保持着多量的艺术至上主义。"[2]

《现代》杂志上为《田汉戏曲集》做的广告语所云"自初期浪漫主义运动以至最近之向新的艺术方向之转变"，指涉的即是田汉最终的"向左转"。其表征之一是1930年4月，田汉洋洋近十万言的《我们的自己批判》一文的问世，《南国》月刊二卷一期整本只刊登了这一篇长文。文章总结了南国剧运，检讨了田汉和南国社话剧实践中的小资产阶级意识形态，从中可以看出田汉"转变"的非常完整的思想历程。文章尤其表现了田汉的自我批判和超越的精神，

---

[1] 田汉：《谈谈"南国的哲学"》，《上海画报》，1929年7月30日，第492期"南国戏剧特刊"。
[2] 田汉：《我们的自己批判》，《南国》月刊，1930年4月，第2卷第1期。

"结论"部分指出:"于创作者方面也自然非丢弃其朦胧的态度斩截地认识自己是代表那一阶级的利益了。岂止得答复时代底诘问,真正优秀的作家们还得以卓识热情领导时代向光明的路上去。但过去的南国的热情多于卓识,浪漫的倾向强于理性,想从地底下放出新兴阶级的光明而被小资产阶级底感伤的颓废的雾笼罩得太深了。"

田汉把南国社的浪漫主义的热情归于小资产阶级的感伤与颓废,强调阶级利益的重要性,进而与南国时期作彻底的告别:"先把过去的得失清算一过,考察现在世界文化发展的潮流,中国革命运动底阶段,研究在这样的潮流,这一个阶段上我们中国青年应做何种艺术运动然后才不背民众底要求,才有贡献于新时代之实现。"[1]到了1930年6月,钱杏邨发表了题为《关于南国的戏剧》的评论,总结了南国社戏剧观念的转变历程:"它是怎样的出发于艺术至上主义,而转变到人生主义的社会问题的戏剧,又是怎样再通过不彻底的革命的信仰期,转变到走向无产阶级戏剧运动的努力,是大体的加以究明了。"

田汉"向左转"的表征之二,是1930年6月,由田汉改编的六幕话剧《卡门》在上海中央大戏院上演,借梅里美的故事影射中国社会现实,标志着田汉向自己随后反映现实题材的话剧创作的转变。而正是这部《卡门》成了南国社的绝响,演出的第3天,《卡门》即被禁演,罪名是"鼓吹阶级斗争,宣传赤化",南国社也因之被查禁。田汉的浪漫主义的南国时期,就此以其所可能具有的最圆满的方式,悲壮地终结。

---

[1] 田汉:《我们的自己批判》,《南国》月刊,1930年4月,第2卷第1期,第145页。

▲ 田汉 1930 年 6 月为南国社《卡门》公演所绘法国作家梅里美像

从此,田汉进入了自己的左翼戏剧创作的高峰期,《梅雨》《一九三二的月光曲》《顾正红之死》《洪水》《乱钟》《战友》《回春之曲》《姊姊》《暴风雨中的七个女性》等反映现实题材的话剧纷纷问世。洪深曾经这样评价转变后田汉的戏曲集:"近几年来,中国也有不少写作戏剧的人,也刊行过不少戏剧集子,但是,要寻觅一部作品,能够概括地反映最近四五年中国政治经济社会的情形,并且始终不曾失去'反封建和反帝国主义是中华民族的唯一出路'那个自信的,除了田先生这集子外,竟不容易再找到第二部。"[1]因此,有文学史家通过总结田汉的转向得出如下结论:"要求戏剧作品直接反映当代重大政治经济社会问题,揭示社会主要矛盾,并给观众明确地指明出路,展示光明前景——可以看到,一个适应日趋政治化、革命化的接受对象要求的新的戏剧创作规范、批评规范正在形成。"[2]

即便如此,仍有批评家感到田汉的转变不够彻底。《一九三二年中国文坛鸟瞰》一文中这样评论说:"像前几年一样,田汉和洪深依然保持着戏剧界的双璧的地位。田汉所做颇多,而多数作品还是充满着通俗的罗曼气氛,这些作品在纸面上的成功不能像在舞台上那么大,那是当然的了。"[3]所谓"充满着通俗的罗曼气氛",在这一批评者的眼中,自然是需要"奥伏赫变"的因素,但对于转变后的田汉是得是失,至少在那些怀念"南国诗人"的观众和读者那里,是委实难以立决的。

---

[1] 转引自钱理群:《大小舞台之间》,杭州:浙江文艺出版社,1991年版,第9页。
[2] 钱理群:《大小舞台之间》,杭州:浙江文艺出版社,1991年版,第9页。
[3] 中国文艺年鉴社编辑:《中国文艺年鉴(1932年)》,上海:现代书局,1933年版,第34页。

穆时英与左翼的殊途：从《南北极》到《公墓》

纵观《现代》杂志上的广告，很少能找到与穆时英的《南北极》的广告相媲美的。由于主编施蛰存与穆时英的较特殊的关系，《现代》1933年3月第2卷第5期上关于《南北极》改订本的广告想必是经过了施蛰存的精心运作，因此既有分量又有内容，因为广告词都选自当时的杂志与批评家对穆时英小说创作的评论：

请读这批评

施蛰存先生——

我们特别要向读者推荐的，是《咱们的世界》的作者穆时英先生，一个能使一般徒然负着虚名的壳子的"老大作家"羞惭的新作家。《咱们的世界》在Ideologie上固然是欠正确，但是在艺术上面是很成功的。这是一位我们可以加以最大希望的青年作者。

文艺新闻——

穆君的文字是简洁，明快而有力，却是适合于描写工人农人的慷爽的气概，和他们有了意识的觉悟后的敢作敢为的精神。所以我最初看到穆君的这种作品,我觉得他若能用这种文字去描写今日的过着斗争生活的工农的实际生活,前途实是不可限量。

傅东华先生——

在四月底买到了刚出版的写明着是一月十日发行的《小说月报》——中国历史最久的文艺杂志,中有使人惊奇的创作《南北极》一篇。先不谈这篇创作的笔调像谁,我觉得不像谁,而也许要比那类似的别的笔调要较好的。是生动、别致、简洁、沉着的调皮。……这篇创作非但在小说自身完成了它的价值,也可以作为新兴电影的好材料。

杜衡——

关于《南北极》那一类,我到现在还相信,他的确替中国的新文艺创造了一种独特的形式。在文学大众化的问题被热烈地提出之前,时英是已经巧妙地运用着纯熟的口语来造出了一种新形式的,而不是旧形式的作品。只就文字一方面而言,像这样的作品(以及天翼一部分作品)是比不论多少关于大众化的"空谈"重要得多的。

北斗——

以流氓的意识作基调,作者颇能很巧妙地用他的艺术手腕,把穷富两层的绝对悬殊的南北极般的生活写出来,给我们一个深刻的印象……这些地方都可以说是作者的技巧得到了成功的地方。

钱杏邨先生——

作者的表现力是够的,他能以发掘这一类人物的内心,用一种能适应的艺术的手法强烈的从阶级对比的描写上,把

▲ 穆时英《南北极》封面

他们活生生地烘托出来。文字技术方面,作者是已经有了很好的基础,不仅从旧的小说中探求了新的比较大众化的简洁,明快,有力的形式,也熟习了无产者大众的独特的为一般智识分子所不熟习的语汇。[1]

评论界对最初闯入文坛的穆时英是非常关注的。1930年,当时还在担任《新文艺》杂志编辑的施蛰存惊喜地从一篇小说中发现了一个冉冉升起的文坛新星,这篇小说就是施蛰存发表在《新文艺》第1卷第6期首篇位置上的穆时英的《咱们的世界》。在"编辑的话"中,推荐语正是《现代》广告词中施蛰存的这段话,称《咱们的世界》的作者穆时英先生,是"一个能使一般徒然负着虚名的壳子的'老大作家'羞惭的新作家。《咱们的世界》在 Ideologie 上固然是欠正确,但是在艺术上面是很成功的。这是一位我们可以加以最大希望的青年作者"[2]。同年,经施蛰存的推荐,穆时英在《小说月报》第22卷第1期上发表了短篇小说《南北极》。在《南北极》中,"穆时英不仅描绘了无产阶级的生存状况,也同样着墨于上海中产阶级的生活情态,两个阶层经济地位和社会等级的差异恰如南北极一样对比鲜明。小说通过青年小狮子闯荡上海的经历,将社会的两极展现在了读者面前。"[3]作为有流氓无产者气质的形象,《南北极》中的"小狮子"与《咱们的世界》中的"我"(海盗李二爷),都吸引了左翼的目光。"当时正值'左联'积极推动文艺大众化运

---

[1] 载《现代》,1933年3月,第2卷第5期。
[2] 施蛰存:《编辑的话》,《新文艺》,1930年2月15日,第1卷第6期。
[3] 燕子:《移动的风景线——以中国现代文学中的新式交通工具为视角》,北京大学硕士论文,2011年。

动,穆时英的几篇小说用地道的工人口吻叙述了工人的生活和思想,立刻引起了当时左翼文坛的高度关注,一度将其认作左翼作家的同盟。"[1]譬如钱杏邨就从"阶级对比","大众化的形式"以及"无产者大众的独特的语汇"等几个角度肯定了穆时英的创作[2],也正是这一段肯定的文字,被收入《现代》这则《南北极》的广告中。广告词中所录《北斗》上的一段话("作者颇能很巧妙地用他的艺术手腕,把穷富两层的绝对悬殊的南北极般的生活写出来,给我们一个深刻的印象")则出自阳翰笙[3],亦是从阶级的观点观照穆时英的小说的。广告征引的《文艺新闻》中评论穆时英的文字则出自署名巴尔的文章《一条生路与一条死路——评穆时英君的小说》[4],更是希望作者"能用这种文字去描写今日的过着斗争生活的工农的实际生活"。即使是广告中引述的杜衡的一段话也是从"大众化"的角度对穆时英予以赞扬的[5]。这些评论大都是从左翼立场对穆时英的小说持欢迎态度,至少希望把穆时英引为同路人。

历史如果可以假设,不妨说如果穆时英继续沿着这条为左翼所期许的"反映工农的实际生活"的大众化之路走下去,左翼阵营或许可以增添一部分文学实绩,不过现代文学史上可能就失去了这位新感觉派的"圣手"了。得失之间,委实难以定夺。

穆时英最后走向的是新感觉派的道路,这条路其实在他出道伊始就已经注定了。当评论界吃惊地发现穆时英随后不久出版的

---

[1] 阎浩岗:《中国现代小说研究概览》,保定:河北大学出版社,2008年版,第402页。
[2] 钱杏邨:《一九三一年中国文坛的回顾》,《北斗》,1932年1月20日,第2卷第1期。
[3] 寒生(阳翰笙):《南北极》,《北斗》创刊号,1931年9月20日。
[4] 巴尔:《一条生路与一条死路——评穆时英君的小说》,《文艺新闻》,1932年1月3日,第43号。
[5] 杜衡:《关于穆时英的创作》,《现代出版界》,1933年2月1日,第9期。

▲ 穆时英像

《公墓》风格大变的时候,其实《公墓》不过是这一"圣手"所挥洒的另一套笔墨。在《公墓》自序中,穆时英写道:

> 有人说《南北极》是我的初期作品,而这集子里的8个短篇是较后期的,这句话,如果不曾看到我写作的日期,只以发表的先后为标准,那么,从内容和技巧判断起来都是不错的。可是,事实上,两种完全不同的小说却是同时写的——同时会有两种完全不同的情绪,写完全不同的文章,是被别人视为不可解的事,就是我自己也是不明白的,也成了许多人非难我的原因。这矛盾的来源,正如杜衡所说,是由于我的二重人格。我是比较爽直坦白的人,我没有一句不可对大众说的话,我不愿像现在许多人那么地把自己的真面目用保护色装饰起来,过着虚伪的日子,喊着虚伪的口号,一方面却利用着群众心理,政治策略,自我宣传那类东西来维持过去的地位,或是抬高自己的身价。我以为这是卑鄙龌龊的事,我不愿意做。说我落伍,说我骑墙,说我红萝葡剥了皮,说我什么可以,至少我可以站在世界的顶上,大声地喊:"我是忠实于自己,也忠实于人家的人!"

即如《现代》第4卷第2期上为《公墓》所作广告中说的那样:"本书系著者写《南北极》同时所作,而题材则完全相反。这位轰动中国文坛的年青作者,实为一具有南北极之矛盾性的人。"苏雪林也曾指出,穆时英"有两副绝对不同的笔墨;一副写出充满原始粗野精神的《南北极》,一副写出表现现代细腻复杂的感觉的《公墓》

和《白金的女体塑像》。"[1]或许正是穆时英所谓的"两种情绪"以及"二重人格",决定了穆时英在《南北极》之外还有《公墓》以及《白金的女体塑像》所表现的文学技巧和美学风格,并在以后的创作道路上成为穆时英更具代表性的方向。这就是都市化的新感觉的方向,也是穆时英之所以成为穆时英的方向,正像杜衡在《关于穆时英的创作》一文中说:

> 中国是有都市而没有描写都市的文学,或是描写了都市而没有采取了适合这种描写的手法。在这方面,刘呐鸥算是开了一个端,但是他没有好好地继续下去,而且他的作品还有着"非中国的"即"非现实的"缺点。能够避免这缺点而继续努力的,这是时英。[2]

文学史家也由此最终确立了穆时英的文学史地位,称穆时英"以他耀眼的文学才华和对上海生活的极度熟悉,创建了具有浓郁新感觉味同时语言艺术上也相当圆熟的现代都市小说"[3];"穆时英跳起'上海的狐步舞',代表了海派中期的某种全新姿态。以他和刘呐鸥为主的'新感觉派',将西方植根于都会文化的现代派文学神形兼备地移入东方的大都会,终于寻找到了现代的都市感觉。"[4]

---

[1] 苏雪林:《新感觉派穆时英的作风》,严家炎、李今编:《穆时英全集》,第3卷,北京:北京出版社出版集团、北京十月文艺出版社,2008年版,第516页。
[2] 杜衡:《关于穆时英的创作》,《现代出版界》,1933年2月1日,第9期。
[3] 严家炎:《略说穆时英的文学史地位——〈穆时英全集〉代序》,严家炎、李今编:《穆时英全集》第1卷,北京:北京出版社出版集团、北京十月文艺出版社,2008年版,第2页。
[4] 吴福辉:《老中国土地上的新兴神话——海派小说都市主题研究》,《深化中的变异》,杭州:浙江文艺出版社,1999年版,第37页。

▲ 穆时英与仇佩佩结婚照

而早在1933年即有评论者从都会主义文学的角度讨论穆时英的变化:

> 穆时英在1932年也放弃了《南北极》那一类型作品,而把全力移注于新形式的创造上,而他的丰富的产量更使他受到了读者最大的注意。时英是一个有现代性的灵魂的青年作家,加以他的卓绝天资,他的作品也便比并不十分熟练于本国文字的侨民作家刘呐鸥更容易被一般所认识。他没有呐鸥那样深入,但更为明快而且魅人。至于时英同时还进行着那种写无产者生活的作品,由于并非作者由衷的抒发之故,显然是比较薄弱一点,而他自己也渐渐地放弃这方面的努力了。[1]

评论者从"新形式的创造"以及"现代性的灵魂"等角度较为合理地解释了穆时英"放弃了《南北极》那一类型作品"的原因,同时看出了穆时英"写无产者生活的作品","并非作者由衷的抒发",这是格外有洞察力的判断。可以说,在穆时英这里,对流氓无产者和左翼文化的最初的追慕,也堪称是对一种既先锋又时尚的文学思潮的趋时,穆时英更为着迷的,可能恰恰是左翼的先锋性和时尚感的一面。在某种意义上,对左翼的最初的追逐,可以纳入穆时英对都市先锋性和现代性的整体性追求中一起解读。

但也应该看到,穆时英之所以背离左翼的希冀而在新感觉派

---

[1]《一九三二年中国文坛鸟瞰》,中国文艺年鉴社编辑:《中国文艺年鉴(1932年)》,上海:现代书局,1933年版,第29—30页。

的道路上越走越远，还与左翼阵营对他的批判有直接的关联性。譬如钱杏邨在肯定了穆时英创作的左翼诉求之后又称："《南北极》的作者的小说，是一贯的反映了非常浓重的流氓无产阶级的意识。……作者的前途，是完全基于他此后能否改变他的观点和态度，向正确的一方面开拓。横在他的前面的，是资产阶级代言人与无产阶级代言人的两条路，走进任何一方面，他都有可能。"[1]文章为穆时英指明了两条路，而最终穆时英选择的恰恰是与作者的希望背道而驰的路。而当穆时英在1931年发表了《被当作消遣品的男子》这一新感觉派风格鲜明的小说后，更是引发了左翼阵营激烈的批评。署名舒月的文章《社会渣滓堆的流氓无产者与穆时英君的创作》不满文坛把穆时英当作一个"特起的新星"看待，"不特表现中国文坛上批评家麻木无感，且是作者和读者两方面有害无益的危害"，认为《被当作消遣品的男子》"连社会问题的初步都没有触到，真只是大学生拖着广东式的木屐彳亍人生，新的说部而已"，进而指出"穆时英君的失败，完全因为生活不能和思想的倾向一致。因而所表现的人物，就理想地失去了现实性。意识也因而陷入不正当。技巧呢，也是不适用地失败了"[2]。尤其是该文断言穆时英技巧失败，这对于"抱着一种试验及锻炼自己的技巧的目的"，"所关心的只是'应该怎样写'"[3]的穆时英来说，应该是一个更沉重的打击。而给予穆时英打击最力的是化名为司马今的瞿秋白，在《财神还是反财神（乱弹）》一文中，瞿秋白讽刺创作了《被当作消遣品

---

[1] 钱杏邨：《一九三一年中国文坛的回顾》，《北斗》，1932年1月20日，第2卷第1期。
[2] 舒月：《社会渣滓堆的流氓无产者与穆时英君的创作》，《现代出版界》，1932年7月，第2期。
[3] 穆时英：《南北极·序言》，《南北极》，上海：现代书局，1933年版，第1页。

▲ 穆时英《公墓》封面

的男子》的作者是"红萝卜":"外面的皮是红的,里面的肉是白的。它的皮的红,正是为着肉的白而红的。这就是说:表面做你的朋友,实际是你的敌人,这种敌人自然更加危险。"[1]这就把穆时英推到了"敌人"的阵营中去。因此有了前引《公墓》自序中,穆时英的激烈反弹。

检讨穆时英从《南北极》到《公墓》的创作历程以及与左翼批评界的纠葛,一方面可以说左翼阵营出于革命立场的纯洁性的考虑,对于穆时英的创作的评论有些过苛,也多少暴露了党派性的历史局限;另一方面,也最终显露出穆时英骨子里的都市浪荡子的天性,与真正的左翼之间隔着一道难以逾越的鸿沟。鲁迅当初给沙汀和艾芜写的回信中说:"两位都是向着前进的青年,又抱着对于时代有所助力和贡献的意志,那时也一定能逐渐克服自己的生活和意识,看见新路的。"[2]穆时英也同样看见了一条"新路",不过这条新路与左翼渐行渐远,终成殊途。

---

[1] 司马今(瞿秋白):《财神还是反财神》,《北斗》,1932年7月20日,第2卷第3、4期合刊。
[2] 鲁迅:《关于小说题材的通信》,《鲁迅全集》第4卷,北京:人民文学出版社,1981年版,第368页。

《西线无战事》与 30 年代的"非战小说"

德国作家雷马克的《西线无战事》1929 年问世后引发了世界性的反战文学热潮。中国文坛也汇入这一潮流中,对以《西线无战事》为代表的反战文学的译介和出版活动由此构成了 30 年代现代中国文坛一个令人瞩目的文学案例。

由现代书局印行的《西线无战事》在《现代》杂志上所作广告称这部小说是"轰动全世界的第一部非战小说":

> 不久以前,有一部小说轰动了全世界的文坛,抓住了全世界每一个读者的心,使他们战栗,使六架印书机和十架装订机为这部小说忙碌。在数年内被译成数十国文字,销行数千万册,开从来未有的新书销售的记录。这部小说就是《西线无战事》。当此第二次世界大战的危机日迫之际,一般人已忘却了第一次大战时的痛苦,本书正确地记录着战时的痛苦印象,为非战的最利害武器。末附洪深氏二万余言的长序,畅论战争文学,旁征博引,备极精彩丰富。[1]

---

[1]《现代》,1933 年 3 月,第 2 卷第 5 期。

▲《现代》杂志上的《西线无战事》广告

《西线无战事》的这则广告大约是在《现代》杂志上露面次数最多的广告，在1932年6月《现代》第1卷第2期首次登出之后，直至终刊，约重复刊载十几次之多。第1卷第2期的同一页还登出《雷马克评传》的广告，为杨昌溪编，广告称：

> 《西线无战事》的著者雷马克氏，现已成为全世界每个青年人所欲知的人物了。本书即详细无遗地把他介绍给你们了。为留心现代文艺的人所必读。

而到了1933年第2卷第5期则在"非战小说"专题下，继续登出《西线无战事》和《雷马克评传》的广告（《雷马克评传》在这期上大概因为篇幅的原因而去掉了广告语），此外还增加了巴比塞的小说《光明》以及孙席珍的小说《战争中》的广告，这四部现代书局所印行的作品的广告，汇成了编者刻意设计的"非战小说"的总主题。

从反战潮流的角度设计这一主题，既是编者的妙手偶得，也同时是匠心独运。长期目睹和历经国内军阀混战的现代中国作家和翻译者，对于反战思潮和战争小说，一直有着浓厚的兴趣和持续的关注，这种关注，在20年代末30年代初又与国际左翼反战思潮交汇在一起，凸显出中国战争题材创作与翻译的世界性。研究者李今指出："国际左翼阵线的反战立场，使左翼文学经常与反战文学相交叉。虽然在第一次世界大战后，以战争为题材的作品陆续出了不少，但真正能够在中国引起强烈共鸣的是后来的反战小说。"尤其是20年代末在德国出现的几部反战小说，"在世界突然掀起了'出版界的大风暴'，雷马克（E.M.Remarque）的《西线无战事》,雷恩(L.Renn)的《战争》、格莱塞(E.Glaeser)《一九〇二级》几乎同时问世,又都在'世界出版界中卖了满座'。"[1]

施蛰存翻译《一九〇二级》的《译者致语》中,解释了为什么非战小说在欧洲乃至全世界大行其道:

> 对于这个问题,倘若我们对于德国的现状,不,简直是对于世界列强的现状,加以一番考察,就可以恍然于这种暴露战争的惨恶的文学是的确有迫切的需要了。
>
> 正为了大战的恐怖和悲哀,不是在当年大战的炮火轰天的时候,不是在战后的满地呈现着断井颓垣的时候,而是在表面上套着光华灿烂的和平的假面具的现在。所以,把当年大战的真意义真面目揭示出来的书及其作者,其为大众小百姓所欢迎,其为所有的统治阶级者所禁止,也就成为当然的现象了。[2]

其中的《西线无战事》堪称是对欧洲和世界文坛影响巨大的作品。王公渝在《战争·小引》中写道:"自从雷马克的《西线无战事》发表以后,欧洲战争文学便独树一帜,大大地改变了先前低能战争小说家的滥调,以平淡的文笔,描写战争的残酷,以伟大的非战热情来促醒欧洲市民的觉悟。"[3]在《现代》第1卷第2期登出的

---

[1] 李今:《二十世纪中国翻译文学史(三四十年代·俄苏卷)》,天津:百花文艺出版社,2009年版,第13页。
[2] 格莱塞:《一九〇二级》,施蛰存译,上海:东华书局,1930年版,第4页。本书的扉页上注明的时间却为1931年,版权页则为1930年5月初版,施蛰存为本书写的《译者致语》的时间落款是1931年5月20日。
[3] 王公渝:《战争·小引》,上海:启明书店,1937年版。"王公渝"在版权页为"王公谕"。

《西线无战事》的广告中，编撰者的措辞与第 2 卷第 5 期稍有不同："本书是轰动全世界的第一部非战小说。在一九二九年出版时，顷刻间销行了数万册。全世界每一个读者的心都被本书抓住了。六架印书机和十架装订机整日整夜地为本书忙碌。到了现在，更被译成数十国文字，摄成了电影，为全世界的厌战群众所热烈欢迎着。"根据《西线无战事》改编的有声电影，在小说问世的次年就由好莱坞（美国环球公司）拍摄，被称为电影史上"最伟大的反战电影"之一[1]。也是在电影问世的 1930 年，《西线无战事》即由日本作家村山知义改编成戏剧[2]，由上海艺术剧社在 1930 年的 3 月 21 日到 23 日在上海演艺馆演出[3]。

《西线无战事》在 30 年代中国文坛引起的轰动从施蛰存后来的回忆中可见一斑：

> 《西部前线平静无事》是第一次世界大战后第一部描写这场战争的小说，1929 年 1 月在德国出版，三个月内，发售了六十万册。英译本出版后，在四个月内，发售九万一千册。法译本在十一天内发售七万二千册，这简直是一部轰动全世界的书。林疑今是林语堂的侄子，在圣约翰大学读书，他在暑假中把这本书译成中文。大约在 9 月间，他带了译稿来找我们，希望我们给他印行。当时我们已知道马彦祥和洪深也

---

[1]《西线无战事》1930 年由路易士·迈尔斯通导演，获得第三届奥斯卡最佳影片、最佳导演奖，在 1962 年美国西雅图世界博览会评选的"电影诞生以来的十四部最伟大的美国影片"中名列第三位。
[2] 村山知义改编的《西线无战事》的剧本的单行本由南京拔提书店出版，1930 年版。
[3] 参见葛飞：《戏剧、革命与都市漩涡——1930 年代左翼剧运、剧人在上海》，北京：北京大学出版社，2008 年版，第 41 页。

在译这本书，而且听说原稿已由现代书局接受，已付印刷厂排版。因为洪深在写一篇二万字的文章，论战争文学，预备附在译文后面，而这篇文章尚未交稿。我们都知道洪深的拖拉作风，他这篇文章未必很快就会写成。于是我们把林疑今的译稿接受下来，做好付排的加工手续，我和望舒带了五听白锡包纸烟，到和我们有老交情的华文印刷所，找到经理和排字房工头。请他们帮忙，在一个月内把这部二十多万字的译稿排出，排字工加百分之二十，另外奉送纸烟五听，让他们自己分配。他们都很高兴地接受了这个任务。过不了十天，就送来了初校样。我们的书在11月上旬出版，在《申报》上登了一个大广告。等到洪深、马彦祥的《西线无战事》出版，我们的林译本已经再版。以后，在五个月内，再版了四次，大约卖了一万二千册，在1930年的中国出版界，外国文学的译本，能在五个月内销售一万多册，已经是了不起的事了。这本书，恐怕是水沫书店最旺销的出版物[1]。

施蛰存所说的《西部前线平静无事》这一译本，实际上是由上海水沫书店1929年10月出版，由译者林疑今的五叔林语堂写序。而洪深、马彦祥合译的版本，也并没有因为施蛰存所谓的"洪深的拖拉作风"而晚出，也是在1929年10月即由现代书局初版，这一译本上海平等书局也在1929年10月同时印行。在洪深、马彦祥合译的这个版本中，洪深写的是2万余言的"后序"，而序言则是马彦祥写的，序前还引用了李白的《战城南》：

---

[1] 施蛰存：《我们经营过三个书店》，《新文学史料》，1985年，第1期。

> 烽火燃不息,征战无已时。
> 野战格斗死,败马号鸣向天悲。
> 乌鸢啄人肠,衔飞上挂枯树枝。
> 士卒涂草莽,将军空尔为。
> 乃知"兵者是凶器,圣人不得已而用之"。

作者试图把非战主义推溯到中国古代诗人那里,说明反战思想中国古已有之。与此相似,林语堂在给《西部前线平静无事》写的序言中,也谈及中国古代关于战争的文学"描写小百姓,在兵戈战乱时期,受尽颠沛流离之苦(自从《国风》许多叙述士女旷怨的诗人以至作《新丰折臂翁》的白居易,及作《石壕吏》的杜甫均在此类)"[1]。

《西线无战事》此后又有1934年过立先译的"通俗本"[2]以及1936年钱公侠译的开明书店版[3],可见在30年代有着持续的影响。借着《西线无战事》畅销的东风,雷马克《西线无战事》的续篇在1931问世的同年,也在中国推出了至少四种译本,被不同的译者译成的《退路》《战后》《西线归来》《后方》《归来》等译名[4],凸显了现代中国译坛译名难以统一的混乱性。

此外雷恩的《战争》、格莱塞的《一九〇二级》等战争小说也纷纷被译到中国文坛。雷恩的《战争》30年代有麦耶夫(林疑今)和王公渝等译本。王公渝在《战争·小引》中称路易棱(即雷恩)的

---

[1] 林语堂:《西部前线平静无事》序,亦收入林语堂《大荒集》,上海:生活书店,1934年6月初版。
[2] 雷马克:《西线无战事》,过立先译,上海:开华书局,1934年版。
[3] 雷马克:《西线无战事》,钱公侠译,上海:开明书店,1936年版。
[4] 参见李今:《二十世纪中国翻译文学史(三四十年代·俄苏卷)》,天津:百花文艺出版社,2009年版,第14—15页。

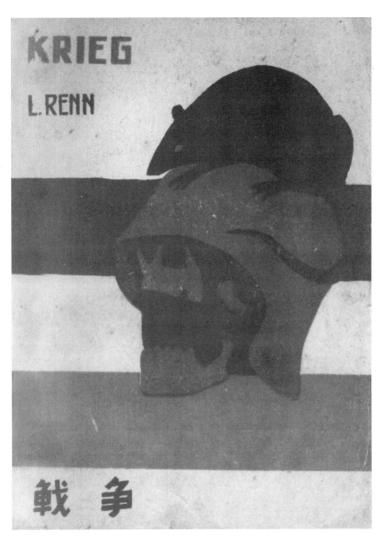

▲ 雷恩的《战争》封面（麦耶夫译）

"《战争》的动人场面,决不在于:法国少女的调情,狂雨中哀壮的国歌,深夜凄恻的四弦琴,和拂晓地平线上的红旗等等。它的伟大的精神,实寄托在揭破'爱国狂'的幻灭,与描写战争的残酷和惨烈上面。它把战争的结果清算给读者,使读者惊心动魄,宛如眼见到一幅毒气杀人,大炮轰城图画一样。所以《战争》的销路达二十余万,也绝非偶然的"[1]。

麦耶夫(林疑今)翻译的《战争》,则由英译本转译,译者在《译序》中写道:

> 《战争》此书与雷马克的《西部前线平静无事》,E.Glaeser 的《一九〇二级》,及使法国少女用嘴唇来亲的《四兵士》,同称为战后德国文坛的四大杰作,像《默示录》的四骑士一样:马蹄过处万里战栗!
>
> 读者中间有的或许曾逞过胸膛,冲冠一怒,拔剑而起,誓报不共戴天之仇,因而只为了某姓狗和某姓猫的争地盘,抢政权,牺牲了几十万人民的生命,但是在指挥战争的司令爷爷看来还值不得他贵夫人一根毛的失落!
>
> 这本书若能喊醒几个在战场上"爱国热"的同志,译者的希望也就够了;同时希望几位专门躺在女人的裤裆里,抽大烟,打麻雀,口口声声主张"战争"的大人先生将朦然的醉眼放开点,究竟你们赶同胞冲上去的"爱国运动"其实是怎么一回事[2]。

---

[1] 王公渝:《战争·小引》,上海:启明书店,1937年版。
[2] 雷恩(L.Renn):《战争》,麦耶夫(林疑今)译,上海:东华书局,1930年初版,第1—2页。

译者"话糙理不糙",对中华大地上演的军阀战争的活剧之义愤溢于言表,充分反映了中国文坛和翻译界对西方反战小说之热情的本土现实语境,也同时说明了中国文坛"在三十年代初形成了翻译反战小说的热潮"[1]的原因。正如钱杏邨在《一九三一年中国文坛的回顾》一文中所总结:"战争小说的产生,以及雷马克的流行,是一九三一年中国文坛上的一件主要现象。"[2]《现代》杂志关于"非战小说"的主题广告的推出,也正敏锐地利用了这一现象级思潮。

现代书局出版的巴比塞的《光明》也被视为伟大的非战小说。《现代》杂志上的广告这样宣传巴比塞的《光明》:

> 巴比塞是写战争小说的唯一的能手。他不但从正面来描写现代的战争,并且从直接参加战斗的士兵以外的人那里,写出战争之残酷,唤醒每一个活着的人来反对战争。本书《光明》便是为这一个目的而写的。在本书中,他从一个平庸的书记的眼中,描出战争的恐怖,使他对于过去的生活起了幻灭,从他的口中,他向全人类叫出建设"世界共和国"的呼声,击碎各种形式的奴隶制度,是一本有意识地批判着战争的非战小说。

称"巴比塞是写战争小说的唯一的能手",虽然可能有些夸大其词,可以看作是书商的行销策略,但称《光明》"是一本有意识

---

[1] 李今:《二十世纪中国翻译文学史(三四十年代·俄苏卷)》,天津:百花文艺出版社,2009年版,第15页。
[2] 钱杏邨:《一九三一年中国文坛的回顾》,《北斗》,1932年1月20日,第2卷第1期。

地批判着战争的非战小说"则是准确的。正因如此,当施蛰存在1933年初得知巴比塞将随同"反帝大同盟"[1]所组织的"满洲调查团"到中国来的消息,马上在《现代》发布通讯:"世界反帝大同盟所组织之满洲调查团,将于日内到华,团员中有法国文学家巴比塞,罗曼罗兰,美国特莱散德国路易·朗诸人。本埠文艺界已数度集会,预备招待云。"[2]多年以后,施蛰存回忆说:"这四位是世界著名的反帝反战作家,调查团中有他们,使我们感到十分鼓舞,我在《现代》五月号上又发表了适夷的一篇小文:《萧和巴比塞》,是对这两位大作家送往迎来的表示。"[3]楼适夷在《萧和巴比塞》中说:"现在,我们又快要迎接一位更可爱的巴比塞。巴比塞不是从旁的观察者或关心者,而是投身在实践的战阵中的;他想着什么,信仰着什么,就怎样去实地的干。他以为第一次世界大战是消灭强权的正义之战,他就去当联队的兵士,立刻他发觉这是帝国主义者屠杀大众牺牲大众的阴谋,他就站在被屠杀被牺牲者的一边,大声地告发了阴谋;他是一个战士了。""为奴隶的光明,为全人类的前途而战斗的巴比塞。"[4]作者不仅仅把巴比塞看成一个反战的作家,更看成一个战士。而今这一战士即将登陆中国,给左翼文化界和出版界都带来热切的期待。现代书局也趁着巴比塞即将来华的"西风",特价销售《光明》,在《现代》上不失时机地刊出题为《欢迎巴比塞》的广告:

---

[1] 全称为"世界反对帝国主义战争大同盟"。
[2] "书与作者"栏目,见《现代》,1933年4月,第2卷第6期。
[3] 施蛰存:《访问伐扬·古久列》,《北山散文集》(一),上海:华东师范大学出版社,2001年版,第344页。
[4] 适夷:《萧和巴比塞》,《现代》,1933年,第3卷第1期,第7页。

> 法国大文豪巴比塞将于本月中负着世界反帝同盟特派调查员的使命来华。本局为向这位作家表示敬意起见，特将敬隐渔先生译的巴氏名著《光明》举行特价出售。本书是现代最伟大的非战小说，译文流畅，欲认识巴比塞氏者不可不读。原价一元。剪此广告来购者只售七角[1]。

可惜的是，原拟来华的罗曼·罗兰并没有来，巴比塞也因健康原因未能成行，改派英国有"红色贵族"之称的马莱爵士为代表团团长，法国《人道报》主笔伐扬·古久列为副团长，并延迟到1933年9月初才来到上海。

《现代》杂志上"非战小说"的主题广告中唯一一部有关中国本土的小说是孙席珍的《战争中》[2]。如同巴比塞的《光明》的广告中说"巴比塞是写战争小说的唯一的能手"，《战争中》的广告也称"孙席珍先生是我们写战争小说的唯一的作家"：

> 孙席珍先生是我们写战争小说的唯一的作家。他曾亲历戎行，参加北伐战役，于士兵生活，具有深刻的观察，本书是他数年来军队生活经验的结集，主人公是几个饱经战阵的士兵。在几次残酷战争中，几个在一起活着的同伴，勇敢的与胆怯的，都死的死了，伤的伤了，最后觉悟到救了"国"，救了"民"，却没有救了自己的命。描写极为动人，实价大洋四角。

---

[1]《欢迎巴比塞》广告，见《现代》，1933年7月，第3卷第3期。
[2] 孙席珍：《战争中》，上海：现代书局，1930年初版。

小说中被卷入内战的士兵"最后觉悟到救了'国',救了'民',却没有救了自己的命",昭示了小说的"非战"主题。这部小说与孙席珍的《战场上》[1]《战后》[2]合称《战争三部曲》,爱德格·斯诺在英文版《活的中国——现代中国短篇小说选》[3]一书"作者小传"中这样介绍孙席珍:"他的家乡一带不断发生拉锯战,也就难怪他的很多作品都是反映这战事的,他最著名的是他的三部曲:《战场上》、《战争中》、《战后》。"写过《从军日记》的谢冰莹也曾评论说:"《战场上》、《战争中》、《战后》,是描写内战的残酷。""他(指孙席珍——引按)曾在战场上生活过一个时期,所以在《战争》三部曲里,描写战争的残酷,淋漓尽致,颇有雷马克的作风。"[4]

而真正被称为"中国的《西线无战事》"的则是黑炎的小说《战线》[5]。黑炎在《战线》序中自称:

> 《战线》所描述的全部,是以一九二六——一九二七年间的战争为描写背景。
>
> 这混战的结果,被逼到战地用武的兄弟们,逐渐深悟到:是谁唆使我们去屠杀;我们互相是残杀了谁个;而我们又该杀哪个仇敌?……

---

[1] 孙席珍:《战场上》,上海:真美善书店,1929年版。
[2] 孙席珍:《战后》,上海:北新书店,1932年版。
[3] 该书英文本于1936年由英国伦敦乔治·C.哈拉普公司出版,中文本于1983年4月由湖南人民出版社出版。版权页标注:爱德格·斯诺主编;中文材料记录者陈琼芝;英文材料翻译者文洁若;编辑朱正。
[4] 谢冰莹:《孙席珍》,《谢冰莹文集》中册,合肥:安徽文艺出版社,1999年版,第200页。
[5] 黑炎:《战线》,上海:现代书局,1933年版。

▲ 孙席珍的《战争中》封面

《现代》曾登出署名凌冰的关于黑炎的《战线》书评:"描写中国士兵生活与其心理的《战线》是一部成功的战争小说,它的成功在于情景逼真而有力。深入军队生活的内里而曲绘其形态。这是一部中国的西线无战事。"[1]钱杏邨也对《战线》予以了极高评价:"在战争小说的写作上,到是在《小说月报》上发见的新人黑炎的《战线》(连载10、11、12期),可说是一篇生活体验的优秀的出产。"[2]

《现代》推出"非战小说"的主题广告,虽然迎合的是文坛对战争这一焦点主题的关注,但另一方面,在"九·一八"事变尤其是"一·二八"沪战之后,"反思与暴露第一次世界大战的残酷与非正义的反战文学,显然与面临着日本帝国主义侵略,中国需要动员一切力量抗日的现实需要不再合辙。左翼阵营及时以雷马克为代表的非战小说展开了批判,以扭转出版界的非战热情"[3]。同人(瞿秋白)在《上海战争和战争文学》一文中指出:"文学对于战争的态度是一个极严重的问题。""中国的革命文学和普洛文学,没有疑问的,一定要赞助这种革命的战争","反对帝国主义并且反对中国地主资产阶级的战争。"[4]《文艺新闻》也发表一篇不具名的"德国通讯",标题是《雷马克,一个轻薄的和平论者》,称对于雷马克的《西线无战事》及其续篇的"反对热","正横溢于苏联全土",而"雷马克在本质上是个和平论者,在意德沃罗基上是不足取的轻薄

---

[1] 凌冰:《战线》书评,《现代》,第3卷第6期,第862页。
[2] 钱杏邨:《一九三一年中国文坛的回顾》,《北斗》,1932年1月20日,第2卷第1期。
[3] 李今:《二十世纪中国翻译文学史(三四十年代·俄苏卷)》,天津:百花文艺出版社,2009年版,第15页。
[4] 同人(瞿秋白):《上海战争和战争文学》,《文学》半月刊,1932年4月25日,第1卷第1期。

者"[1]。1932年6月《文学月报》则发表苏联一理论家O.Biha的文章《雷马克底退路》,称雷马克的"路"是"一条退后的路"。蓬子在《编后记》中写道:"雷马克底《西线无战事》和《退路》的销路,甚至在读书界十分落后的中国,也给予了我们一个非常惊人的数目,这可见他那种麻醉性的非战论的效力之大了。这是非揭破不可的假面具,正如蜜砒一样,在甜味之中含有毒质的。"[2]

1935年《出版消息》终刊号上刊登了一篇题为《世界文学与战争》的译文,文章指出雷马克的小说其实仍旧受到了"帝国主义的束缚","雷马克本人反对战争,但是他拒绝和刽子手战斗",而"文学上的和平主义底观念的完全破产是很明显的。离开和平主义者的欺骗,近代文学向战争的公开预备走去。现在正在发展着一种公开预备这次战争的文学。在日本正向这一门文学专心创作着,疯狂地描写未来的战争的小说整批地出现着,而且分送到千万民众间去"。这批战争小说"是为未来的尸体制造厂所作的广告材料"[3]。翻译的文笔虽然不忍卒读,但是文章本身却准确地揭示了世界文坛一个与反战文学恰相背离的趋势——新的战争文学和"英雄文学"在日本和德国的兴起,敏锐地指出这些好战文学对未来战争的形象化预演以及在意识形态上为未来战争所做的准备,惊心动魄且别出心裁地把这批战争小说形容为"为未来的尸体制造厂所作的广告材料"。

曹聚仁在《战争与战争文学》一文中也认为:"'战争'和'流

---

[1]《雷马克,一个轻薄的和平论者》,《文艺新闻》,1931年10月12日,第3版。
[2] 蓬子:《编后记》,《文学月报》,1932年6月10日,第182页。
[3] K.Radek:《世界文学与战争》,霍夫译,《出版消息》,1935年3月30日,第46、47、48合刊,第10—11页。

亡',使得雷马克成为虚无主义者。一种浮萍主义的观点,有着'天地不仁,以万物为刍狗'的嘲弄人生的幻灭观。"而历经了抗日战争,"在战争中成长"的曹聚仁又重新把雷马克的小说《西线无战事》看了一遍,获得的是如下观感:

> 我自己也还是属于巴比塞、杜甫型的非战主义者。然而,我已经明白,战争乃是最现实的,必须面对着迎接上去的,躲避着是没有用的。[1]

只有亲历漫长的民族解放之战,迎上前去,才能真正克服战争虚无主义,透彻理解和最终实现反战的精义[2]。

---

[1] 曹聚仁:《书林又话》,上海:上海书店,1999年版,第448页。
[2] 本文写作从李今的《二十世纪中国翻译文学史(三四十年代·俄苏卷)》一书受益良多,特此致谢。

"茶话"与"咖啡座":海派散文的都市语境

"如果是冬天,便坐在暖炉旁边的安乐椅子上,倘在夏天,则披浴衣,啜苦茗,随随便便,和好友任心闲话,将这些话照样地移在纸上的东西,就是 essay。"自从厨川白村的《出了象牙之塔》中介绍英国随笔(essay)的这段鲁迅翻译的文字被引入中国文坛之后,中国现代作家对于散文的理解就与一种闲话的现场感,一种美学性的氛围气以及一种话语情境密切关联在一起。周作人在《雨天的书·自序一》中便勾勒了一幅与厨川白村极其相似的"五四"特有的"闲话"境界:"如在江村小屋里,靠玻璃窗,烘着白炭火钵,喝清茶,同友人谈闲话,那是颇愉快的事。"

如果说,厨川白村的"暖炉""浴衣""苦茗"等话语元素描绘的是日本化情境,那么周作人则赋予闲话以一种本土化的乡野气息。"江村小屋""烘白炭火钵""喝清茶"营造的是江南水乡特有的温煦而闲适的带有士大夫特征的生活韵致,置身于这种氛围中,偕二三好友,任心闲话,乐而忘返,自是"颇愉快的事"。这就是周作人描绘的典型的"五四式"的"闲话"情境。而到了 30 年代,移居上海的章衣萍也勾勒了一幅都市化的"茶话"情境:

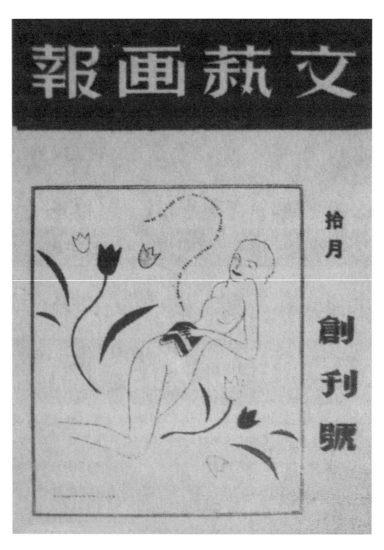

▲ 叶灵凤、穆时英 1934 年主编杂志《文艺画报》创刊号

在斜阳西下的当儿，或者是在明月和清风底下，我们喝一两杯茶，尝几片点心，有的人说一两个故事，有的人说几件笑话，有的人绘一两幅漫画，我们不必正襟危坐地谈文艺，那是大学教授们的好本领，我们的文艺空气，流露于不知不觉的谈笑中，正如行云流水，动静自如。我们都是一些忙人，是思想的劳动者，有职业的。我们平常的生活总太干燥太机械了。只有文艺茶话能给我们舒适，安乐，快心。它是一种高尚而有裨于智识或感情的消遣。[1]

这种都市茶话，构成的是海派作家们忙里偷闲的舒适消遣，同时也是"不知不觉的笑谈中"酝酿的"文艺空气"。海派散文正是诞生于这种"茶话"般的话语情境中[2]。

与章衣萍主持的《文艺茶话》相映成趣的，是1928年8月6日《申报》出现的专栏《咖啡座》，并直接催生了张若谷的一部取名《咖啡座谈》的散文集："咖啡座不但是近代都会生活中的一种点缀品，也不止是一个幽会聚谈的好地方。它的最大效益，就是影响到近代的文学作品中。咖啡的确是近代文学灵感的一个助长物。此外凡是一件作品里能够把咖啡当作题材描写进去的，就会表现出都会的情调与享乐的生活，浓郁的氛围气，与强烈的刺戟

---

[1] 衣萍：《谈谈〈文艺茶话〉》，《文艺茶话》，1932年8月，第1卷第1期，第1页。
[2] 本文所讨论的"海派"散文，取一种狭义的"海派"，侧重讨论以《幻洲》《金屋》《狮吼》《贡献》《现代》《真美善》《新文艺》《无轨列车》《时代画报》《文艺画报》《文艺茶话》等为中心的都市先锋－唯美主义报刊杂志，以及聚拢在这一批报刊杂志周围的叶灵凤、邵洵美、章克标、章衣萍、林微音、张若谷、徐霞村、徐蔚南、无名氏、施蛰存、刘呐鸥、穆时英等作家，以区别于包含了左翼、自由主义以及鸳鸯蝴蝶派的通俗文学的广义的海派。

性。"[1]对都市先锋作家们来说咖啡是以其"浓郁的氛围气,与强烈的刺戟性"与"都会的情调与享乐的生活"相关联的,实在是不容小觑。张若谷还引用黄震遐的文字:"小小的咖啡店充满了玫瑰之色,芬馥而浓烈的咖啡之味博达四座,这种别致的法国艺术空气,在上海已经渐渐的兴起了。"[2]如果说,章衣萍的"茶话"的语境中多少存有一些本土文化意味的话,那么"咖啡座"则更裹挟一种"别致的法国艺术空气",是《申报》直接移植和挪用西洋艺术语境的产物。

这种海派散文创作的原发性语境也同时要求一种与之适应的阅读情境,1933年3月《现代》第2卷第5期上关于《灵凤小品集》的广告描绘的正是与海派散文的话语相适应的读者阅读的情境:"艳阳天气,在水滨,在花间,在灯下,都是读小品文的好时光,从三四分钟便可读毕的短文中,你将获得生活苦的慰安,神经衰弱的兴奋剂,和幻梦的憧憬。"与周作人笔下的五四特有的闲话小品文的语境对比,即可看出,周作人描述的"江村小屋","烘着白炭火钵","喝清茶","同友人谈闲话",可以看成是京派小品文的理想。而"艳阳天气,在水滨,在花间,在灯下",则是海派所追求的带有浓厚唯美化意味的境界,或许与大都市生活的繁复、苦闷、刺激、疲惫以及梦幻般的心态相互生发。而《灵凤小品集》的广告词中"生活苦的慰安,神经衰弱的兴奋剂,和幻梦的憧憬"的措辞也令人联想到波德莱尔在散文诗集《巴黎的忧郁》所收入的《窗》中描绘的情境:"从一个开着的窗户外面看进去的人,决不如

---

[1] 张若谷:《咖啡座谈》代序,《咖啡座谈》,上海:真美善书店,1929年版,第7—8页。
[2] 同上书,第7页。

▲ 刘呐鸥的《都市风景线》封面

那看一个关着的窗户的见得事情多。再没有东西更深邃,更神秘,更丰富,更阴晦,更眩惑,胜于一枝蜡烛所照的窗户了。日光底下所能看见的总是比玻璃窗户后面所映出的趣味少。在这黑暗或光明的隙孔里,生命活着,生命梦着,生命苦着。"那些大都市中"活着"、"梦着"、"苦着"的读者在读海派散文的过程中所获得的,也许恰是"生活苦的慰安,神经衰弱的兴奋剂,和幻梦的憧憬"。在第2卷第6期《现代》杂志中,另有一则关于《灵凤小品集》的新广告:

> 叶先生的文字,素来以艳丽见称,这集子里的小品,更能代表他那一称婉约的作风。所描写的都是一种空灵的无可奈何的悲哀,和昙华一样的欢乐,如珠走盘,如水银泻地,能使读者荡气回肠,不能自已。几年以来,为作者这种文笔所倾倒的已经不知有多少人,实在是中国文坛上小品文园地中唯一的一畦奇葩。对于追求梦幻和为生活所麻醉的人们,这是最适宜的一贴安神剂。

两则广告都强调了叶灵凤散文"安神剂"的效用,这与章衣萍所说"只有文艺茶话能给我们舒适,安乐,快心",在精神深处是相通的。

海派散文的精髓由此与大都会的气质构成了同一的关系。都会滋养了海派小品,而海派散文也形神毕肖地描摹了都市。都市的繁复性、都市的日常性、都市的先锋性、都市的刺激性……都是海派散文大显身手的地方。从海派散文中,可以随处捕捉到的,是作家们对都市生活的耽溺,正像胡兰成复述的40年代张爱玲的话:"现代的东西纵有千般不是,它到底是我们的,与我们亲。"海

▲《良友》画报所登《都会的刺激》,画面由摩登女郎、爵士乐队、摩天大楼、跑马场、电影《金刚》的海报等都会图景组成

派散文在骨子里所表现的,正是作家与都市的亲和力。当然,在表象上,海派唯美-先锋作家们力图表现的,是都市体验的复杂性甚至悖论性。海派散文的悖论式图景体现在,一方面作家们试图提供给读者对"生活苦的慰安",而另一方面,则是提炼着"神经衰弱的兴奋剂",愈加刺激读者"自家的神经"。因为作家与读者所共同分享的以及时时面对的,是"都会的诱惑":

> 大都会所给与我们的,不消说,便是一个五光十色,像万花筒一样的集合体。……我们若跑到南京路、外滩、虹口那一带去,则各种奇特刺眼的色彩,真使我们的眼睛应接不暇。例如大商店里的窗饰,汽车马车的油塗,活动写真的大广告,太太小姐妓女电影明星的绸缎的衣服,都好像在那里竞奇斗艳,互相比赛的样子。
>
> "都会的诱惑"已成为近代艺术文学绝好的题材与无上的灵感。[1]

这种"都会的诱惑",刺激着海派作家们的神经和欲望,激发出的是都市享乐主义的倾向。如张若谷在《刺戟的春天》中的表白:"我爱看丰姿美丽,肌肤莹白,衣饰鲜艳,行动活泼的少女;我爱听出神入化的大规模的交响乐会;我爱看可歌可泣富于魅诱性的歌剧;我爱嗅浓郁馨芳化装粉麝;我爱尝甜蜜香甘的酒醴;我对于享受艺术文明的欲望繁复而且强烈,不胜罄书。"[2]这种繁复而且

---

[1] 张若谷:《异国情调》,上海:世界书局,1929年版,第13—14页。
[2] 同上书,第7页。

强烈的"享受艺术文明的欲望"已经成为30年代上海的都市意识形态的基座和底蕴,甚至被赋予了文明再造的正当性,如《时代画报》即名正言顺地倡导一种享乐的"意趣":"我们要为国家造富源,尤其要使人民心理向上勿苟且,务须发挥具有享受的意趣……我们大胆地极力提倡时髦和漂亮,不作无病呻吟,完全抱着奋斗前进应有的进展。"[1]这番话虽然说的疙里疙瘩,但背后的理念是清楚而鲜明的。海派散文所顺应的正是这种都市理念,表现出对都市摩登的沉迷和眷恋。纸醉金迷的物质生活图景,因此首先进入作家们的书写视野。如张若谷在《都会的诱惑》中描绘的那样:

> 近代科学的突进,机械业的发达,化装品,妆饰术,大商业广告术的进步,使大都会一天一天的增加艳丽,灿烂,引得一般人目迷心炫,像妖魔一般的有媚人的力量。……他方面一群神经过敏的艺术家,受了资本主义的压迫,而生出无限苦闷,于是拼命地要求肉的享乐,想忘记了苦闷;酒精呀,烟草呀,咖啡呀,淫荡的女性呀,愈是刺激的东西愈好。……而他们所表现出来的艺术,也当然是力求新奇的刺激的东西。[2]

作者描述了大都会的日渐"艳丽灿烂"的图景对都市中人的魅惑,以及与享乐主义相伴生的苦闷,最终揭示了都市艺术力求"新奇的刺激"的必然性。与左翼作家对都市文明的批判姿态形成鲜明

---

[1]《编余谈话》,《时代画报》,1930年,第9期。
[2] 张若谷:《异国情调》,上海:世界书局,1929年版,第12—13页。

对照的，是海派先锋－唯美文学家们把都市看成是现代艺术的中心："我始终还信仰文化的发祥，必集中于大都会，都会间的一切生动活跃与热闹刺戟的现象，都是酝酿为文化的'酵素'。"[1]"近代艺术，必集中于都市，盖伟大之建筑，音乐会，歌剧，绘画展览会，大公园，华丽之雕刻等，非有城市不足以表现。""中国人实然太不知道都会是艺术文化中心地的道理，所以自己尽管一方面住在大都会里，而另一方面却在那里痛骂都会的一切。"[2]最后一句话或许是在借机嘲讽同样生存在都会的天空下的左翼作家群。

但是无论是在西方还是在东方，享乐主义所面对的历史性难题在于：欲望的耽溺之中是无法生成生命的精神拯救和自我救赎的超升的可能性的，所以愈是追求刺激的强度，愈是"拼命地要求肉的享乐"，愈是"想忘记了苦闷"，生命的苦闷反而愈发强烈。这就是海派散文所蕴含的都市的终极悖论。《现代》杂志上关于章衣萍的随笔的广告称"尤能使读者在微笑中觉到好像受了苦的矛盾味"，恰到好处地描绘出章衣萍以及海派随笔携有的复杂而矛盾的美感特征。正如海派散文的另一个代表人物章克标所回顾的那样：

> 我们这些人，都有点"半神经病"，沉溺于唯美派——当时最风行的文学艺术流派之一，讲点奇异怪诞的、自相矛盾的、超越世俗人情的、叫社会上惊诧的风格，是西欧波德莱尔、魏尔伦、王尔德乃至梅特林克这些人所鼓动激扬的东西。我们出于好奇和趋时，装模作样地讲一些化腐朽为神奇，丑

---

[1] 张若谷：《咖啡座谈》，上海：真美善书店，1929年版，第86页。
[2] 张若谷：《异国情调》，上海：世界书局，1929年版，第1页。

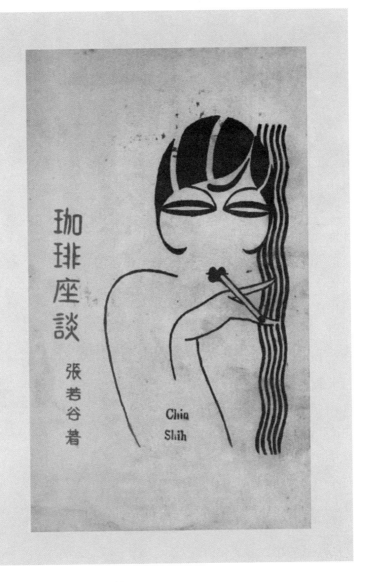

▲ 张若谷著《咖啡座谈》的封面

恶的花朵，花一般的罪恶，死的美好和幸福等，拉拢两极、融合矛盾的语言。《狮吼》的笔调，大致如此。崇尚新奇，爱好怪诞，推崇表扬丑陋、恶毒、腐朽、阴暗；贬低光明、荣华，反对世俗的富丽堂皇，申斥高官厚禄大人老爷。[1]

章克标揭示了唯美－先锋派特有的矛盾性，既是审美的矛盾性，更是世界观的矛盾性。这种矛盾性也同样体现在章衣萍的创作中。

章衣萍虽然早期在北京崭露头角，但是风格却似乎天生倾向于海派。有论者当年即评价章衣萍说："本来，像他那样徘徊于趣味的氛围里的观念，随时都有跑到唯美派的道路的可能。"[2]譬如章衣萍早期的作品，列为"衣萍半集之一"的小说集《情书一束》，就以唯美派式的颓废、大胆的自我暴露以及曲折的三角恋爱风靡一时，该小说集1925年6月由北新书局初版，至1930年3月已印至十版，发行近两万册，在当时是名副其实的畅销书，也曾经与张竞生的《性史》等一道被南开大学的校长张伯苓列为学生的禁书。《情书一束》中最出名的第一篇《桃色的衣裳》即是以章衣萍和画家叶天底、女作家吴曙天的三角恋爱为故事原型[3]，里面也不乏露骨的情色场面。到了1934年《情书一束》被收入"衣萍半集"的时候，《现代》杂志上的广告语称："章衣萍先生的笔，向以灵敏见称，他善写爱情，也善写秀逸的随笔。他所写的爱情是活的，有

---

[1] 章克标：《回忆邵洵美》，南京师范大学编：《文教资料》，1982年，第5辑。转引自李欧梵：《上海摩登》，毛尖译，北京：北京大学出版社，2001年版，第281页。
[2] 余慕陶：《读书杂记》，《文艺茶话》，1932年8月，第1卷第1期，第23页。
[3] 陈漱渝：《〈情书一束〉与〈情书一捆〉》，杨天石主编：《民国史谈：弹指兴衰多少事》，北京：中共中央党校出版社，2008年版。

▲ 章衣萍与夫人吴曙天合影

生命的,是现实的血与泪的交流,里面有微笑,有悲哀,有疯狂,也有嫉妒。《情书一束》和《友情》便是章先生写情的代表作。他的随笔尤能使读者在微笑中觉到好像受了苦的矛盾味。年来因卧病遂使他的随笔益增丰富精彩,《枕上随笔》《窗下随笔》《风中随笔》等,风行一时,几乎爱好文学的青年。都有人手一编之概。"[1]可以想见衣萍式的爱情在30年代的上海文摊仍旧"风行一时",有足够的市场。

鲁迅1932年做的一首打油诗活化出章衣萍在海上文坛的丰富形象。章衣萍曾在《枕上随笔》单行本[2]中说:"懒人的春天哪!我连女人的屁股都懒得去摸了!"由此被誉为"摸屁股的诗人"。又据说他向北新书局预支了一笔版税,便开始炫耀"钱多了可以不吃猪肉,大喝鸡汤"。然而鸡汤没喝多久,就因编辑儿童读物《小猪八戒》冒犯了回教,引起一场诉讼,导致北新书局一度关门。遂有鲁迅打油诗中善意的讥讽:"世界有文学,少女多丰臀。鸡汤代猪肉,北新遂掩门。"[3]

衣萍半集之一的小说集《情书一束》和衣萍半集之二的《友情》[4]都是章衣萍在北京时期的作品。而稍晚近的上海时期的创作则更多地集中在衣萍半集之三《随笔三种》之中,包括《枕上随笔》《窗下随笔》[5]和《风中随笔》。三种随笔在文体上仿《世说新语》,堪称现代文坛的"新世说",梁启超、章太炎、李大钊、陈独秀、

---

[1] 原载《现代》,1934年2月,第4卷第4期。
[2] 衣萍:《枕上随笔》,上海:北新书局,1929年版。
[3] 鲁迅:《教授杂咏四首》之三,《鲁迅全集》第7卷,北京:人民文学出版社,1981年版,第435页。
[4] 《友情》在章衣萍的计划中要写三卷,共三十章。收入"衣萍半集之二"的部分仅为已经写出的上卷,共十章。
[5] 1929年12月北新书局曾经出过《窗下随笔》的单行本。

▲ 章衣萍著《随笔三种》封面

冰心、陶行知、郁达夫、钱玄同、孙伏园、汪静之、茅盾等文人雅士都曾忝列其中。其中一则言及鲁迅的轶事：

> 大家都知道鲁迅先生打过吧儿狗，但他也和猪斗过的。有一次，鲁迅说："在厦门，那里有一种树，叫做相思树，是到处生着的。有一天，我看见一只猪，在啖相思树的叶子，我觉得：相思树的叶子是不该给猪啖的，于是便和猪决斗。恰好这时候，一个同事来了。他笑着问：'哈哈，你怎么和猪决斗起来了？'我答：'老兄，这话不便告诉你。'……"

在这则轶事中，章衣萍讽喻的是厦门时期鲁迅与许广平的"两地相思"。至于为鲁迅讥讽过的那句"懒人的春天哪！我连女人的屁股都懒得去摸了"，当章衣萍把《枕上随笔》《窗下随笔》《风中随笔》合编为《随笔三种》时，则将它删去了。

章衣萍在1929年6月25日致胡适的信中自称："《枕上随笔》所说虽杂乱不值一笑，然语必有征，不敢作一谎语。"胡适读后称此书"颇有趣味"[1]。这种海派的"趣味"与当年周作人所激赏的"如在江村小屋里""喝清茶，同友人谈闲话"的境界相较，已经相去甚远了。

---

[1] 参见陈漱渝：《〈情书一束〉与〈情书一捆〉》，杨天石主编：《民国史谈：弹指兴衰多少事》，北京：中共中央党校出版社，2008年版。

作为"中介"的日本

中国现代文学创生与发展的历史进程中,一直伴随着对西方文学思潮和文艺理论的全方面的译介和接受。而作为东亚现代史上的先发国家,被竹内好视为优等生的日本,在中国借镜西方的过程中起到了不容忽视的中介作用。仅就鲁迅而言,留日时期的鲁迅正是在日本的大正年代的文化历史语境中获得了对西方文学与哲学新知的历史性认知。"五四"之后的鲁迅对厨川白村的翻译与介绍,也构成了西方理论在中国的传播史上一个令学者屡屡反顾的具有典型性的案例。到了20年代末30年代初,在鲁迅的理论兴趣转向左翼思潮的过程中,则侧重参详的是日本学界对马克思主义的介绍与翻译,也应和了30年代中国学界大批量引进西方文学与思想资源尤其是马克思主义的时代潮向。

20世纪30年代的中国出版界集中出版了一批译介西方文艺思潮的著述。譬如宫岛新三郎的《欧洲最近文艺思潮》以及升曙梦的《俄国现代思潮及文学》即是现代书局推出的既有概观性又有专题性的专著,两部书的作者都是30年代在中国形成了影响力的日本知名学者。

有当代研究者这样介绍《欧洲最近文艺思潮》的作者及其著作:"宫岛新三郎(1892—1934)以研究世界文艺思潮史、文学批评史见长。他著有《欧洲最近的文艺思潮》《明治文学十二讲》《大正文学十二讲》《文艺批评史》《现代文艺思潮概说》等。中国译有他的《欧洲最近文艺思潮》(现代书局1930年版)、《现代日本文学评论》(开明书店1930年版),《文艺批评史》等。其中,影响最大的是《文艺批评史》。《文艺批评史》以欧洲文艺批评为主,对世界文艺批评的起源发展做了全景式的描绘,在日本属于这一领域中先驱性的著作。该书1928年在日本出版后,当年中国就有人把它编译成中文,以《世界文艺批评史》为题出版(美子译述,厦门国际学术书社版)。1929年和1930年,先后又有上海现代书局和开明书店出版了黄清嵋和高明的两个译本。宫岛的《文艺批评史》是现代中国翻译的唯一一种世界文艺批评史著作。"[1]

与宫岛新三郎的全景式的《文艺批评史》相比,这部《欧洲最近文艺思潮》讨论的时间段比较集中,侧重的是第一次世界大战前后的文艺思潮。宫岛新三郎在序言中这样定位自己的这本书:"欧洲最近文艺思潮,目的是在于欧洲文艺的主要思潮的最简明且要约的叙述;所以可以说是欧洲文艺史的入门书。在这小册子里,比较着重的是现代,尤其是大战前后的文艺思潮——换句话说,便是浸透了全世界底以社会意识为基础的新兴文艺的思潮。类似的书,虽并不是没有,但是把现代的文艺思潮和旧文艺思潮对照观察的,却或许只有这一本。因此,这本书量虽不大,却是多少

---

[1] 王向远:《中国现代文艺理论和日本文艺理论》,《北京师范大学学报(社会科学版)》,1998年,第4期。

有些自负的呢!"尽管作者认为该书对于东方读者了解西方的"新兴文艺",只是一本入门性的小册子,但作者"把现代的文艺思潮和旧文艺思潮对照观察",构成了本书一大特色。《欧洲最近文艺思潮》由五个章节构成:欧洲最近文艺思潮的源流、浪漫主义的消长、现实主义运动、新浪漫主义诸相、改造期的文艺思潮,大体勾勒了西方从浪漫主义到象征主义(即"新浪漫主义")的文艺发展的历史轨迹。[1]

而升曙梦则是介绍俄苏文学最力的日本学者,《俄国现代思潮及文学》中译本近700页,对当时的中国学界而言,堪称是皇皇巨著。《现代》杂志刊登的关于该书的广告这样评价这本书在俄国现代思潮及文学研究领域的特征和价值:"本书分列各著名作家,衬以时代思潮而详述俄国现代的文学,上溯至正当全俄国上下的人心被灰色的暗影所笼罩住的一八九〇年,下及于苏联治下的一九三〇年。议论见解,均极精辟而有独到之处。著者升曙梦为现今日本最闻名的俄国文学研究者,已半生埋头并浸沉于俄国文学研究之中,于俄国文学有极深切的体会。此书即系结晶其半生的研究而成,其价值可见。关于论述俄国现代文学的专书,如同本书那样详备卓出的,实属罕见。本局特请许君译出以饷一般研究俄国文学者,并备大学外国文学系学生作为重要参考用书。"[2]《俄国现代思潮及文学》的特出价值,可能主要在于它是一部论述俄国现代文学的"详备卓出"的专书。

除了现代书局出版的《俄国现代思潮及文学》,升曙梦的关于

---

[1] 宫岛新三郎:《欧洲最近文艺思潮》,高明译,上海:现代书局,1931年版。
[2] 这一则广告载《现代》,1933年10月1日,第3卷第6期。

▲ 升曙梦著《俄国现代思潮及文学》封面

俄苏文学的近十种著述也基本上被译介到中国文坛，其中大部分都翻译于30年代，迎合了中国文坛了解俄苏文学的热情。升曙梦在《写给中译本的序——呈译者许亦非君》中的一番话，多少道出了中国文坛关注俄苏文学的内在原因：

> 原来，我是个认为在贵国与俄国之间是有着很多的共通点的一人。在国家的特征上，在国民性上，在思想的特质上，这两个国家是非常类似的。在这意义上，即使说中国乃是东方的俄国，俄国乃是西方的中国，似乎也决非过甚之词。所以，俄国文化，比之世界任何一国，我相信在贵国是最能接受并最能正当地理解。就从那一点来说，本书由着你的秀逸的翻译和非凡的努力，比之在日本，在贵国怕会看到更多的成功吧，我私自这样期待着[1]。

升曙梦的判断颇有远见，堪称预言了中俄两国在未来的几十年间错综复杂的关系。但中俄之间的共通点，除了升曙梦所谓的"国家的特征"、"国民性"以及"思想的特质"上的类似，恐怕还在于30年代苏联的当下，即是中国的未来。《俄国现代思潮及文学》的译者许亦非在《译后记》中写道：

> 片上伸氏曾说："俄国是从最初以来，就有着当死的运命的。……"但俄国却毕竟已摆脱这所谓当死的运命而自行苏甦了转来，在这苏甦转来的过程中，俄国的文学是与有大力的；

---

[1] 升曙梦：《俄国现代思潮及文学》，许亦非译，上海：现代书局，1933年版，第2页。

▲ 升曙梦著《俄国现代思潮及文学》一书中所附高尔基像

至少可说是因为有这文学的推动力，俄国这才至于苏甦过来了的。中国在目前，也正如过去的俄国一样，已有当死的运命临到头上；然而，中国目前的文学又何其这样浮浅而毫不隐含着一点深沉的力呢？这译本倘能略略使惊觉到这一点，为译者的我，就已十分满足了。[1]

译介的意义，似乎不仅仅关乎文学，甚至也关乎民族的命运，关乎中国在"当死的运命临到头上"的历史关头，如何"苏甦过来"。翻译的意义恐怕更应该在这一高度进行体认吧？只要想到鲁迅在从事文学创作的同时，把毕生相当一部分精力持续地投入在翻译工作上，就可以体会到翻译之所以堪称"伟业"的原因所在。

关于升曙梦，译者许亦非在《俄国现代思潮及文学·译后记》中介绍说："著者升曙梦，号直隆，我不大知道他的生平，只知道他曾经当过陆军大学的教官，现已自行告退，在乡间埋头于俄国各方面的研究；他系日本最有名的一个俄国文学研究者。""正如关于十九世纪前半欧洲文学上的运动，全世界只有布兰兑斯的一部十九世纪文学主潮史一般。在这一点上，本书可说是世界仅有的一部关于现代俄国文学的最详实的历史文献或研究。"《俄国现代思潮及文学》的确当得上许亦非以及《现代》杂志上的广告语的评价："关于论述俄国现代文学的专书，如同本书那样详备卓出的，实属罕见。"因此，升曙梦在《写给中译本的序》里毫不谦虚地自称："虽然像是自称自赞，但关于这时代的研究，如同本书那

---

[1] 升曙梦：《俄国现代思潮及文学》，许亦非译，上海：现代书局，1933年版，第686页。

样完备的，就连俄国本国也还没有。"这种"自称自赞"在宫岛新三郎那里也同样见出。《现代》上关于宫岛新三郎《欧洲最近文艺思潮》的广告语"录自原著者序"，序中作者亦自吹自擂："类似的书，虽并不是没有，但是把现代的文艺思潮和旧文艺思潮对照观察的，却或许只有这一本。因此，这本书量虽不大，却是多少有些自负的呢！"

两本书中都可以看出作者的自负。这是近代以来日本人特有的自负。在现代文学思潮的传播史上，日本对西方的文学介绍的最力，他们在传递和研究西方文学与文化方面也的确当得起这种自负。也因此，使得中国留日的诸留学生作家通过日本人翻译和介绍西方文学和文化思潮的中介，获得了新知。除鲁迅外，周作人和创造社、太阳社诸公，都通过日本文坛了解西方的文艺思想。鲁迅说"别求新声于异邦"，其中日本的中介作用自然不容小觑。

最典型的例子当然是中国文坛通过厨川白村对弗洛伊德和象征主义的接受。在鲁迅和郭沫若对弗洛伊德理论借鉴的过程中，厨川白村的中介作用是非同小可的。厨川白村也因此成为对现代中国影响最大的日本理论家，甚至比他在日本本土的影响还要大。梁盛志在40年代就曾经说过，厨川白村的"主要著作，几乎翻完，他在中国所享的盛名，可说超过在本国以上"[1]。五四时期诸多中国作家都对他情有独钟，其中鲁迅亲自翻译了厨川白村的《苦闷的象征》和《出了象牙之塔》，并用《苦闷的象征》作教材在北京高校开课。

厨川白村在中国影响之大的原因其实很简单，他的"苦闷的象

---

[1] 梁盛志：《日本文学对于中国文学的影响》，《中国文学与日本文学》。上篇，青木正儿著，梁盛志译；下篇，梁盛著，北京：国立华北编译馆，1942年版，第111页。

▲ 鲁迅翻译的厨川白村的《苦闷的象征》

征"理论是把象征主义和弗洛伊德焊接在一起的文学发生学和创作论。象征主义和弗洛伊德都是五四时期最时髦的西方理论,两者结合在一起当然就威力倍增。鲁迅在《苦闷的象征》翻译序言中阐释这本书的主旨是"生命力受压抑而生的苦闷懊恼乃是文艺的根柢,而其表现法乃是广义的象征主义"[1]。所以《苦闷的象征》既是对创作心理的研究,又是文学发生论,处理的既是文学的本质,也是生命的本质。这也就是《苦闷的象征》第一章中所谓"人生的深的兴趣,要而言之,无非是因为强大的两种力的冲突而生的苦闷懊恼的所产罢了"。所谓的"两种力"一是生命力,二是对这种生命力的压抑之力。厨川白村没有把压抑之力看成是生命的负面因素,而是认为"无压抑,即无生命的飞跃"[2]。正如伊格尔顿在《审美意识形态》中所说:"对内驱力的压抑是所有伟大艺术与文明的基础。"[3]鲁迅的《不周山》、郭沫若的《残春》、郁达夫的《沉沦》都印证了这一点。理解了这一点,就很容易明白为什么鲁迅、郁达夫和郭沫若全都在小说中处理苦闷与压抑的主题。周作人当年为《沉沦》辩护,也从苦闷的角度着眼:

> 综括的说,这集内所描写是青年的现代的苦闷,似乎更为确实。生的意志与现实之冲突,是这一切苦闷的基本。[4]

郭沫若在1923年也说:"我郭沫若所信奉的文学的定义是:'文

---

[1] 鲁迅:《译〈苦闷的象征〉后三日序》,厨川白村著、鲁迅译:《苦闷的象征》,北京:人民文学出版社,2007年版,第3页。
[2] 同上书,第14页。
[3] 伊格尔顿:《审美意识形态》,桂林:广西师范大学出版社,2001年版,第235页。
[4] 周作人:《〈沉沦〉》,《晨报副刊》,1922年3月6日。

学是苦闷的象征'。"[1]鲁迅、郭沫若和郁达夫揭示的正是人性自我压抑的历史,而他们的创作中的一个无意识的目的,就是把这种压抑的历史进程揭示出来,把非理性还原为历史的另一种动力。

厨川白村的中介性表明,任何理论在旅行和传播的过程中,都要经过某种中介环节,也必然要发生某种变异,这就是萨义德在《旅行中的理论》中提出的"理论旅行"概念,认为一种理论从一种境域一类文化一个时代旅行传播到另一境域文化和时代的时候,势必要受到传播过程中的具体的时空和历史语境的制约。而经过厨川白村改造过和变异了的弗洛伊德就是中国人更容易接受的精神分析学,其原初理论中诸如性驱力、死本能、俄狄浦斯情结等等容易令东方人产生陌生感的理论都经过了厨川白村的淘洗。厨川白村在《苦闷的象征》中这样表达对弗洛伊德的不满足:"我所最觉得不满意的是他那将一切都归在'性底渴望'里的偏见,部分底地单从一面来看事物的科学家癖。"[2]换句话说,厨川白村纠正了弗洛伊德用"性的渴望"来解释一切的偏颇,这种纠正得到了鲁迅的赞赏:"弗罗特归生命力的根柢于性欲,作者则云即其力的突进和跳跃。"[3]而经过厨川白村这一层纱布的过滤,弗洛伊德的理论就更有生命美学的色彩,作为一种文学理论,它也在具有前沿性的同时显得更加温和,更对中国人的胃口。

在中国现代文坛接受西方文艺思潮的过程中,作为中介的日本是一个值得专门研究的题目。20年代末直到战前,中国出版界

---

[1] 郭沫若:《暗无天日的世界》,《创造周报》,1923年6月23日,第7号。
[2] 厨川白村:《苦闷的象征》,鲁迅译,北京:人民文学出版社,2007年版,第24页。
[3] 鲁迅:《苦闷的象征·引言》,厨川白村著、鲁迅译:《苦闷的象征》,北京:人民文学出版社,2007年版,第5页。

▲ 厨川白村像

翻译日本学者介绍西方文艺思潮的著作达到了一个高潮。仅上海出版界出版的日本学者和作家的关于西方文学理论和思潮的著作就有近30种。大致如下：

1926年，北新书局出版，升曙梦著，雪峰译《新俄文学的曙光期》。

1927年，北新书局出版，升曙梦著，画室（冯雪峰）译《新俄的无产阶级文学》；升曙华著，画室译《新俄的演剧运动与跳舞》。

1928年，北新书局出版，内崎作三郎著，王璧如译《近代文艺的背景》。启智书局出版，厨川白村著，绿蕉、大杰译《走向十字街头》。现代书局出版，藤森成吉著，张资平译《文艺概论》。开明书店出版，本间久雄著，沈端先（夏衍）译《欧洲近代文艺思潮概论》。

1929年，北新书局出版，有岛武郎著，张我军译《生活与文学》；片山孤村等著，鲁迅译《壁下译丛》。大江书铺出版，片上伸著，鲁迅译《现代新兴文学的诸问题》。华通书局出版，升曙梦著，陈俶达译《现代俄国文艺思潮》。现代书局出版，宫岛新三郎著，黄清崏译《文艺批评史》。

1930年，大江书铺出版，冈泽秀虎著，陈望道译《苏俄文学理论》。开明书店出版，宫岛新三郎著，高明译《文艺批评史》；本间久雄著，章锡琛译《文学概论》。现代书局出版，小泉八云著，杨开渠译《文学入门》；藏原惟人著，之本译《新写实主义论文集》。启智书局出版，厨村白村著，绿蕉译《小泉八云及其他》。神州国光社出版，千野龟雄等著，张我军译《现代世界文学大纲》。商务印书馆出版，伊达源一郎著，张闻天、汪馥泉译《近代文学》。

1931年，现代书局出版，小泉八云著，杨开渠译《文学十讲》；

宫岛新三郎著，高明译《欧洲最近文艺思潮》。大东书局出版，厨川白村著，夏绿蕉译《欧美文学评论》。北新书局出版，升曙梦著，汪馥泉译《现代文学十二讲》。

1932年，现代书局出版，小泉八云著，孙席珍译《英国文学研究》。

1933年，中华书局出版，荻原朔太郎著，孙俍工译《诗的原理》；岸田国士著，陈瑜译《戏剧概论》。现代书局出版，吉江乔松著，高明译《西洋文学概论》。光华书局出版，芥川龙之介著，高明译《文艺一般论》。

1934年，商务印书馆出版，小泉八云著，侍桁译《文学的畸人》。

1935年，开明书店出版，松村武雄著，钟子岩译《童话与儿童的研究》。

1937年，中华书局出版，冈泽秀虎著，侍桁译《郭果尔研究》。开明书店出版，升曙梦著，胡雪译《高尔基评传》。[1]

或许正基于这种译介的盛况，当年就有研究者指出：

> 日本新文学创作的翻译，事实上是日本摄取了西洋文学，完全消化生长成立后，向中国的输出。至于理解吸收西洋文学理论，以谋自国文学的革新，中国所走的路，正是明治以后日本曾走过的路。一方面直接学习西洋文学，一方面间接译读日本研究介绍西洋文学的论文批评，自属事所当然。这

---

[1] 上海市地方志办公室编：《上海出版志》http://www.shtong.gov.cn/node2/node2245/node4521/node29060/node29267/node29269/userobject1ai54474.html。

▲ 高明翻译的《西洋文学概论》封面

方面作品的翻译介绍，其数量之多，影响之大，要在日本的文学创作以上。[1]

这一研究者已经认识到，日本对西洋文学不仅仅是生吞活剥的摄取，同时也有个"完全消化生长成立"的过程。这种体认，有别于仅仅把现代日本视为译介与传播西方文学理论与文化思想的中介的理解模式，其中蕴含的启示在于：当1930年代的中国现代文坛以日本为"中介"的同时，或许也需要思考应该怎样以日本为"方法"吧？

---

[1] 梁盛志:《日本文学对于中国文学的影响》,《中国文学与日本文学》。上篇，青木正儿著，梁盛志译；下篇，梁盛著，北京：国立华北编译馆，1942年版，第111页。

换个角度看"文艺自由论辩"

1931年底,《文化评论》创刊号刊载胡秋原写的社评《真理之檠》,称"文化界之混沌与乌烟瘴气,再也没有如今日之甚了",因此"自由的智识阶级"们开始承担批判的责任,并表示"完全站在客观的立场说明一切批评一切。我们没有一定的党见,如果有,那便是爱护真理的信心"[1]。同一期更有影响的宏文是胡秋原的《阿狗文艺论——民族文艺理论之谬误》,文中几句因为屡屡成为对手批判的靶子而载入史册的名言是:"文学与艺术,至死也是自由的,民主的","将艺术堕落到一种政治的留声机,那是艺术的叛徒。艺术家虽然不是神圣,然而也决不是叭儿狗,以不三不四的理论,来强奸文学,是对于艺术尊严不可恕的冒渎。"在随后发表的《勿侵略文艺》一文中,胡秋原以"自由人"的形象继续强调"艺术不是宣传",反对"某一种文学把持文坛"[2]。如果说,胡秋原的这些言论还可以被看作是对国民党"民族主义文艺运动"的批评的

---

[1] 胡秋原:《真理之檠》,《文化评论》创刊号,1931年12月25日。
[2] 胡秋原:《勿侵略文艺》,《文化评论》,1932年,第4期。

话,那么,当胡秋原写出《钱杏邨理论之清算与民族文学理论之批评》一文时,矛头则同时指向左翼文学运动:"最近三四年来,中国文艺理论界有一个最大的滑稽与一个最大的丑恶。前者即是左翼文艺理论家批评家钱杏邨君之'理论'与'批判',后者即是随暴君主义之盛衰而升沉的民族文艺派之'理论'与'创作'。"[1]由此遭到"左联"的迎头痛击,就是不可避免的了。左翼人士以《文艺新闻》为核心阵地,连续发表多篇文章对胡秋原给予回击。洛扬(冯雪峰)的《"阿狗文艺"论者的丑脸谱——洛扬君致编者》[2],瞿秋白的《"自由人"的文化运动——答复胡秋原和〈文化评论〉》[3]标志着左翼向"自由人"的正式宣战。

随后,苏汶(杜衡)在《现代》上先后发表《关于"文新"与胡秋原的文艺论辩》《论文学上的干涉主义》等文,宣告参与论辩,史称"第三种人"。周起应(周扬)、瞿秋白、鲁迅、冯雪峰等先后在《现代》杂志上发表文章批评苏汶,这就是史上著名的"文艺自由论辩"。而施蛰存主编的《现代》杂志正是这场论辩的一个主战场。1932年,苏汶把论辩中的重要论文结集,冠以序文由现代书局印行,是为共20万言的文章组成的《文艺自由论辩集》。《现代》杂志在1933年4月的2卷6期上刊登了广告,对这本《文艺自由论辩集》有如下的介绍:"一九三二年的中国文坛上,发动了一个很重要的论争,那就是因为在本志第一卷第三期上一篇论文而引

---

[1] 胡秋原:《钱杏邨理论之清算与民族文学理论之批评》,《读书杂志》,1932年1月10日,第2卷第1期。
[2] 洛扬(冯雪峰):《"阿狗文艺"论者的丑脸谱——洛扬君致编者》,《文艺新闻》,1932年6月6日,第58号。
[3] 瞿秋白:《"自由人"的文化运动》,《文艺新闻》,1932年5月23日,第56号。该文发表时无署名。

回答呢？我想时间这东西，对任何人都是公平的。每天都是二十四个小时，不会多给一分一秒，问题是如何利用时间了。我读书没有什么捷径，也不会连读诗，用的是笨办法，老老实实一句句地看书，实在也没有别的办法了。我每天把时间分成三段，上班一段，做工作时集中精神不想别的，另一段是翻译和写作，在香港总要写文字工作的人，每天都得当"爬格子动物"，写几千字，睡点杂乱头糊口，正所谓著书只为

▲ 杜衡（苏汶）手迹

起的关于文艺创作之自由的辩论。现在由苏汶先生自己把关于这一次的论文集合起来,加以诠次,并冠以序文让读者对于这次的辩论有一个较有系统的认识。"

以往的现代文学史涉及这段论争,"自由人"和"第三种人"们都处在左翼批判火力的笼罩下而很难露头一现尊容。偶有眉眼浮出水面,也是在批判文章中作为靶子而出现的。而借助于苏汶编辑的这本《文艺自由论辩集》,似乎可以换一种眼光,从苏汶的角度重新释读一下当年这场论战。在《文艺自由论辩集》的编者序中,苏汶称"只想说一些可以帮助读者更理解这次论争真相的话"。其中一个目的即是想澄清左翼阵营对自己以及胡秋原等的误解。苏汶首先力图澄清的是:"胡(秋原)先生和我虽然在这次论争中显得主张类似,但在我们之间并没有'联合战线',这是应得声明的一点。"[1]这篇编者序中更主要的申述则是:"向左翼文坛提出创作自由的意见,陈雪帆先生已极公平地说过,并不是'对于无产阶级文学不满'。"不过,通观这篇不算太长的编者序,苏汶对左翼的"不满"其实依旧溢于言表:"我没有如鲁迅先生所说,心造出一个横暴的左翼文坛的幻影来;当时的左翼文坛事实上是横暴的。至于其所以如此横暴之故,一半固然由于残留的宗派性,但一半究竟也可以说是出于误解。"因此,这篇编者序兼有继续发泄对左翼文坛"横暴"的不满和消除误解的双重目的。

这种"误解论"在有研究者那里被进一步理解为左翼的"一种集体性的、刻意的文本'误读'":"在20世纪30年代特殊的政治文化语境中,左翼作家对'自由人'、'第三种人'的批判,存在着

---

[1] 苏汶编纂:《文艺自由论辩集》,上海:现代书局,1933年版,第2页。

本文误读与过度诠释倾向。他们'误读'了'自由人'和'第三种人'的'作者意图',把本是'同路人'的'自由人'、'第三种人'错误地当作敌人加以批判。这极有可能是一种集体性的、刻意的本文'误读',以便唤起左翼作家的集体战斗意识。"[1]

其实,施蛰存在《〈现代〉杂忆》一文中也曾经委婉地暗示过左翼存在误读的可能性:

> 关于文学的阶级性问题,苏汶也有过明确的阐释:
>
> 在天罗地网的阶级社会里,谁也摆脱不了阶级的牢笼,这是当然的。因此,作家也便有意无意地露出某一阶级的意识形态。文学有阶级性者,盖在于此。然而我们不能进一步说,泄露某一阶级的意识形态,就包含一种有目的意识的斗争作用。意识形态是多方面的,有些方面是离阶级利益很远的。顾了这面,会顾不了那一面,即使是一部攻击资产阶级的作品,都很可能在自身上泄露了资产阶级或小资产阶级的特征或偏见(在十九世纪以后的文学上可以找到很多例子),但是,我们却不能因此就说这是一部为资产阶级服务的作品。假定说,阶级性必然是那种有目的意识的斗争作用,那我便敢大胆地说:不是一切文学都是有阶级性的。(《"第三种人"的出路》)
>
> 这一段话只表明论战双方对文学的阶级性有不同的理解。苏汶并没有根本否定文学的阶级性,但何丹仁的概括却说苏

---

[1] 黄德志:《左翼对自由人与第三种人的误读》,《中国现代文学研究丛刊》,2007年,第4期。

汶以为"文艺也甚至能够脱离阶级而自由的"。[1]

如果说施蛰存替苏汶关于"阶级性"的观点进行了解释，称"苏汶并没有根本否定文学的阶级性"，而苏汶本人在《编者序》中也着力为自己和胡秋原主张的"自由"范畴做了申辩，试图重申"自由"的限度，以消除左翼的误解："我所要求的自由，曾几次声明过，实际上是单限于那些多少是进步的文学而言；我决没有，而且决不想要求一切阿猫阿狗的文学的存在。即如胡秋原先生，似乎也应该附带说起，他虽然说过'文学至死是自由的'那一类话，但这是在批判民族文学的时候所说，究竟有点两样，而且后来也就把这意见相当地修改了；只就他猛烈地攻击民族文学这一事实看来，似乎他也并不是绝对自由的主张者吧。"[2]

苏汶这段话还试图透露一个信息，即胡秋原本来是民族文学派别的批判者，仅就批判民族文学的共同立场而言，自由人、第三种人与左翼之间似乎原本可以不必如此剑拔弩张、你死我活，甚至本来就是革命的"同路人"。言语中似乎很有向左翼示好甚至乞怜的意味。

施蛰存的《〈现代〉杂忆》对后人理解这段论辩的历史语境还有着更值得留意的交待：当年对战双方的几位主要人物，其实都是彼此有了解的，双方文章措辞尽管有非常尖刻的地方，但还是作为一种文艺思想来讨论。许多重要文章，都是先经对方看过，然后送到施蛰存这里来发表。"鲁迅最初没有公开表示意见，可是几乎

---

[1] 施蛰存：《〈现代〉杂忆》，《北山散文集》（一），上海：华东师范大学出版社，2001年版，第251页。
[2] 苏汶编纂：《文艺自由论辩集》，上海：现代书局，1933年版，第3页。

每一篇文章，他都在印出以前看过。最后他写了总结性的《论"第三种人"》，也是先给苏汶看过，由苏汶交给我的。这个情况，可见当时党及其文艺理论家，并不把这件事作为敌我矛盾处理。"

上述说法其实也是晚年的施蛰存在为自己做一点辩护。

施蛰存当年也被归入"第三种人"的行列，与他和苏汶的密切关系有关。苏汶原名戴克崇，与戴望舒、叶秋原、张天翼四人同为杭州宗文中学的同学。1922年，施蛰存在杭州之江大学就读，结识了苏汶等四人，一起成立"兰社"。此后几个人在沪上一起过从甚密，还一起合办同人杂志《璎珞》。当《现代》杂志成了"文艺自由论辩"的主战场，在世人眼中，就成为了"第三种人"同人刊物。施蛰存本人，也同样难免被视为"第三种人"。因此，多年后的施蛰存仍耿耿于怀，觉得有进一步澄清的必要：

> 对于"第三种人"问题的论辩，我一开头就决心不介入。一则是由于我不懂文艺理论，从来没写理论文章。二则是由于我如果一介入，《现代》就成为"第三种人"的同人杂志。在整个论辩过程中，我始终保持编者的立场，并不自己认为也属于"第三种人"——作家之群。十多年来，鲁迅著作的注释中，以及许多批判文章中，屡见不鲜地说我是"自称为'第三种人'"，这是毫无根据的，我从来没有"自称"过。[1]

了解施蛰存的态度，以及作为论辩主战场的《现代》杂志的倾

---

[1] 施蛰存：《〈现代〉杂忆》，《北山散文集》（一），上海：华东师范大学出版社，2001年版，第252页。

▲ 自左至右：施蛰存、穆时英、戴望舒、杜衡

向，对深入了解这场论辩的性质有一定的历史价值。

在后来的文学史书写，尤其是1949年后以阶级斗争为纲的历史叙述中，左翼与自由人和第三种人的论战往往被上升到两个敌对阵营生死攸关的斗争。但是关注《现代》杂志发表一系列论辩文章的前前后后，有助于回到当时的具体讨论语境。论争的双方，虽然都秉持着一种大是大非的原则问题进行认真的当然也不乏剑拔弩张的争论，但显然不是一种敌我的关系。按照鲁迅当年的期望，有可能是一种"同路人"的关系。鲁迅说："左翼作家并不是从天上掉下来的神兵，或国外杀进来的仇敌，他不但要那同走几步的'同路人'，还要招致那站在路旁看看的看客也一同前进。"[1]连看客尚可以"一同前进"，团结与感召"同路人"同行，当然更在情理之中了。

有研究者指出，由自由人以及第三种人构成的作家群体无论在当时，还是在其后，都曾一度被看作是"左联"的"同路人"：

> 施蛰存自己也曾说过，他们这批人，对革命有所"顾虑"，而"在文艺活动方面，也还想保留一些自由主义，不愿受被动的政治约束"，因而成了左翼革命作家"政治上的同路人，私交上的朋友"。这批作家中，有许多人曾对苏联"同路人"作品感兴趣，胡秋原、戴望舒、韩侍桁等人都曾译介过"同路人"作品，这决不是偶然的。……但能够"同路"却未必能够共体，由于终极政治目标的不一致，由于在政治和文学的一

---

[1] 鲁迅：《论"第三种人"》，文章收入《南腔北调集》，《鲁迅全集》，第4卷，北京：人民文学出版社，1981年版，第439页。

些根本问题上看法的不一致,其分手是必然的。[1]

胡秋原和苏汶对"自由"的要求也同时表明,同路人未必能够与革命阵营完全"同心",始终"同德",其实"第三种人"的言论反映出某些"同路人"对"左联"意识形态干预文学的做法以及左翼阵营宗派主义的不满。苏汶自己即说:"所谓'第三种人'也者,坦白地说,实在是一个被'左倾宗派主义'的铁门弹出来的一个名词。"[2]这一"弹",很可能把革命的同路人也弹出了门外,同时暴露是"同路人"理论所隐含的历史性悖论。吴述桥指出:"给'同路人'理论造成困难的正是其革命主体十分激进的意识形态诉求。'同路人'理论从其内在的理论逻辑上来讲存在一个可能瓦解自身理论基础的重要前提,那就是'同路人'必须是马克思主义和党的真诚追随者。作为马克思主义感召的对象,其早先的主体性必须为组织纪律和阶级性所'扬弃'。然而如果'同路人'不愿意向代表无产阶级和党组织执行意识形态审查的'左联'盟员进行妥协,那么双方的矛盾冲突就不可避免。尤其值得玩味的是,如果与担当'革命主体'功能的盟员发生冲突的'同路人'自居于不能够整体地理解革命的'同路人'的位置,那么他也就从'同路人'理论自身获得了可以拒绝革命主体进行意识形态审查的理论基础,从而可能脱离'同路人'理论的约束而得到'自由'。"[3]

---

[1] 朱晓进:《政治文化与中国二十世纪三十年代文学》,北京:人民出版社,2006年版,第91页。
[2] 苏汶:《一九三二年的文艺论辩之清算》,《现代》,1933年1月,第2卷第3期,第503页。
[3] 吴述桥:《"第三种人"论争与"左联"组织理论的转向——从"左联"的宗派主义、关门主义问题谈起》,《中国文学研究》,2010年,第11期。

自由人和第三种人或许正是想获得这种"自由"。这是试图逃离文学的党派性约束的自由,而"第三种人"的属性也在这个意义上得以界定。正如施蛰存所总结的那样:

> 苏汶所谓"第三种人"根本不是什么中间派。这里不能不引录苏汶自己的话来说明问题:
>
> 在"知识阶级的自由人"和"不自由的、有党派的"阶级争着文坛霸权的时候,最吃苦的却是这两种人之外的第三种人。这第三种人便是所谓作者之群。(《关于"文新"与胡秋原的文艺论辩》)
>
> 这话是讲得很明白的。所谓"知识阶级的自由人",是指胡秋原所代表的资产阶级自由主义者及其文艺理论。所谓"不自由的、有党派的"阶级,是指无产阶级及其文艺理论。在这两种人的理论指挥棒之下,作家,第三种人,被搞得昏头转向,莫知适从。作家要向文艺理论家的指挥棒下争取创作自由,这就是苏汶写作此文的动机。不是很明白吗?"第三种人"应该解释为不受理论家瞎指挥的创作家。[1]

其实,这一点意思苏汶在《文艺自由论辩集》编者序里已经说得很清楚:"我所发表的意见,大部分可说是根据于从事创作时或不敢创作时的一点小小的感想,而同时也根据于常和我谈起创作问题的好一些朋友的感想。我和我的朋友们都因为尊重理论家的批

---

[1] 施蛰存:《〈现代〉杂忆》,《北山散文集》(一),上海:华东师范大学出版社,2001年版,第250页。

评和指导的原故,都觉得这些指导和批评,固然有时候是极好的帮助,但有时候却也同样地成为创作的困难的根源。""出于这动机,我才来要求创作的自由;解除创作的困难是我唯一的目标。"

在《编者序》的结尾部分,苏汶不无乐观地认为:"总之,这次论争,到现在为止,是已经发生了极大的意义:这意义便是创作原则之重新认定。在作者一方面,创作的困难是解除了;在理论家一方面,则理论已因这次论争的刺激和教训而得到重要的修改。"应该说,左翼阵营经过这次旷日持久的文艺论辩,的确重新认定了某些"创作原则",革命文学理论也更加成熟,但是恐怕与"第三种人"作家对解除创作困难的希望南辕北辙吧?

高尔基在中国与"中国的高尔基"

高尔基在1930年代中国文坛的译介,是中国现代翻译史上一个值得关注的典型现象。随着高尔基在苏联国内文学和政治地位的陡升,以及中国左翼文学思潮的高涨,现代中国文坛对高尔基的介绍也加强了力度。高尔基的自述,由顾路兹台夫编记的《高尔基的生活》,韬奋编译的《革命文豪高尔基》,瞿秋白译的《高尔基创作选集》,周扬编的《高尔基创作四十年纪念论文集》,楼适夷译高尔基的《我的文学修养》,以群译《高尔基给文学青年的信》,以及鲁迅翻译的高尔基创作的《俄罗斯的童话》等著述在国内的问世,对中国文坛的高尔基热均起到了推波助澜的作用[1]。其中《高尔基的生活》以及《革命文豪高尔基》,更是以其通俗性、趣味性和普及性赢得了更多的普通读者的注目。而随着高尔基地位的上升,中国文坛也开始出现把鲁迅与高尔基进行类比的言论,进而试图把鲁迅塑造为"中国的高尔基"。

---

[1] 参见李今:《二十世纪中国翻译文学史(三四十年代·俄苏卷)》,天津:百花文艺出版社,2009年版。

▲ 周扬编《高尔基创作四十年纪念论文集》初版本封面，及书中所收高尔基漫画，漫画中的高尔基已经是"著作等身"

《高尔基的生活》以及《革命文豪高尔基》之所以对普通读者具有吸引力，除了著作内容的通俗性、趣味性之外，与两本书的广告策略也有一定的关系。

《现代》杂志上刊出的由现代书局出版的《高尔基的生活》的广告，首先是给高尔基文学历史地位以至高无上的评价："高尔基不仅是苏俄最大的作家，而且也是现代最伟大的世界作家"，[1]从而赋予高尔基以世界级文豪的历史地位。其次则试图把高尔基塑造成一个在艰苦的条件下成长起来的"生活的战士"的形象，《高尔基的生活》也就同时被定位为一部励志的传记著作。广告称该书"从高尔基诞生起，直至他的处女作《麦楷尔·秋特拉》出版止，包含他二十一年间的坎坷生活，在苏联，这本书是行销最广的少年读物，兹由林克多先生直接由俄文译出，忠实流利，较坊间所出其他高尔基传记，更为翔实有趣。有志于文艺者不可不读，有志于生活奋斗者，尤不可不读"。一方面针对的是有志于创作的文艺青年，另一方面则对普通青年的生活与奋斗，也能起到激励作用。在这则广告的结尾，广告制作人很聪明地列出了该书各部分的具体内容：

> 父亲·在外祖父家·蓝桌布罩的历史·火灾·博识的噪林鸟·水井·在小学校中·在街道上·恐怖·在森林中·魔术家·演技场·在轮船上当仆役·未出征的兵士·在图案师家中·征服书籍·危险的渡河·到客柴求学·奇想者·反抗·土尔斯基的手枪·农村商店·生机未毁灭·漫游·新朋友·二千里·奇异的援救·旅途中止了·第一部小说。

---

[1] 这则《高尔基的生活》的广告原载《现代》，1933年8月1日，第3卷第4期。

以上共二十九篇，十余万言，每篇是一个可以独立的极有趣味的故事。

仅从各章诸如"火灾"、"博识的噪林鸟"、"恐怖"、"魔术家"、"危险的渡河"、"奇想者"、"土尔斯基的手枪"、"漫游"、"二千里"、"奇异的援救"等标题看，即可给读者以好奇心和吸引力，让读者想象这是一部英雄作家的传奇史。高尔基在社会大学自学成才的例子，尤其对那些没有进过大学的非科班出身的文学青年具有驱策和榜样的作用，与中国文坛30年代一大批来自社会各个阶层的青年作家的崛起也构成了互证的关系。至少与稍后出版的《从文自传》对照着读，可以提供艺术家成长史的非常难得的传奇读物。

而邹韬奋编译的《革命文豪高尔基》的广告也同样强调该书对高尔基生平奋斗之生涯的叙述：

> 高尔基为当代革命文学家，此书叙述其生平奋斗之生涯，由码头脚夫而登世界文坛的经过情形，充满着引人入胜令人奋发的有趣的事实，等于一本令人看了不能释手的极有兴味的小说。有志奋斗者不可不看，有意在读书中寻趣味者尤不可不看。全书约二十万言，附铜板插图十余幅，均为外间所罕觏之珍品，书末并附有高尔基著作一览颇详，更可供有志研究文艺者的参考。[1]

"由码头脚夫而登世界文坛的经过情形"也突出的是其传奇性。

---

[1] 这则广告原载1933年10月上海生活书店初版《高尔基作品选集》一书的版权页后。

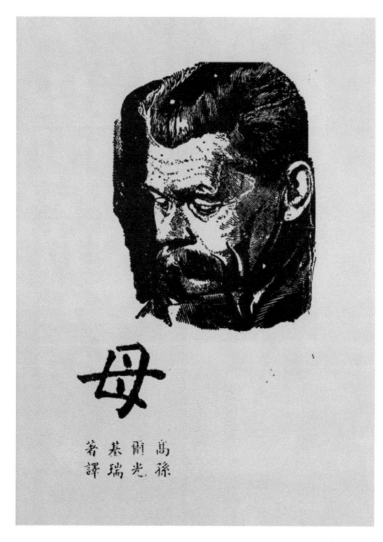

▲ 孙光瑞翻译的高尔基的《母》封面

▲ 现代书局出版的《高尔基的生活》封面

而"有志奋斗者不可不看，有意在读书中寻趣味者尤不可不看"等语，直令人怀疑是照搬了《现代》杂志上关于《高尔基的生活》的广告语。

《高尔基的生活》的出版，孤立起来看，也许并不是多么重大的事情，但这本书同时汇入的是30年代中国文坛对高尔基的集中介绍的热潮，成为高尔基热的一部分，这就具有值得深入分析的文学史意义了。现代书局出版的还有秋萍编译的《高尔基研究》，其广告也登在《现代》杂志上，称"本书是研究现存世界文学巨匠高尔基氏的唯一有系统的著作"[1]，也是从"世界文学巨匠"的高度寻求对高尔基的定位，可谓对高尔基热有同样的敏感度。而如果说《高尔基的生活》叙述的还是高尔基的成长史，那么邹韬奋这本根据美国的康恩所著《高尔基和他的俄国》一书改编而成的《革命文豪高尔基》[2]则同时状写了高尔基"登世界文坛的经过情形"。书中对苏联1932年9月25日为高尔基的文学活动四十周年举行的"世界上从来不曾有过的盛大的庆祝典礼"的叙述尤见精彩：

> 同日起，在一星期里，全国各剧院竞演高尔基的戏剧，各影戏院放映以他的历史做题材而摄制的影片《我的高尔基》，和他的作品电影化的新影片；国内各地的街道，建筑物，图书馆等等，改以"高尔基"为名的，不可胜数；世界各国的文学团体，都举行高尔基夜会，刊行高尔基专号等等[3]。

---

[1] 这则广告载《现代》，1932年10月，第1卷第6期。
[2] 上海生活书店1933年7月版的《革命文豪高尔基》，版权页只注明"编译者 韬奋"。到了1946年由韬奋出版社重版的《革命文豪高尔基》，版权页作者栏则增写"原著者 美·亚历山大·康恩"。
[3] 韬奋编译：《革命文豪高尔基》，上海：生活书店，1933年7月版，第440页。

▲ 台尼（Deni）所作高尔基漫画，收入邹韬奋编译的《革命文豪高尔基》

对高尔基的评价到了1936年6月8日高尔基逝世之际达到了顶点。苏联为高尔基举行了最高规格的追悼会，葬礼在红场举行，斯大林亲自守灵[1]，把高尔基的逝世看成是在列宁逝世以后，苏联甚至"人类的最重大的损失"[2]。"至此，对于高尔基的推举可谓登峰造极。苏联赋予高尔基以实际上任何阶级的作家都无法企及的最高地位和荣誉，事实上也制造了一个无产阶级政权与文学的神话，它象征着无产阶级文学的道路与无产阶级的政治革命相结合所能达到的最完美的境界。"[3]

30年代中国文坛对高尔基的译介与苏联国内对高尔基评价的极度升温有直接的关系。茅盾在《高尔基与中国文坛》一文中曾经总结说："高尔基对中国文坛影响之大……没有第二个人是超过了高尔基的。""抢译高尔基，成为风尚。"[4]1947年戈宝权有《高尔基作品中译本编目》，共统计出102种。据戈宝权，从1932年到1942年间有钱杏邨和夏衍等人做的不下七种高尔基中译本的编目，其中1936年寒峰编的《中译高尔基作品编目》[5]最为详尽[6]。而据李今的研究，"三四十年代有关他的评价研究专著不少于二十三种，

---

[1] 参见李今：《二十世纪中国翻译文学史（三四十年代·俄苏卷）》，天津：百花文艺出版社，2009年版，第127页。
[2] A.罗斯金：《高尔基》，葛一虹、茅盾、戈宝权、郁文哉译，哈尔滨：北门出版社，1948年版，第100页。
[3] 李今：《二十世纪中国翻译文学史（三四十年代·俄苏卷）》，天津：百花文艺出版社，2009年版，第127页。
[4] 转引自罗果夫、戈宝权编：《高尔基研究年刊（1947年）》，上海：时代书报出版社，1947年初版，第217页。
[5] 寒峰编：《中译高尔基作品编目》，《光明》，1936年6月25日，第1卷第2号。
[6] 戈宝权：《高尔基作品中译本编目》，收入罗果夫、戈宝权编：《高尔基研究年刊（1947年）》，上海：时代书报出版社，1947年初版，第217页。

个人戏剧、小说、散文翻译集不下一百三十种"[1]。李今详尽地分析了高尔基的翻译热潮与中国左翼文学运动的关系，指出："'高尔基热'在中国的形成是与中国革命，特别是中国左翼革命文学运动紧紧地联系在一起的，高尔基的领袖和导师地位在中国文坛的确立也是与中国革命，特别是左翼革命文学运动紧紧地联系在一起的，他的形象和作品对中国革命和中国现代文学的发展有着特殊的影响和作用。""高尔基在三四十年代中国文坛的地位和影响，只有逝世后的鲁迅才可与之比肩。"[2]

也正是在苏联把高尔基看成是"世界上空前的最伟大的政治家的作家"的背景下，中国现代文坛也出现了把鲁迅比成中国的高尔基的说法，并迅速成为文化人的共识。连史沫特莱在《中国的战歌》一书中都曾经提及鲁迅是"中国的高尔基"的说法："鲁迅是一位伟大的作家，被一些中国人称做中国的'高尔基'，但是在我看来，他实际上是中国的伏尔泰。"称鲁迅是中国的伏尔泰或许是更高的评价也未可知，但显然，文坛更认同鲁迅是"中国的高尔基"的命名。而鲁迅和高尔基在同一年去世，更为两个作家之间的类比增加了一种必然性。1936年的《中国文艺年鉴》即给鲁迅和高尔基各做了一个"哀悼特辑"，两个人篇幅也相差无几。

而在文坛把鲁迅塑造成中国的高尔基的过程中，瞿秋白把两个伟人相类比是其中一个关键环节，这就是瞿秋白在《鲁迅杂感选集》的序言中所完成的历史性的使命。在序言开头，瞿秋白引用了卢纳察尔斯基的话：

---

[1] 李今：《二十世纪中国翻译文学史（三四十年代·俄苏卷）》，天津：百花文艺出版社，2009年版，第128页。
[2] 同上书，第129页。

▲ 把鲁迅称为"中国的伏尔泰"的史沫特莱

▲ 瞿秋白像

象牙塔里的绅士总会假清高的笑骂:"政治家,政治家,你算得什么艺术家呢!你的艺术是有倾向的!"对于这种嘲笑,革命文学家只有一个回答:

你想用什么来骂倒我呢?难道因为我要改造世界的那种热诚的巨大火焰,它在我的艺术里也在燃烧着么?[1]

这番话出自瞿秋白译《高尔基创作选集》中的原序,即卢纳察尔斯基写的《作家与政治家》一文。原文称:"高尔基是一个政治家的作家,他是这个世界上空前的最伟大的政治家的作家。这就因为在世界上以前不曾有过这样巨大的政治。所以这样的政治一定要产生巨大的文学。"[2]

瞿秋白也正是在"政治家的作家"的意义上理解鲁迅的。在这篇近两万言的序言中,把鲁迅与高尔基进行类比是瞿秋白写作中一大关键的策略,堪称具有战略性的眼光:

革命的作家总是公开地表示他们和社会斗争的联系;他们不但在自己的作品里表现一定的思想,而且时常用一个公民的资格出来对社会说话,为着自己的理想而战斗,暴露那些假清高的绅士艺术家的虚伪。高尔基在小说戏剧之外,写了很多的公开书信和"社会论文"(Publicist articles),尤其在最近几年——社会的政治斗争十分紧张的时期。也有人笑他做不成艺术家了,因为"他只会写些社会论文"。但是,谁都

---

[1] 何凝(瞿秋白)编:《鲁迅杂感选集》,上海:青光书局,1933年版,第1页。
[2] 卢纳察尔斯基:《作家与政治家》,《高尔基创作选集》,萧参(瞿秋白)译,上海:生活书店,1933年版,第8页。

知道这些讥笑高尔基的,是些什么样的蚊子和苍蝇!

　　鲁迅在最近十五年来,断断续续的写过许多论文和杂感,尤其是杂感来得多。于是有人给他起了一个绰号,叫做"杂感专家"。"专"在"杂"里者,显然含有鄙视的意思。可是,正因为一些蚊子苍蝇讨厌他的杂感,这种文体就证明了自己的战斗的意义。鲁迅的杂感其实是一种"社会论文"——战斗的"阜利通"(feuilleton)。谁要是想一想这将近二十年的情形,他就可以懂得这种文体发生的原因。急遽的剧烈的社会斗争,使作家不能够从容的把他的思想和情感镕铸到创作里去,表现在具体的形象和典型里;同时,残酷的强暴的压力,又不容许作家的言论采取通常的形式。作家的幽默才能,就帮助他用艺术的形式来表现他的政治立场,他的深刻的对于社会的观察,他的热烈的对于民众斗争的同情。不但这样,这里反映着"五四"以来中国的思想斗争的历史。杂感这种文体,将要因为鲁迅而变成文艺性的论文(阜利通——feuilleton)的代名词。自然,这不能够代替创作,然而它的特点是更直接的更迅速的反应社会上的日常事变。

　　瞿秋白的具体论述策略一方面强调的是鲁迅高尔基二人都从事"社会论文"的写作,创作的是战斗的"阜利通"。另一方面也是更重要的相关性,则是在"革命的作家总是公开地表示他们和社会斗争的联系"这共同的大前提下,运用类比修辞的方式把鲁迅确立为中国的高尔基。

　　也许,当瞿秋白把鲁迅推到中国文学和政治舞台的前台高光处,推出一个中国的高尔基的同时,潜意识里自己充当的正是卢

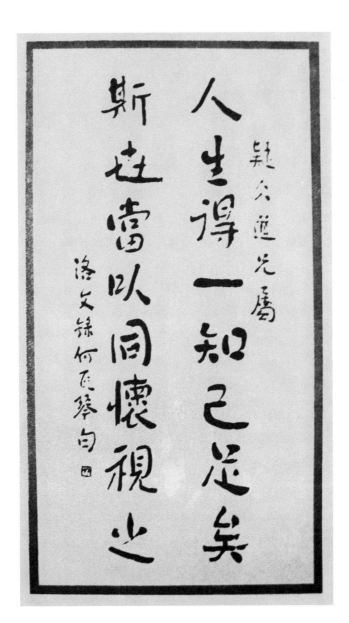

▲ 鲁迅书赠瞿秋白联语

纳察尔斯基的角色——瞿秋白也的确无愧为中国的卢那察尔斯基。

而当瞿秋白把鲁迅推到一个堪与高尔基比肩的高度的同期，鲁迅对高尔基的推重与理解也达到了一个新的高度。

在外国作家中，或许鲁迅对高尔基最有惺惺相惜的伙伴般的亲近感。鲁迅1933年5月9日写信给邹韬奋说："今天在《生活》周刊广告上，知道先生已做成《高尔基》，这实在是给中国青年的很好的赠品。我以为如果能有插图，就更加有趣味。我有一本《高尔基画像集》，从他壮年至老年的像都有，也有漫画。倘要用，我可以奉借制版。制定后，用的是那几张，我可以将作者的姓名译出来。"[1]字里行间可以见出鲁迅对高尔基的热情。而在鲁迅《译本高尔基〈一月九日〉小引》、为自己翻译的《俄罗斯的童话》写的小引以及自己亲自写的《俄罗斯的童话》广告语[2]等文字中，更可以见出鲁迅对高尔基的知音般的理解和洞见。

与斯大林试图塑造的一个具有鲜明政治化符号色彩的高尔基不同，鲁迅在《译本高尔基〈一月九日〉小引》中强调的高尔基是一个"'底层'的代表者，是无产阶级的作家"，是"用了别一种兵器，向着同一的敌人，为了同一的目的而战斗的伙伴"[3]。这与田汉

---

[1] 鲁迅1933年5月9日致邹韬奋，《鲁迅全集》，第12卷，北京：人民文学出版社，1981年版，第175页。
[2] 鲁迅亲自写的《俄罗斯的童话》广告语最初印入一九三五年八月上海文化生活出版社出版的《俄罗斯的童话》一书版权页后，未署名。一九三五年八月十六日鲁迅致黄源信中说"《童话》广告附呈"，即指此篇。《俄罗斯的童话》，高尔基著，内收童话十六篇，俄文原本出版于一九一八年。鲁迅据日本高桥晚成译本译成中文，由文化生活出版社列为《文化生活丛刊》第三种。参见《鲁迅全集》，第8卷，北京：人民文学出版社，1981年版，第458页注释。
[3] 鲁迅：《译本高尔基〈一月九日〉小引》，收入《集外集拾遗》，《鲁迅全集》，第7卷，北京：人民文学出版社，1981年版，第395页。

所说高尔基是"广大被压迫民众的'灵魂的工程师'"[1]意思是相似的，但是鲁迅的表述中更有亲切之感，像述说一个战友或者同伴。或许鲁迅在高尔基的身上也见出了自己的影子，比如鲁迅这样评价高尔基著作的命运："从此脱出了文人的书斋，开始与大众相见，此后所启发的是和先前不同的读者，它将要生出不同的结果来。"或许鲁迅自己30年代的杂文转向的一个内在的原因，正蕴含在他评价高尔基的这段话中。鲁迅30年代的杂文或许期待的正是"和先前不同的读者"，由此也期待"将要生出不同的结果"。

鲁迅在给自己翻译的高尔基的《俄罗斯的童话》写的小引中称："这《俄罗斯的童话》，共有十六篇，每篇独立；虽说'童话'，其实是从各方面描写俄罗斯国民性的种种相，并非写给孩子们看的。"[2]这个意思在鲁迅自己写的广告词中重新予以强调：

> 高尔基所做的大抵是小说和戏剧，谁也决不说他是童话作家，然而他偏偏要做童话。他所做的童话里，再三再四的教人不要忘记这是童话，然而又偏偏不大像童话。说是做给成人看的童话罢，那自然倒也可以的，然而又可恨做得太出色，太恶辣了。
>
> 作者在地窖子里看了一批人，又伸出头来在地面上看了一批人，又伸进头去在沙龙里看了一批人，就看得熟透了，都收在历来的创作里。这种童话里所写的却全不像真的人，

---

[1] 田汉：《高尔基的飞跃》，《田汉文集》，第14卷，北京：中国戏曲出版社，1987年版，第547页。
[2] 鲁迅：《俄罗斯的童话·小引》，收入《译文序跋集》，《鲁迅全集》，第10卷，北京：人民文学出版社，1981年版，第399页。

所以也不像事实，然而这是呼吸，是痱子，是疮疽，都是人所必有的，或者是会有的。

短短的十六篇，用漫画的笔法，写出了老俄国人的生态和病情，但又不只是写出了老俄国人，所以这作品是世界的；就是我们中国人看起来，也往往会觉得他好象讲着周围的人物，或者简直自己的顶门上给扎了一大针。

但是，要全愈的病人不辞热痛的针灸，要上进的读者也决不怕恶辣的书！[1]

当鲁迅强调"这种童话里所写的却全不像真的人，所以也不像事实，然而这是呼吸，是痱子，是疮疽，都是人所必有的，或者是会有的"的时候，这番话也恰像鲁迅谈自己的小说以及杂文的创作笔法。或许也只有这个"中国的高尔基"才能真正触及到"原版"高尔基的艺术精髓以及高尔基所创造的"人所必有的，或者是会有的"——一个经由可能性而通向必然性的——世界的深处。

---

[1] 原载1935年8月上海文化生活出版社《俄罗斯的童话》一书的版权页后。

评论界"检阅"现代女作家

冰心所开启的中国现代女作家的文学风景在20年代末30年代初呈现出绚丽多姿的景象。由黄人影（阿英）编，上海光华书局1933年出版的《当代中国女作家论》收集了时人评论当时九位女作家的文章二十余篇，其中的第一篇署名毅真的文章《几位当代中国女小说家》[1]具有全书的总论性质，文中称：

> 几年来，在文坛上能稍微占一席地位者，如冰心，庐隐，CF，沅君，学昭，凌叔华，白薇，曙天，陈衡哲，沈性仁，杨袁昌英，林兰，张娴，高君箴，陆小曼，蒋逸宵，丁玲，雪林，等等，加在一块儿，也不过一二十人。

这个名单可能的确构成了当时中国文坛女作家的较为完整的点名簿，涵容了冰心、庐隐、冯沅君、陈学昭、凌叔华、白薇、陈衡哲、袁昌英、丁玲、苏雪林等可以载入后来文学史书写的知

---

[1] 此文原刊《妇女杂志》，1930年，第16卷第7号。

名作家。此外作者提及的在文坛崭露头角的作家中，曙天即吴曙天，《语丝》撰稿人，作家章衣萍之妻。沈性仁，乃北大教授、社会学家陶孟和的夫人，"五四"时期曾翻译戏剧《遗扇记》(即《少奶奶的扇子》)于《新青年》发表，并与徐志摩合译《玛丽·玛丽》，1925年翻译房龙的《人类的故事》，在中国掀起"房龙热"。高君箴，文学研究会的"才女"，郑振铎夫人，和郑振铎合译童话集《天鹅》。蒋逸霄，则是天津《大公报》编辑、记者。与吕碧城、陈学昭、彭子冈、杨刚等同为天津《大公报》史上的著名女杰。而ＣＦ（或ＣＦ女士）据赵景深的说法是译过王尔德的诗歌，也出版过诗集《浪花》的张近芬[1]，而北新书局的创始人李小峰的夫人蔡漱六则称ＣＦ女士和林兰(也常署名林兰女士)，均是李小峰的笔名[2]，被毅真误读为女作家。

尽管30年代初期的中国女作家的总体数量算不上太多，"不过一二十人"，但蜚声文坛的成名女作家却不可谓少。因此30年代初的文坛集中出现了几本关于中国现代女作家的研究性著述，如黄英(阿英)的《现代中国女作家》[3]，草野的《现代中国女作家》[4]，贺玉波的《中国现代女作家》[5]，以及黄人影编的《当代中国女作家论》[6]。与此呼应配套的，还有《现代中国女作家创作

---

[1] 参见赵景深：《ＣＦ女士》，《文坛忆旧》，上海：北新书局，1948年版，第43—46页。
[2] 参见蔡漱六：《关于林兰》(《鲁迅研究动态》，1985年第5期)。关于"林兰"笔名的考证同时参见张乐民：《关于〈鲁迅日记〉中的林兰其人》(《鲁迅研究动态》1984年第6期)，以及车锡伦：《"林兰"与赵景深》(《新文学史料》，2002年，第1期)。
[3] 黄英(阿英)：《现代中国女作家》，上海：北新书局，1931年版。
[4] 草野：《现代中国女作家》，北平：人文书店，1932年版。
[5] 贺玉波的《中国现代女作家》，有上海现代书局1932年的版本以及上海复兴书局1936年的版本。
[6] 黄人影(阿英)编：《当代中国女作家论》，上海：光华书局，1933年版。

▲ 草野著《现代中国女作家》封面

选》[1]，是现代文学史上较早的女作家新文学作品的选集。这些著述和作品选的问世，集中展示了现代女作家的实力，也说明女作家从五四伊始到30年代初期，开始形成了渐成声势的创作群体。而评论界对此"现象级"的女作家创作的批评和总结，堪称正其时矣。

署名雪菲女士的编者在《现代中国女作家创作选》前记中指出："虽然大家都很努力的在从事于女作家作品的研究，并选编各种各样的选集，而相应着这些研究，使读者们能很经济的，在少数作品里，认识并接近女作家们作品的选册，到现在却没有人做。"编者认为这本《现代中国女作家创作选》的刊行因此至少有三点"意义"：

> 第一，是含有总检阅的意味，读了这一册书，可以了解女作家们对于文学运动的努力，以及她们整个的发展。第二，中国的女作家人数虽不能说多，但她们的作品亦不能说少，有此一书，可以使读者们即不尽读全书，亦能了解主要女作家全体；这也可以说是一部介绍的，入门的书。第三，我希望这一部选集的刊行，能引起无数的女性读者的创作的兴味，全国女学校里，能以得到一种适当的文学教本或课外读物。

编者的"总检阅"的初衷，可谓气魄宏大志向高远，而为"全国女学校"编辑一本"适当的文学教本或课外读物"的立意，则反映出使女作家的新文学创作进入文学教育体制的努力。本书选入

---

[1] 雪菲女士编：《现代中国女作家创作选》，上海：文艺书局，1932年版。

了十位女作家的十六篇作品,分别为冰心三篇:《超人》《爱的实现》《赴敌》;黄庐隐一篇:《苹果烂了》;陈衡哲两篇:《络绮思的问题》《小品二章》;冯沅君两篇:《隔绝》《隔绝之后》;凌淑华(凌叔华)两篇:《有福气的人》《春天》;丁玲一篇:《莎菲女士的日记》;苏绿漪(苏雪林)两篇:《鸽儿的通信》《收获》;谢冰莹一篇:《给 S 妹的信》;袁昌英一篇:《活诗人》;白薇一篇:《姨娘》。其中有些篇目是曾经在文坛影响一时的作品,如冰心的《超人》;冯沅君的《隔绝》、《隔绝之后》;丁玲的《莎菲女士的日记》等。

如果说,《现代中国女作家创作选》对女作家的选择多少反映的是编者个人趣味的话,那么,黄人影(阿英)编的《当代中国女作家论》所收录的关于女作家的评论,则体现了评论家的立场和判断,更能反映出文坛所推重的重要女作家。《当代中国女作家论》目录以女作家为单元进行编排,计有:丁玲,评论二篇;白薇,一篇;冰莹,四篇;沅君,一篇;绿漪,一篇;冰心,七篇;庐隐,二篇;陈衡哲,一篇;凌淑华(凌叔华),一篇。其中评论文章的作者署名方英的三篇,署名钱杏邨的三篇,应都是编者黄人影(阿英)本人的作品,而阿英为推介女作家所做的工作也在 30 年代堪称独步文坛。从阿英选入的评论文章数量上看,冰心以七篇高居榜首,也说明了冰心在文坛独领风骚的地位。而其他女作家则大体上势均力敌,平分秋色,冰莹虽选入四篇评论文章,但都是讨论《从军日记》的,并不意味她的名声大于其他女作家。

如果把阿英所选入的女作家与"雪菲女士"进行对照,会发现两者所选作家重合度很高。征诸前面所提到的几本评论著作所论及的作家,可以看出评论界对 30 年代初期的重要女作家有基本的共识。如黄英(阿英)的《现代中国女作家》,论及谢冰心、庐隐、

▲ 凌叔华与陈西滢

陈衡哲、袁昌英、冯沅君、凌淑华（凌叔华）、绿漪、白薇、丁玲九位作家。贺玉波著《中国现代女作家》论及谢冰心、庐隐、凌淑华、丁玲、绿漪、冯沅君、沉樱、陈学昭、白薇、陈衡哲十位作家。草野的《现代中国女作家》论及谢冰心、黄庐隐、绿漪、冯沅君、丁玲、黄白薇六位作家。另有《清华中国文学会月刊》发表的署名赵奇的文章《现代中国的几位女作家》则推举了冰心、庐隐、凌叔华、绿漪、冯沅君、丁玲六位作家[1]。通观上述评论界的著述可以看出，冰心、庐隐、绿漪（苏雪林）、冯沅君、丁玲、凌淑华，堪称是30年代初期评论界大体达成共识的六大女作家。

毅真在文章《几位当代中国女小说家》中则集中讨论了五位作家："我要谈的几位女作家，乃是经过一番审慎的选择的。我选择的标准，乃以时代为重，摘其能代表时代，而其作品又能为侪辈中之佼佼者，共得五人。此五人即冰心女士，绿漪女士，凌淑华女士，沅君女士和丁玲女士。"作者围绕"爱"的主题以及女作家对"爱"的表现方式，把五位作家分为三派：第一期，以冰心、苏雪林为代表的"闺秀派的作家"；第二期，以凌叔华为代表的"新闺秀派"；第三期是以冯沅君和丁玲为代表的"新女性派作家"。这种分类方式稍嫌简约了一些，而以"爱"为线索也忽略了女作家的丰富性。倒是贺玉波的著作《中国现代女作家》对十位女作家的讨论，视野较为开阔。如第五章《自然的女儿绿漪女士》，对苏雪林的评论从以下诸种角度展开："绿漪女士的作品与工笔的草虫画"、"自然景物的描写"、"对于珍禽异兽以及草虫蝶蜂的爱好"、"美丽

---

[1] 赵奇：《现代中国的几位女作家》，《清华中国文学会月刊》，1931年8月，第1卷第4期。

的文字和纤细的描写"、"不懂结构"、"绿漪女士的性格和言论"、"对于大自然的爱好"、"个人主义"、"自然的女儿的解释"、"宗教的信仰"、"绿天和棘心"、"狭义的国家主义"、"对于绿漪女士的希望"……评论的角度既多重又不乏具体针对性。比较难能可贵的是贺玉波对各个女作家创作中的缺陷的洞察,如认为绿漪"不懂结构",称陈学昭思想贫乏和"不懂技巧",冯沅君则叙述死板、"没有结构",都不乏真知灼见。而从事一种"公平的批评工作"的确是贺玉波的自觉追求,正像他在本书的序言中所说:"在这本书里面找不出存心捧腿或毁骂的地方,完全以作品的思想与技巧为批评根据。"[1]或许正因如此,《现代》杂志上关于贺玉波著《中国现代女作家》的广告词称:"本书是本极有系统的研究著作,所研究的当代女作家,有十余位,都是可注意的第一流作家。各篇都能独立,对个人的生活思想作品,以及生平,均有极精密的研究,而且观点与思想极为准确纯正。"[2]不过"极为准确纯正"的措辞则显然有些过誉,贺玉波这本专著的问题是对女作家显得过于苛刻,有时难免成为"酷评"。如对凌叔华的总结:

> 作者因为是个大学教授的夫人,生活环境舒适,所以装满一脑子的享乐主义的思想。所以她的作品里充满着物质赞美和幸福歌颂的气味。甚至于有些作品简直谈不到什么思想。
>
> 作者的创作态度不严肃郑重。因为她是个有闲阶级的夫人,便养成了无聊、轻薄、滑稽、开玩笑的恶习。而这种恶

---

[1] 贺玉波:《中国现代女作家·序》,《中国现代女作家》,上海:现代书局,1932年版,第1页。
[2] 见《现代》,1934年3月,第4卷第5期。

习便很充分的表现在她的作品里，使人读到那种作品时，发生一种轻视厌恶的心理。[1]

这种批评多少有轻侮人格之嫌，倒显出批评家自己的态度"不严肃郑重"，实在有违"公平的批评工作"之初衷。

这样的评论显然难以给女作家们创造一个良性互动的批评环境，有时激起女作家的不满和反弹也是很自然的。沈从文在《记丁玲》中所反映的丁玲对批评界的意见具有一定的代表性：

> 如钱杏邨诸人，就莫不陷入那个错误中，既不明白那些作品中人物型范所自来，又不理解作者在何种时代何种环境里产生她的作品，所知道的实际只那么少，所说的却又必然的那么多，这种印象地得出若干论点，机械地说出若干意见，批评的意义，除了在那里侮辱作者以外，可以说毫无是处。关于她的任何批评，登在什么刊物上，为她所见到时，总常常皱了双眉轻轻地说：
> "活在中国许多事情皆算犯罪，但从无人以为关于这种胡说八道的批评文章是罪过。故第一个作了，还有第二个照抄来重作。没有可作了，还在小报上去造谣言增加材料。中国人好讲道德，一个女人不穿袜子在街上走走，就有人在旁批评：'真不要脸！'为什么有些人把别人文章读过一篇，就乱来猜一阵作者为人如何，对于社会革命如何，对于妇女职业观如何，胡扯那么一大套，自己既不害羞，旁人也不批评一

---

[1] 贺玉波：《中国现代女作家》，上海：现代书局，1932年版，第55—56页。

▲ 1933年丁玲被捕后左翼画家署纫君制作的丁玲木刻像

句'真不要脸'?"

　　这个人在各方面皆见得十分厚道,对于文学批评者却一提及时总得皱眉。那原因不是批评者对于她作品的指摘,却常在批评者对于她作品荒谬的解释。一切溢美之辞皆不脱俗气的瞎凑,带着从事商业竞卖广告意义的宣传,她明白这点,加上她还留下了某一次被商人利用而增高其地位的不快印象,故在写作上她日益出名,也日益感到寂寞。一九三零年左右,她有一次被一群青年大学生请去某大学演讲时,到了那里第一句话就说:

　　"各位欢喜读我的文章,找我来谈谈,可不要因为我怎么样出名,因为我文章得到如何好评而起。请莫相信那些曲解作品侮辱作者的批评文章。我的文章只是为宽泛的人类而写的,并不为寄食于小资本家的刻薄商人方面的什么批评家写的。"[1]

如果说丁玲的激愤的措辞针对的是无良批评家,而凌叔华即使对朋友善意的溢美之词也不买账。1927年《花之寺》问世,《新月》在第1卷第1号广告栏中刊出了徐志摩给《花之寺》的序文:"写小说不难,难在作者有人生,能运用他的智慧化出一个态度来。从这个态度我们照见人生的真际,也从这个态度我们认识作者的性情。这态度许是嘲讽,许是悲悯,许是苦涩,许是柔和,那都不碍,只要它能给我们一个不可错误的印象它就成品,它就有格;这样的小说就分着哲学的尊严,艺术的奥妙。"《花之寺》是一部成品

---

[1] 沈从文:《记丁玲》,上海:良友图书印刷公司,1934年版,第79—82页。

▲ 凌叔华为徐志摩绘《海滩上种花》

有格的小说,不是虚伪情感的泛滥,也不是草率尝试的作品它有权利要求我们悉心的体会……""作者是有幽默的,是恬静最耐寻味的幽默,一种七弦琴的余韵,一种紫兰在黄昏人静时微透的清芳……"这段文字充满了志摩式的华丽,欣赏和称赞溢于言表。但不知何故,这篇序文在《花之寺》正式出版之际没有收入书中。而《花之寺》问世后,批评界一致把凌叔华与曼斯菲尔德相比。如沈从文道:"叔华女士,有些人说,从最近几篇作品中,看出她有与曼殊斐尔相似的地方,富于女性的笔致,细腻而干净,但又无普通女人那类以青年的爱为中心的那种习气。"[1]苏雪林也称:"如仿人家称鲁迅为'中国高尔基',徐志摩为'中国雪莱'之例,我们不妨称凌叔华为'中国的曼殊斐尔'。"[2]而最早把凌叔华比作曼斯菲尔德的恐怕是徐志摩。晚年的凌叔华在一次答记者问中回顾说:"记得《写信》刚发表当天,徐志摩一早来恭贺我,赞我是中国的曼殊菲尔,我当时心里极不服气,就愤愤地说:'你白说我了,我根本就不认识她!'"[3]这里或许有女作家意气用事的成分,但在彰显了女作家的自尊的同时,也昭示了批评界尽管不乏蜂拥而上的批评,但真正缺乏的是给女作家们以切中肯綮的教益者。或许批评家与作家之间的这种天敌的关系,在女作家这里体现得更为鲜明,因为与男性作家相比,她们所面临的文坛大环境或许更为恶劣,女作家本能地产生自我防护甚至戒备之心,也是大可以理解的。

---

[1] 转引自苏雪林:《凌叔华的〈花之寺〉与〈女人〉》,《新北辰》,1936年5月,第2卷5期。
[2] 同上。
[3] 郑丽园:《如梦如歌——英伦八访文坛耆宿凌叔华》,1987年5月6日、7日台湾《联合报》。

《人间世》与林语堂的小品文运动

1934年4月,林语堂主编的小品文杂志《人间世》创刊,林语堂亲自写就的发刊词,堪称是中国现代散文史上的重要文献:

> 十四年来中国现代文学唯一之成功,小品文之成功也。创作小说,即有佳作,亦由小品散文训练而来。……人间世之创刊,专为登载小品文而设,盖欲就其已有之成功,扶波助澜,使其愈臻畅盛。小品文已成功之人,或可益加兴趣,多所写作,即未知名之人,亦可因此发见。盖文人作文,每等还债,不催不还,不邀不作。或因未得相当发表之便利,虽心头偶有佳意,亦听其埋没,何等可惜。或且因循成习,绝笔不复作,天下苍生翘首如望云霓,而终不见涓滴之赐,何以为情。且现代刊物,纯文艺性质者,多刊创作,以小品作点缀耳。若不特创一刊,提倡发表,新进作家即不复接踵而至。吾知天下有许多清新可喜文章,亦正藏在各人抽屉,供鱼蠹之侵蚀,不亦大可哀乎。内容如上所述,包括一切,宇宙之大,苍蝇之微,皆可取材,故名之为人间世。除游记诗

▲《人间世》封面

歌题跋赠序尺牍日记之外，尤注重清俊议论文及读书随笔，以期开卷有益，掩卷有味，不仅吟风弄月，而流为玩物丧志之文学已也。[1]

对照鲁迅发表于1933年10月的《小品文的危机》一文中关于"散文小品的成功，几乎在小说戏曲和诗歌之上"[2]的判断，与林语堂在《人间世》发刊词[3]所说"十四年来中国现代文学唯一之成功，小品文之成功也"有异曲同工之处。但鲁迅的文章发表在先，所以倘使有影响关系，应是林语堂的说法受了鲁迅影响，尽管鲁迅把小品文称为"小摆设"的批评针对的其实恰是林语堂创办的《论语》。

不过虽然同样称赞小品的成功，林语堂所强调的，主要是小品作为一种"与各体别"的"文体"本身的独特价值。他的《人间世》发刊词则可以读作一篇关于小品文的文体学论文。林语堂首先强调的是小品文写作在文体训练方面的作用，他甚至认为其他文体如"创作小说"也由"小品文训练而来"。其次，林语堂突出的是小品文其文体独有的"大杂烩"性质：

> 盖小品文，可以发挥议论，可以畅泄衷情，可以摹绘人情，可以形容世故，可以札记琐屑，可以谈天说地，本无范围，特以自我为中心，以闲适为格调，与各体别，西方文学

---

[1] 载《人间世》，1934年4月5日，第1期。
[2] 鲁迅：《小品文的危机》，《现代》，1933年10月1日，第3卷第6期。
[3] 《人间世》发刊词为林语堂本人所撰写，同时发表于《论语》半月刊，1934年4月1日，第38期，题为《发刊人间世意见书》。

所谓个人笔调是也。故善冶情感与议论于一炉，而成现代散文之技巧。

虽然"以自我为中心，以闲适为格调"的主张屡受诟病，也的确可能窄化了小品文的可能性，不过称小品文"善冶情感与议论于一炉，而成现代散文之技巧"，确是恰如其分的论断。

而林语堂接下来的表述："盖文人作文，每等还债，不催不还，不邀不作。或因未得相当发表之便利，虽心头偶有佳意，亦听其埋没，何等可惜。或且因循成习，绝笔不复作，天下苍生翘首如望云霓，而终不见涓滴之赐，何以为情。且现代刊物，纯文艺性质者，多刊创作，以小品作点缀耳。"其实触及的是小品文写作方式区别于林语堂所谓纯文艺创作的特殊性。进行纯文艺创作，在一些作家那里总难免郑重其事，如临大敌，虽不至焚香沐浴，但也每每正襟危坐，希求一举成就当时评论界一直呼唤的"中国的伟大作品"。而小品文则不需要像写长篇小说和三一律戏剧那样长久酝酿，精心构思，一个念头偶尔闪过，即可敷衍成千字文。但小品文的写作也需要契机，"心头偶有佳意"，才不致"埋没"。编辑的催稿以及专门登载小品文的杂志的存在，就有助于改变作家"因循成习，绝笔不复作"的惯性，即林语堂所谓"文人作文，每等还债，不催不还，不邀不作"之意。因此，一个好的编辑以及一个有特色的杂志，往往会催生出一个具有文学史意义的园地，乃至潮流。林语堂在30年代编辑的《论语》《人间世》和《宇宙风》，即促成了一个小品文运动。

《人间世》发刊词关于作者类型也进行了有意识的划分，无论是"已成功的人"还是"未知名之人"和"新进作家"，都是《人

▲ 林语堂像

间世》试图网罗的对象，似乎值得从"作者社会学"的角度进行揣摩。事实上，当时专业的以及业余的观察家们，的确十分留意《人间世》究竟吸纳了哪些作者。创刊号上的作者，就有蔡元培、周作人、刘半农、沈尹默、林语堂、郁达夫、徐志摩、废名、丰子恺、朱光潜、庐隐、傅东华、陈子展、简又文、阿英、徐懋庸、刘大杰、李青崖、全增嘏、徐訏、程鹤西等，的确以"已成功之人"为主，因此，有人评价《人间世》说："它也和其他的所谓伟大的文艺杂志——例如《文学季刊》——一样，由多少员大将，多少员特请撰稿人组成的，盖此既具有权威，亦合乎文坛之时尚也。"[1]其实，《人间世》除了在意"多少员大将，多少员特请撰稿人"，也同样重视培养"未知名之人"与"新近作家"，包括徐懋庸、唐弢、阿英、杨骚等左翼作家也是《人间世》的座上宾。在问世了大量短命的同人刊物的30年代，注重吸收多层次的作者群，显然是颇具眼光的办刊方略。

在《论语》和《人间世》的影响下，30年代出现了不少的小品文刊物，如《太白》《新语林》《文饭小品》《芒种》《西北风》等以刊登小品文为主的刊物纷纷出现，同时"小品"概念也由此泛滥，"科学小品"、"文艺小品"、"戏剧小品"、"历史小品"、"幽默小品"、"讽刺小品"……不一而足，以至有些人称1934年为"小品年"。

不过，多少有点可惜的是，林语堂办《人间世》的中心命意，最后仍落实在"以自我为中心，以闲适为格调"上，与鲁迅指明的"以后的路，本来明明是更分明的挣扎和战斗，因为这原是萌芽于

---

[1] 鹤翎:《人间世》,《刁斗》,1934年，第1卷第2期，第113页。

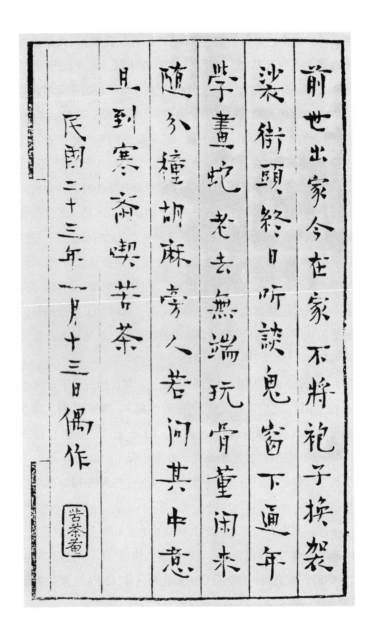

▲ 周作人登在《人间世》上的五十自寿诗手迹

'文学革命'以至'思想革命'的"主张大相易趣,倒是与鲁迅所谓"现在的趋势,却在特别提倡那和旧文章相合之点,雍容,漂亮,缜密,就是要它成为'小摆设',供雅人的摩挲,并且想青年摩挲了这'小摆设',由粗暴而变为风雅了"[1]亦步亦趋。鲁迅强调小品文"挣扎和战斗"的精髓被林语堂弃之不顾。

《人间世》当然也不会以"小摆设"自居。其《发刊词》强调"注重清俊议论文及读书随笔,以期开卷有益,掩卷有味,不仅吟风弄月,而流为玩物丧志之文学已也",或许与鲁迅和左翼的批评不无一定关系。因此,有观察家注意到了《人间世》的改变:"近几年来文艺杂志方面,别开生面的是林语堂主编的《人间世》,其他文艺杂志都是些杂货,而《人间世》是纯粹以小品文为主干的,它已经解脱了《论语》的幽默气派,态度尚严肃。"[2]其实《人间世》在创办过程中,可以看出林语堂已经针对各界尤其是左翼的批评,明显做出了趋向"严肃"的调整。

不过从总体上看,林语堂的小品文运动毕竟是以"闲适"、"幽默"、"格调"为核心的文化美学诉求。这倒不是他故意与鲁迅和左翼"对着干",其实"闲适"、"幽默"、"格调"也的确是林语堂的小品文观念演变到30年代的必然结果。30年代林语堂关于小品文的理想境界庶几从他的小品文集《我的话》中可见一斑。刊载在《论语》杂志上的《我的话》的广告词,征引的大都是林语堂自己的表述:

---

[1] 鲁迅:《小品文的危机》,《现代》,1933年10月1日,第3卷第6期。
[2] 鹤翎:《人间世》,《刁斗》,1934年,第1卷第2期,第113页。

林先生在论文中说"看透道理是幽默，解脱灵性有文章"，本书就是看透道理解脱灵性的幽默文章。在序文中他说："信手拈来，政治病亦谈，西装亦谈，再启亦谈，甚至牙刷亦谈……去经世文章远矣。所自奇者，心头因此轻松许多。"世有因满目经世文章而头痛气闷者，请以本集来轻松一下。[1]

末一句或许针对的就是以鲁迅为代表的左翼的批评声浪。而"看透道理是幽默，解脱灵性有文章"的说辞则堪称从《人间世》发刊词的境界又有所退步了，与林语堂早期的《剪拂集》中那种"单刀直入的笔调及嫉恶如仇的精神"就更无法比拟。

林语堂的散文风格也经历了一个变化的过程。《剪拂集》序中令人印象深刻的是林语堂对自己曾经有过的意气风发时代的神往：

在这太平的寂寞中回想到两年前"革命政府"时代的北京，真使我们追忆往日青年勇气的壮毅及与政府演出惨戏的热闹。天安门前的大会五光十色旗帜的飘扬，眉宇扬扬的男女学生的面目，西长安街揭竿抛瓦的巷战，哈达门大街赤足冒雨的游行，这是何等的雄壮！国务院前哗剥的枪声，东西牌楼沿途的血迹，各医院的奔走弃尸，北大第三院的追悼大会，这是何等的激昂！[2]

当年《语丝》上登载的《剪拂集》的广告语，一开始援引的即

---

[1] 载《论语》半月刊，1934年8月16日，第47期。
[2] 语堂：《剪拂集序》，《语丝》，1928年，第41期，第37页。

是"语堂先生打狗檄文中提倡气节的痛快话":"我们应该能肉搏奋击,不能肉搏奋击,至少也应能诟谇恶骂,不能诟谇恶骂,也应能痛心疾首憎恶仇恨,若并一点憎恶仇恨的心也没有,已经变为枯萎待毙的人了。"广告进而写道:

> 语堂先生是最早主张"先除文妖再打军阀"的人,这本文集所收的都是对北京学者文妖段章嫖客而发的言论,凡段祺瑞的"革命政府",章士钊的"整顿学风",名流学者的彷徨软化,正人君子的丧心病狂,叭儿狗的无耻阿谀,言论家的出卖公理,三一八的屠杀,长安街的巷战,多经过作者用单刀直入的笔调及嫉恶如仇的精神,尽情写出,读之不但可明白当日知识界分裂的真相,也可令人追思往日言论界奋斗的精神。[1]

这就是苏雪林所谓的"林语堂在《语丝》时期主张谩骂主义"。而到了《论语》时期,林语堂的小品文也不是即刻变成了"小摆设"的。曹聚仁曾说:"林语堂提倡幽默,《论语》中文字,还是讽刺性质为多。即林氏的半月《论语》,也是批评时事,词句非常尖刻,大不为官僚绅士所容,因此,各地禁止《论语》销售,也和禁售《语丝》相同。"[2]但是随着政治气候的日益严峻,《论语》终于开始宣称远离政治,如1932年12月1日第6期《编辑后记——论语的格调》称:"对于思想文化的荒谬,我们是毫不宽贷的;对于

---

[1]《剪拂集》广告,《语丝》,1928年12月17日,第4卷第49期。
[2] 曹聚仁:《〈人间世〉与〈太白〉·〈芒种〉》,《文坛五十年》,上海:东方出版中心,1997年版,第271页。

政治，可以少谈一点，因为我们不想杀身以成仁。"《论语》创刊号的《编辑后记》亦说："在目下这一种时代，似乎《春秋》比《论语》更需要，它或许可以匡正世道人心，挽既倒之狂澜，跻国家于太平。不过我们这班人自知没有这一种的大力量，其实只好出出《论语》。"[1] 出于生存的考虑，《论语》选择的编辑方针，或许不是难以理解的。这种疏离政治的策略在《人间世》也得以延续，第2期更在《人间世投稿规约》中以加框的醒目方式添加三句话："本刊地盘公开。文字华而不实者不登。涉及党派政治者不登。"类似提醒在以后各期的编辑寄语中多有，可见林语堂为《人间世》的基本定位是"不谈政治"。

从客观上说，《论语》和《人间世》迎合了或者说催生了闲适小品文杂志创生的潮流。《人间世》出版的1934年也因此号称"小品年"或"杂志年"。茅盾在1934年发表的《所谓杂志年》一文指出："最近两个月内创刊的那些'软性读物'则又几乎全是'幽默'与'小品'的'合股公司'。"茅盾进而引用六月十六日《申报自由谈》上一篇题为《零食》的短论大加发挥：

> 现今杂志之盛行是因为"广大的读者"爱吃"消闲的零食"。读者此种"爱吃零食"的脾胃就说明了何以今年的最"时髦"的刊物是幽默而又小品。
>
> 一部分的读者本来因为胃弱只喜吃"零食"，大鱼大肉是消化不了的；但另一部分的读者却有好胃口，需要大鱼大肉，不幸我们的"特别国情"不许有新鲜的大鱼大肉供给他们，几

---

[1]《编辑后记》，《论语》创刊号，1932年9月16日。

家老厨房搬来搬去只是些腐鱼臭肉，几家新厨房偶然摆出新鲜货来，就会弄得不能做生意。于是这些胃口好的读者也只好拿"零食"来点饥，于是定期刊多了一批主顾。[1]

青年人只能天天吃"零食"，难免会有营养不良之虞。而鲁迅所谓"想青年摩挲了这'小摆设'，由粗暴而变为风雅"的担心也并非无的放矢。有一位教师发表文章谈了自己的亲身经历："去年的秋间，我以偶然的机会在一个中学里教了半年国文；在批改文章的时候，发现许多青年喜欢写一些不三不四油腔滑调的文字，也有人发一些不痛不痒的牢骚，更有人简直在文章中蕴藏着浓厚的出世思想，意态消极，飘飘欲仙，大有隐士之风。我调查的结果，原来他们在课外手执《论语》一卷，或者躺在宿舍里的床铺上低低吟着《人间世》，他们像《论语》一样的所谓幽默笔调固然学不像，结果文章乃流于空疏油滑；像《人间世》那种脱尽烟火气的所谓语录体，他们也是弄不来，结果却使一班青年的思想一天天离开现实，成为得过且过，与世无争的顺民。这就是《论语》和《人间世》在青年中所起的作用，也就是他们的主要任务吧！？"[2]

因此，"'幽默'与'小品'的'合股公司'"的纷纷"上市"，引起舆论的反弹，也是情理之中。连《现代》杂志也刊文批评《人间世》的"复古"：

---

[1] 兰（茅盾）：《所谓杂志年》，《文学》，1934年8月1日，第3卷第2号。
[2] 星：《〈论语〉与〈人间世〉》，《出版消息》，1935年3月30日，第46、47、48合刊，"十日短论"栏，第3页。

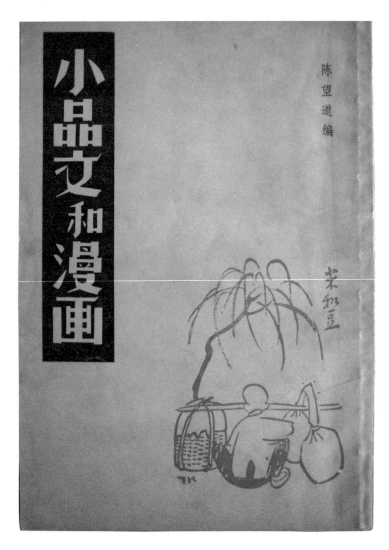

▲ 陈望道编《小品文和漫画》封面

上一次[1]我们曾经把一九三四称为"杂志年",但也有人把它称为"小品年"的。

这是说,在一九三四年,小品文成为一种流行。

只有周作人发刊《语丝》的那几年间,可以相当说是小品文的时期;而我们的几个优秀的小品文作家,也大部分从这个圈子里产生。在《语丝》迁移到上海来之后,似乎连特别注重小品文的刊物都不常见。(至于以"幽默"为招牌的《论语》,实是不能算在内的。)

《人间世》,在许多地方可以说是继承了《语丝》的倾向。(再说,即连林语堂的"幽默",实际上也是《语丝》的遗产,可是在这里不想多说了。)不过,这是表面的看法。本质上,《人间世》和《语丝》之间是有着许多的差异;即是说,写作的林语堂和过去的周作人之间是有着本质的区别的。

第一,《语丝》,它是一方面能够认识小品文的重要性,而另一方面也同样的承认所谓"正式文学"(这是一个非常随便的称法)的重要性。它的存在,尽可与各种正式文学的存在并行不悖;……共同来装点这个文学的园地。《人间世》便不然,她开始即以向正式文学挑战的姿态出现;……显然是表示着他们以为小品文与正式文学不能共存。

第二,《语丝》的态度是革新,是足以领导青年的;《人间世》却在许多地方带着复古的意味,是和旧的传统妥协的。[2]

---

[1] 指《现代》,1934 年 6 月,第 5 卷第 2 期的《文坛展望》。
[2] 编者:《文坛展望》,《现代》,1934 年 7 月,第 5 卷第 3 期。

今天看来，30年代文坛对于《人间世》在政治立场上的妥协姿态或许缺乏一些同情的理解，同时也对杂志年的虚假繁荣缺乏足够的认知。只有茅盾富于洞见地指出："杂志的'发展'恐怕要一年胜似一年。不过有一点也可以预言：即此所谓'发展'决不是读者人数的增加，而是杂志种数的增加。"[1]而"种数的增加"并不意味着真正的繁荣。正如有研究者指出："在当局文化专制主义高压下，许多刊物只出了创刊号就面临停办查封的局面。为了办刊，主办者们往往被迫采用转移、分散的方法引开当局注意力，让刊物至少能够在一段时期内继续出版发行下去，犹如文化战线上的'游击'或'迂回'战术。因此'杂志年'，并非杂志命运真正亨通。"[2]即便是《人间世》这一"小品年"抑或"杂志年"的始作俑者，创刊仅一年半的时间，也在1935年12月20日出版第42期后无奈地宣告终刊。

---

[1] 兰（茅盾）：《所谓杂志年》，《文学》，1934年8月1日，第3卷第2号。
[2] 颜湘茹：《从〈现代〉看20世纪30年代上海市民新型身份的建构》，《社会科学》，2008年，第4期。

"看萧和'看萧的人们'"

外国知名作家访华一向造成文坛热点。从毛姆、罗素、杜威,到泰戈尔、巴比塞、伐扬·古久列,再到抗战时期的海明威、奥登、伊舍伍德,都给中国文坛留下不大不小的冲击。但是恐怕上述作家谁也没有萧伯纳1933年2月17日的闪电访沪带给沪上文坛如此大的冲击波。鲁迅即称:"伯纳萧一到上海,热闹得比泰戈尔还利害,不必说毕力涅克和穆杭了。"[1]

上海新闻界在1933年初即传出77岁高龄的萧伯纳在宋庆龄、蔡元培、鲁迅、杨杏佛发起的中国民权保障同盟的邀请下,将乘不列颠皇后号到上海作短暂访问的消息。萧伯纳尚未到沪,各大媒体已掀起"萧伯纳热"。2月2日,《申报·自由谈》发表郁达夫的《萧伯纳与高尔斯华绥》:"我们正在预备着热烈欢迎那位长脸预言家的萧老。"2月9日,又发表玄(茅盾)的文章《萧伯纳来游中国》;2月15日起连载宜闲(汪倜然)翻译的萧伯纳的小说《黑女

---

[1] 鲁迅:《萧伯纳在上海·序言》,乐雯剪贴翻译并编校:《萧伯纳在上海》,上海:上海野草书店,1933年版,第1页。

▲ 萧伯纳像

求神记》。而在萧伯纳抵沪的当天和次日,《申报·自由谈》还连续两天刊出"萧伯纳专号",其中有何家干(鲁迅)的《萧伯纳颂》、郁达夫的《介绍萧伯纳》、林语堂的《谈萧伯纳》、玄(茅盾)的《关于萧伯纳》、郑伯奇的《欢迎萧伯纳来听炮声》、许杰的《绅士阶级的蜜蜂》和杨幸之的《Hello Shaw》等等[1]。

此后,《论语》1933年3月第12期出了"萧伯纳访华专号",刊登了蔡元培、鲁迅、宋春舫、邵洵美、洪深和主编林语堂本人对萧伯纳访沪的观感,《现代》杂志在萧伯纳访沪的前前后后也做足了文章。据施蛰存回忆:

> 萧伯纳到上海,我虽然没有参加欢迎,《现代》杂志却可以说是尽了"迎送如仪"的礼貌。二月份的《现代》发表了萧的一个剧本,四月份的《现代》发表了萧在上海的六张照片,当时想有一篇文章来做结束,可是找不到适当的文章。幸而鲁迅寄来了一篇《看萧和"看萧的人们"》,是一篇最好的结束文章,可惜文章来迟了,无法在四月份和照片同时发表,于是只得发表在五月份的《现代》。同期还发表了适夷的《萧和巴比塞》,这是送走了萧伯纳,准备欢迎巴比塞了。萧参远在莫斯科,得知上海正在闹萧翁热,译了一篇苏联戏剧理论家列维它夫的《伯纳萧的戏剧》来,介绍苏联方面对萧的评价。这篇译稿来得更迟,在十月份的《现代》上才刊出,它仿佛也

---

[1] 参见陈子善:《幽默大师萧伯纳闪电上海行》,《边缘识小》,上海:上海书店,2009年版,第98—99页。

▲ 萧伯纳访沪期间与宋庆龄、蔡元培、鲁迅、史沫特莱、林语堂等合影

是鲁迅转交的[1]。

萧伯纳的这次半日访沪还顺便给鲁迅和瞿秋白的友谊增添了一个砝码。由瞿秋白与鲁迅一起"闪电"编辑，鲁迅作序言的《萧伯纳在上海》一个月左右即"闪电"推出，毛边道林纸，封面由鲁迅本人亲自设计，图案为剪贴各报记载，白底红色，如画家所作"倒翻字纸篓"一样[2]。出版后鲁迅将全部稿费付给瞿秋白[3]，此书也构成了鲁迅和瞿秋白深厚友谊的一个历史性见证。

《萧伯纳在上海》1933年3月由上海野草书店出版，封面上的作者栏写的繁复而有趣："乐雯剪贴翻译并编校，鲁迅序。"乐雯原是鲁迅的笔名，但具体做"剪贴翻译并编校"工作的，其实应是瞿秋白。"当时瞿秋白住在上海，个人生活奇穷，鲁迅劝其编集此书，一来可以换点钱，二来亦可以保存各方面因萧的到来而自暴其本来面目的事实。"[4]全书共五部分，第一为"Welcome"，分"不顾生命"及"只求幽默"两节，收的是诸家或欢迎或痛骂的文章；第二为"吓萧的国际联合战线"，收上海各外报的社评；第三为"政治的凹凸镜"，收同题文章一篇，附录日文报上的记载两种；第四为"萧伯纳的真话"，收萧伯纳在香港、上海、北平三地所做的片段谈话；第五为"萧伯纳及其批评"，收黄河清作《萧伯纳》及德国特甫格作《萧伯纳是丑角》两篇。总括五部分的是编者的《写在前面》。

---

[1] 施蛰存：《〈现代〉杂忆》，《北山散文集》（一），上海：华东师范大学出版社，2001年版，第261页。
[2] 唐弢：《野草书屋》，《唐弢书话》，北京：北京出版社，1996年版，第95页。
[3] 王铁仙：《心灵的相通相契——鲁迅与瞿秋白友谊之我见》，《中华读书报》，2007年2月14日。
[4] 唐弢：《野草书屋》，《唐弢书话》，北京：北京出版社，1996年版，第94页。

▲ 瞿秋白与杨之华

▲ 徐悲鸿所绘素描《鲁迅与瞿秋白》

全书卷首还有鲁迅《序言》。

鲁迅的序言以及该书的《写在前面》(应该是瞿秋白执笔)都是大可一书的佳构。从《写在前面》的末尾落款的时间(2月22日)上看,鲁迅和瞿秋白在几天内就"剪刀加浆糊"地编好了这本"未曾有过先例的书籍"。鲁迅对这部《萧伯纳在上海》堪称重视,除了为该书写序,亲自设计封面之外,还亲自写广告语,刊登在1934年4月上海联华书局发行,瞿秋白翻译的《解放了的董吉诃德》书末:

> 萧伯纳一到香港,就给了中国一个冲击,到上海后,可更甚了,定期出版物上几乎都有记载或批评,称赞的也有,嘲骂的也有。编者便用了剪刀和笔墨,将这些都择要汇集起来,又一一加以解剖和比较,说明了萧是一面平面的镜子,而一向在凹凸镜里见得平正的脸相的人物,这回却露出了他们的歪脸来,是一部未曾有过先例的书籍。编者是乐雯,鲁迅作序。

广告中称该书"是一部未曾有过先例的书籍",把萧伯纳比喻成"平面的镜子",使"一向在凹凸镜里见得平正的脸相的人物,这回却露出了他们的歪脸来","未曾有过先例"指的正是萧伯纳访华洞见出中国文人的真实嘴脸。可见鲁迅和瞿秋白编辑此书所真正关注的,也许并非萧伯纳本人,而是中国文坛借萧伯纳访华事件而折射出来的众生相。与其他知名作家来访的差异或许在于,萧伯纳的闪电式访沪正使华界众生相得以凸显。因此,编了一本书,鲁迅仍意犹未尽,在2月23日所写《看萧和"看萧的人们"记》

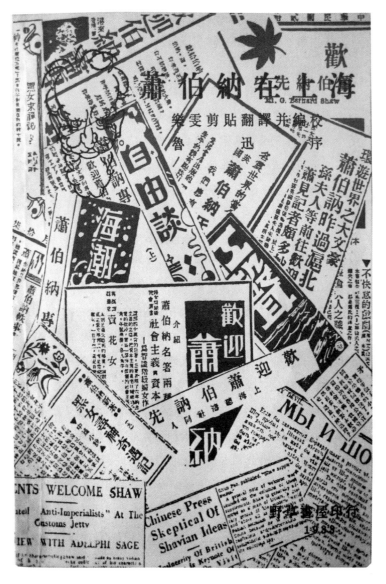

▲ 由野草书店印行的《萧伯纳在上海》封面,为鲁迅设计

一篇中，鲁迅仍在继续萧伯纳"并不是讽刺家，而是一面镜"的话题[1]。也正如鲁迅在《萧伯纳在上海》的序言中所说：

> 萧在上海不到一整天，而故事竟有这么多，倘是别的文人，恐怕不见得会这样的。这不是一件小事情，所以这一本书，也确是重要的文献。在前三个部门之中，就将文人，政客，军阀，流氓，叭儿的各式各样的相貌，都在一个平面镜里映出来了。说萧是凹凸镜，我也不以为确凿。

鲁迅讽刺的这些"样貌"，在施蛰存多年后的回忆中可见一斑：

> 过了几天，李尊庸送来了七八张照片，我在二卷六期的《现代》上选刊了六张，其中有一张是《现代》所独有的，可惜现在我已记不起是哪一张了。有一个上海文人张若谷，一贯喜欢自我宣传，到了不择手段的地步。他不知以什么记者的名义，居然能混进宋宅和世界社，每逢摄影记者举起照相机的时候，他总去站在前头。萧伯纳在世界社靠墙壁坐着，让记者摄影，张若谷竟然蹲到萧伯纳背后，紧贴着墙壁。记者没有办法，只好把他也照了进去。洗印出来的照片是：他的整个身子都被萧伯纳遮住了，只从萧伯纳肩膀底下探出了一个头面。这张照片使我很厌恶，但是我当时还不懂得照片可

---

[1] 鲁迅：《看萧和"看萧的人们"记》，收入《南腔北调集》，《鲁迅全集》，第4卷，北京：人民文学出版社，1981年版，第497页。

▲ 鲁迅 1933 年五一国际劳动节摄于上海

以涂改，就只好照样给印出来。[1]

正因当初没有今天司空见惯的图像处理技术，《现代》才得以为后来的读者给鲁迅讽刺过的"样貌"立此存照。

《萧伯纳在上海》的《序言》由于是鲁迅所作，更为人熟知。而可能主要是瞿秋白执笔的《写在前面》则值得多介绍几句。《写在前面》的副标题为"他非西洋唐伯虎"，文中侧重讨论的是萧伯纳的"幽默"这一话题：

> 萧伯纳在上海——不过半天多功夫。但是，满城传遍了萧的"幽默"，"讽刺"，"名言"，"轶事"。仿佛他是西洋唐伯虎似的。他说真话，一定要传做笑话。他正正经经的回答你的问题，却又说他"只会讽刺而已"。中国的低能儿们连笑话都不会自己说，定要装点在唐伯虎徐文长之类的名人身上。而萧的不幸，就是几乎在上海被人家弄成这么一个"戏台上的老头儿"。
>
> 可是，又舍不得他这个"老头儿"，偏偏还要借重他。于是乎关于他的记载，就在中英俄日各报上，互相参差矛盾得出奇。原本是大家都把他做凹凸镜，在他之中，看一看自己的"伟大"而粗壮，歪曲而圆转的影子；而事实上，各人自己做了凹凸镜，把萧的影子，按照各人自己的模型，拗揿得像一副脸谱似的：村的俏的样样俱备。

---

[1] 施蛰存：《〈现代〉杂忆》，《北山散文集》（一），上海：华东师范大学出版社，2001年版，第261页。

> 然而萧的伟大并没有受着损失，倒是那些人自己现了原形。
>
> 我们收集"萧伯纳在上海"的文件，并不要代表什么全中国来对他"致敬"——"代表"全中国和全上海的，自有那些九四老人，白俄公主，洋文的和汉文的当局机关报；我们只不过要把萧的真话，和欢迎真正的萧或者欢迎西洋唐伯虎的萧，以及借重或者歪曲这个"萧伯虎"的种种文件，收罗一些在这里，当做一面平面的镜子，在这里，可以看看真的萧伯纳和各种人物自己的原形。

文章堪称痛快淋漓，从中可以看出，鲁迅所撰广告与这篇《写在前面》的内容多有重合，想必也可以看成是惺惺相惜肝胆相照的两位知己共同的杰作吧？

旅游产业的兴起与中国现代"风景的发现"

20世纪30年代是中国现代旅游业开始兴盛发展的时代,旅游杂志也应运而生。文人雅士的文学书写由此进一步与旅游业建立了关联性,也印证了一个以旅游文化为表征之一的消费主义时代的逐渐形成。其中郁达夫30年代的游记书写最具有典型性,山水纪游不仅构成了他更自觉的写作形式,而且一度有了资本和政府的介入,1933年秋,杭江铁路即将通车,从钱塘江起,经过萧山、诸暨、义乌、金华、江山等地,最终到江西的玉山,全长333公里。杭江铁路局邀请郁达夫先乘为快,沿着新开辟的铁路在浙东遍游,最后写出游记由杭江铁路局出版,算作"杭江铁路导游丛书"的一种。按郁达夫事后比较谦虚的说法,自己"虽在旅行,实际上却是在替铁路办公,是一个行旅的灵魂叫卖者的身分"[1],游记写作成为地方政府有意识策划的结果,也是文人与资本的结合催生出的产物。对铁路局来说,这是非常有眼光的举措,文学中对于风景的描绘往往是最好的旅游广告,也证明了在消费主义时代,

---

[1] 郁达夫:《二十二年的旅行》,《十日谈》旬刊,1934年1月1日"新年特辑"。

风景的发现与文学艺术媒介之间有着不同寻常的密切关系。

郁达夫在出版于1934年的游记《屐痕处处》自序中说："近年来，四海升平，交通大便，像我这样的一垛粪土之墙，也居然成了一个做做游记的专家——最近的京沪杭各新闻纸上，曾有过游记作家这一个名词，——于是乎去年秋天，就有了浙东之行，今年春天，又有了浙西安徽之役。"[1]这段话中有一个值得关注的信息：30年代初"游记作家这一个名词"在"京沪杭"的报纸上一度很流行，透露出当时形成了一个旅游热，也催生了"游记作家"的流行，或者反过来说也许同样成立，"游记作家"的出现，给旅游热推波助澜，两者间有内在的同一性关系。杭江铁路局独具慧眼地看到了这种旅游与作家之间的关系，于是，读到《屐痕处处》中《杭江小历纪程》的开头，读者就对郁达夫浙东之行的起因有了更明晰的了解："一九三三年十一月九日，星期四，晴爽。""前数日，杭江铁路车务主任曾荫千氏，介友人来谈；意欲邀我去浙东遍游一次，将耳闻目见的景物，详告中外之来浙行旅者，并且通至玉山之路轨，已完全接就，将于十二月底通车，同时路局刊行旅行指掌之类的书时，亦可将游记收入，以资救济Baedeker式的旅行指南之干燥。我因来杭枯住日久，正想乘这秋高气爽的暇时，出去转换转换空气，有此良机，自然不肯轻易放过，所以就与约定于十一月九日渡江，坐夜车起行。"[2]

这种政府行为在推动旅游事业方面所起的作用，在《黄山揽胜集》[3]一书中得到更为突出的表现，《黄山揽胜集》的出笼，主要因

---

[1] 郁达夫：《屐痕处处》，上海：现代书局，1934年6月。
[2] 同上书，第1—2页。
[3] 许世英：《黄山揽胜集》，上海：良友图书印刷公司，1934年8月。

▲《黄山揽胜集》封面

为响应蒋介石开发东南交通的倡议,"浙皖建设厅即以开发黄山为当务之急,乃另组建设委员会,聘请中央振务委员会主席许世英先生担任委员长"[1]。《黄山揽胜集》即为"许委员长特作黄山之游"的游记。而良友图书印刷公司对于《黄山揽胜集》的推出也着实下了一番功夫,"汇集全山名胜摄影,各系以古今诗文记载","由本公司用最上等之黄道林纸加工印刷。书前并冠以郎静山陈万里叶浅予邵禹襄诸摄影名家之美术照片,书后附以游览日程等,封面三色铜版精印"[2],可谓是一部相当精美的"揽胜"图书,既应和了开发黄山的"当务之急",同时也不失时机地汇入了方兴未艾的旅游热。

尽管风景游记的"生产"与旅游产业,与政府的推动有极大关系,但是出版界的闻风而动以及主动出击也在其中起了重要的"触媒"作用。书局在旅游书籍的制作方面每每显示出既精心又专业的眼光。比如在游记文字之外往往收入大量风景图片,为此《黄山揽胜集》的出版人不惜聘请专业摄影家和著名画家郎静山陈万里叶浅予邵禹襄等共襄盛事,《黄山揽胜集》中收入的照片的作者中,郎静山和陈万里都是一时之选,二者均是中国较早的摄影艺术家和摄影记者。陈万里五四时期即发起组织了艺术写真研究会,随后与郎静山等筹组中华摄影社,史称"华社"。据郁达夫的《屐痕处处》中的《杭江小历纪程》,浙东之行的同行者中,即有郎静山,《现代》杂志上的广告也不失时机地宣称"附游侣郎静山先生所摄风景名作十余帧尤足供读者卧游之助",在这个意义上说,现代意义上的风

---

[1]《黄山揽胜集》广告,载《人间世》,1934年10月5日,第13期。
[2] 同上。

▲ 民国著名摄影家郎静山的作品

景堪称是摄影家与作家一同"发现"的。

由周天放和叶浅予编撰的《富春江游览志》[1]尤其表明了30年代旅游文化产品出版的发达,被称为"开中国旅游手册之先河"。在政府和资本的介入之外,传媒由此也大力推动了旅游产业,并从中获益。1934年的《论语》半月刊第47期登载的《富春江游览志》广告词称"睹此一书,胜如游览一周"[2],可见旅游书籍有文化产品自身的自足性,读者从旅游书中获得的乐趣甚至可以超过实地旅行本身,正如有读者读罢郁达夫的游记后去实地印证,发现"实物"并没有广告介绍的那么美一样。也正是在这个意义上,《黄山揽胜集》在《人间世》杂志上的广告把"供读者卧游之助"[3]作为书籍宣传的一个策略,也肯定会有相当一部分读者的确是在床上借助旅游杂志而"卧游"黄山的。

30年代旅游文化产品出版的发达更表现在旅游书籍的专业性和具体性方面。《富春江游览志》在《编撰大意》中称:"本书编撰之目的有二,一为游览富春江之山水者之指南,二增加游览时之兴趣。"两个编撰目的都在具体编撰策略上得到落实。风景照片是吸引眼球极佳的方式,"风景照片最足动人向往及游后回味,故编者不惮跋涉,摄影附入"。除了收入数十帧富春江沿岸的风景名胜照片外,《富春江游览志》尤为重视对各个景点的文化意蕴和历史积淀的强调:"名人题咏,足为江山生色,而游人踪迹所到,不待搜索得读前人佳句,油然而添逸兴。惟富春江上,前人题咏繁如乱发,择尤附丽数首于胜迹之后,作登览时之吟赏。富阳桐庐严滩

---

[1] 周天放、叶浅予:《富春江游览志》,上海:时代图书公司,1934年6月。
[2] 《富春江游览志》广告,载《论语》半月刊,1934年8月16日,第47期。
[3] 《人间世》,1934年10月5日,第13期。

钓台等处佳什较多，不忍割舍，精选百首另列一篇。"[1]其中对严子陵之于钓台的意义更是大力渲染。这也同样是在书中附上了"古今诗文记载"的《黄山揽胜集》的编撰策略。到了郁达夫的《屐痕处处》，附录则是歙县黄秋宜写的《黄山纪游》。至于《屐痕处处》中郁达夫自己撮录的《黄山札要》一篇，则是由于郁达夫计划中的黄山未能成行，"先把从各志书及游记上抄落来的黄山形势里程等条，暂事整理在此，好供日后登山时的参考"[2]，前人的纪行在郁达夫尚未登临之前已然汇入了郁达夫自己对于黄山的文学想象中。

作为一本专业的旅游指南，《富春江游览志》的具体性还表现在"本书取材之目标，一取便于游览行程，二古迹之足凭吊及名胜之足赏玩者"。这一"取材之目标"在目录中一览无遗，该书分十六章，分别为：富春江概述、交通、风景概述、钓台、严先生史略、桐庐、桐君山、阆仙洞、九里洲梅花、天子冈、富阳、观山、沿江古迹名胜、物产、诗词等。附录中还设计有长达48日的详细游览日程，堪称是一次"身体强健，有闲而又有钱的人"[3]才有条件践行的"慢游"。

当杭江铁路局通过友人邀请郁达夫做风景游记的时候，政府一方堪称很懂得郁达夫的文人游记会带来可观的旅游效益，懂得文人身上所携带的文化资本会给风景带来风景之外的附加值。地方的风景的发现有赖于作家的足迹和眼睛，就像当年徐霞客游记所起的历史性作用一样。当年浙江风景得以向全体国民展示，就有郁达夫不可埋没的贡献。30年代的郁达夫自称把两浙山水走遍

---

[1] 周天放、叶浅予:《富春江游览志·编撰大意》，上海：时代图书公司,1934年6月。
[2] 郁达夫:《屐痕处处》，上海：现代书局，1934年6月，第183页。
[3] 郁达夫:《屐痕处处》自序，上海：现代书局，1934年6月。

了十分之六七，并出版了一册游记总集，这就是1934年6月现代书局出版的《屐痕处处》一书，反映的是风景游记散文的"生产"与资本以及政府的新关系。作家游记与政府行为、旅游产业以及出版触媒一起催生了中国现代"风景的发现"。

郁达夫作为"游记作家"介入中国现代风景的发现的过程，一方面说明风景游记的生产性，另一方面也说明旅游业对于作家与文学所起到的功效的依赖。在中外旅游史上，经常会出现对于风景的叙述造就了风景的发现和旅游的盛况的先例。柄谷行人曾提到卢梭与阿尔卑斯山的风景的发现的关系："卢梭在《忏悔录》中描写了自己在1728年与阿尔卑斯的大自然合一的体验。此前的阿尔卑斯不过是讨厌的障碍物，可是，人们为了观赏卢梭所看到的大自然纷纷来到瑞士。Alpinist（登山家）如字义所示乃诞生于'文学'。而日本的'阿尔卑斯'亦是由外国人发现的，并从此开始了登山运动。"[1]日本也有一个与欧洲同名的阿尔卑斯山，不仅名字是从欧洲的阿尔卑斯借来的，而且也是由外国登山者最早"发现"的。而柄谷行人所谓"Alpinist（登山家）如字义所示乃诞生于'文学'"，也证明了山水旅游与文学的关系。

在西方文学史上讨论风景与民族性的关系，人们经常谈及的是司各特的例子。司各特以对苏格兰的风景描写著称，可以说一时间把苏格兰稍微有名一点的地方都写光了，没有给他人留下可写的余地，引起了其他作家的不满和抱怨。英国诗人穆尔当年就有诗挖苦司各特：

---

[1] 柄谷行人:《日本现代文学的起源》，赵京华译，北京：三联书店，2003年版，第19页。

如果你有了一点要写上几行的诗兴,

我们这里有一条妙计献上——你可得抓紧,

要知道司各特先生已经离开英格兰-苏格兰边境,为了寻求新的声名,

正拿着四开本的画纸向镇上走近;

从克罗比开始(这活儿肯定会有一笔好进账)

他想要把路上所有的绅士庄园一一描写,在它们身上"大做文章"——

我们的妙计就是(虽然我们的任何一匹马都赶不上他)

赶紧捧出一位新诗人穿过大道去和他对抗,

迅速写出点东西印成校样——千万别修改——还要把文章拉长,

抢先描写它几家别墅,趁司各特还没有到来的时光。[1]

正因为司各特对苏格兰风景的集中描写,使司各特成为苏格兰民族风景的重要发现者,甚至成为苏格兰民族性的塑造者。有研究者分析过司各特创作中的苏格兰风景描写,试图从中辨认和分析风景是如何体现出苏格兰的民族性,以及司各特如何把浪漫主义的自然之热爱转译成一种文化民族主义的表达。按以赛·伯林的表述,苏格兰人是"根据风景来理解他们自己并获得他们作为苏格兰人的认同"。在这个意义上,司各特创造了一种新的风景

---

[1] 转引自勃兰兑斯:《十九世纪文学主流》,徐式谷等译,第4分册,北京:人民文学出版社,1984年版,第8页。

神话,给苏格兰人提供了"一种深厚的情感和文化连接"[1]。苏格兰高地也成为今天英伦三岛上最有代表性的风光,而在司各特之前,那里以荒凉崎岖贫瘠悲惨著称,英格兰人也总是把苏格兰的荒原景色同犯罪联系起来,对苏格兰高地充满偏见和恐惧,连当时英格兰最有名的文人塞缪尔·约翰逊博士旅行到苏格兰高地时,也会拉下马车的窗帘,"因为那里的山景使他感到不安"[2],这与后来人们趋之若鹜地到苏格兰高地旅游,恰成对照。

苏格兰高地从当年人们唯恐避之不及,到后来成为世界上最有名的风景名胜之一,这一历史过程经常被当作旅游策划的最成功的案例。但究其缘起,苏格兰高地与作家的文学书写有直接的关系。1935年郁达夫作了一首题为《咏西子湖》的诗:

> 楼外楼头雨似酥,
> 淡妆西子比西湖。
> 江山也要文人捧,
> 堤柳而今尚姓苏。

诗歌道出了西湖的苏堤、白堤都是以文人命名的史实。而"江山也要文人捧"一句,则揭示了风景与文人两者间相互依存的关系。不仅仅是文人墨客需要寄情山水,同时山水也需要文人的题咏和赞颂。

郁达夫的意义在于他正处在现代中国文学中的风景的发现的

---

[1] 张箭飞:《风景与民族性的建构——以华特·司各特为例》,《外国文学研究》,2004年,第4期。
[2] 同上。

现场。一方面在郁达夫五四初期的《沉沦》等小说中创生了中国现代小说中最早的风景描写，另一方面，郁达夫的山水游记也是现代作家所创作的最具典型性的风景散文，最有文人化特征，沿袭的也是山水文人化的中国游记传统，在散文中多征用古代名人的笔记和游记，并援引大量诗词联语入文，也常常从地方志中取材，在行文中则经常以现实中所见之风景去比附山水画。从文学艺术对风景的描绘与建构这一角度上说，山水画与风景的发现之间的关联性当然更为直接，山水画在宣纸上处理的正是风景。而在创作风景散文之际，郁达夫感受风景的方式和书写风景的文字更是难免受到传统山水画的影响，何况中国的山水画中本来就氤氲着丰沛的文人化传统。

中国山水的这种文人化传统丰沛到一定程度，就会累积成风景的一种"人文化"特征。所谓的"山水的人文化"或许正是由山水中这些从帝王将相到庶民百姓的历史印记所构成，意味着人的主体曾经如此深刻地嵌入自然风景中，继而成为风景的重要的一部分。

郁达夫的山水游记也最典型地体现出风景的人文化底蕴。《钓台的春昼》之所以成为郁达夫最著名的散文之一，很大程度上是因为钓台本身所蕴含的人文背景：

> 从钓台下来，回到严先生的祠堂——记得这是洪杨以后严州知府戴槃重建的祠堂——西院里饱啖了一顿酒肉，我觉得有点酩酊微醉了。手拿着以火柴柄制成的牙签，走到东面供着严先生神像的龛前，向四面的破壁上一看，翠墨淋漓，题在那里的，竟多是些俗而不雅的过路高官的手笔。最后到

了南面的一块白墙头上，在离屋檐不远的一角高处，却看到了我们的一位新近去世的同乡夏灵峰先生的四句似邵尧夫而又略带感慨的诗句。夏灵峰先生虽则只知崇古，不善处今，但是五十年来，象他那样的顽固自尊的亡清遗老，也的确是没有第二个人。比较起现在的那些官迷财迷的南满尚书和东洋宦婢来，他的经术言行，姑且不必去论它，就是以骨头来称称，我想也要比什么罗三郎郑太郎辈，重到好几百倍。

从上述"点名簿"中可以知道，钓台在中国山水中最能体现人文化特征，也正因如此，《富春江游览志》花了两章的篇幅重点推出严老先生："七里泷严先生钓台名闻天下，本书特详述之，沿江古迹名胜皆由钓台顺流下数。"正如黄裳在给郁达夫的《忏余集》写的书评中所做的精彩总结："严子陵的钓台确是一个好题目，历代文人（特别是清人）的集子里，总免不了有一篇'过钓台'之类的诗，其实早在明代中叶就有人编过一本《钓台集》了。说到钓台，好玩的故事真的足足有一箩筐，什么'客星犯帝座'；'买菜求益'；'先生之风，山高水长'（范仲淹《严先生祠堂记》）；谢皋羽祭文天祥的遗址西台；以及严子陵当日在山顶台上垂钓，要准备多长的钓丝……真是目不暇接。在有的作者看来，真是眼花缭乱，来不及抄撮，背上了这一捆重载，结果弄得自己也爬走不动。弄不好还会弄出些小小蹉跌，摔个鼻青脸肿，惹人笑乐。"[1]郁达夫的《钓台的春昼》也同样"背上了"这一捆由文人墨客名号构成的"重

---

[1] 黄裳：《拟书话——〈忏余集〉》，收《珠还记幸》（修订本），北京：三联书店，2006年，第350页。

载",尽管郁达夫在负重行走之际尚能游刃有余,驾轻就熟,但人文化的负载如果过重,山水中的历史沉疴难免会使风景丧失掉风景的本意。

格外有意味的是,郁达夫笔下的诸多风景在东方文化底蕴外,其实也经过了西方文化的洗礼。早在日本期间写作的小说《沉沦》中,日本的风景即与西方文化视野的参照密不可分:

> 从他住的山顶向南方看去,眼下看得出一大平原。平原里的稻田都尚未收割起。金黄的谷色,以绀碧的天空作了背景,反映着一天太阳的晨光,那风景正同看密来(Millet)的田园清画一般。

所见风景的意义其实是从密来(即米勒)的"田园清画"那里转借来的,或者说是借助于米勒的风景绘画才能为自己看到的实景赋予深度。风景的景深处是一种借来的深度和意义,渗透着来自异域的人文性和意识形态的特征。

这种喜欢把东方风景与西方景观进行类比的倾向,在郁达夫后来的散文游记中得到更充分的体现。比如形容福建的闽江"扬子江没有她的绿,富春江不及她的曲,珠江比不上她的静",进而则"譬作中国的莱茵"(《闽游滴沥之二》);见到南国的海港以及"海港外山上孤立着的灯塔与洋楼",则"心里倒想起了波兰显克微支的那一篇写守灯塔者的小说,与挪威伊孛生的那出有名剧本《海洋夫人》里的人物与剧情"(《闽游滴沥之一》);看到江西境内"一排疏疏落落的杂树林",就与"外国古宫旧堡的画上所有的那样的那排大树"相比较;而玉山城里"沿城河的一排住宅,窗明几净,倒影溪中，远看好象是威尼斯市里的通衢"；游程结束则念着戴叔伦的一句"冰为溪水玉为山"，"觉得这一次旅行的煞尾，倒很有点儿象德国浪漫派诗人的小说"（《浙东景物纪略》）。

似乎不能把郁达夫这种与外国景观的比附完全看成是炫耀知识，而是其中透露出一种不自觉的心理：只有与西方风景和文化攀上关系，才能增加本土风景的分量。或许当年远涉重洋的"海归们"都有类似的习惯，郁达夫的《屐痕处处》中《出昱岭关记》一篇写一行人到了安徽绩溪歙县：

> 第一个到眼来的盆样的村子，就是三阳坑。四面都是一层一层的山，中间是一条东流的水。人家三五百，集处在溪的旁边，山的腰际，与前面的弯曲的公路上下。溪上远处山间的白墙数点，和在山坡食草的羊群，又将这一幅中国的古画添上了些洋气，语堂说："瑞士的山村，简直和这里一样，不过人家稍为整齐一点，山上的杂草树木要多一点而已。"

一般的游客可能感觉不到这一幅"中国的古画"上的"洋气"从何而来，郁达夫大概是为了要引出林语堂与"瑞士的山村"的类比。可见这种以本土景致比附域外风景的习气不惟郁达夫所独有。

郁达夫动用阅读资源所类比的往往都是西方书本和图片中的"拟像的风景"，而不是亲眼所见的景观。所谓"拟像的风景"就是媒介上所再现的风景，往往经过了他人的观照，是风景的人工化。诸如郁达夫屡屡提及的米勒的风景，伦勃朗的风景，还有西方明信片上的风景，都是风景的再造，是第二自然，是本雅明所谓机械复制的产品。居伊·德波在《景观社会》中认为："世界已经被拍

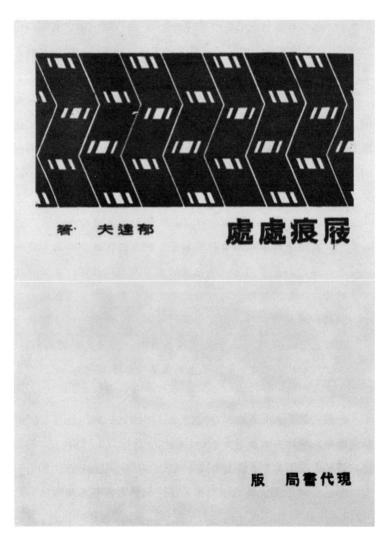

▲ 郁达夫游记《屐痕处处》封面

摄。"发达资本主义社会已进入影像物品生产与物品影像消费为主的景观社会,景观已成为一种"已经物化了的世界观",而景观本质上不过是"以影像为中介的人们之间的社会关系。"[1]当景观成为"物化了的世界观"之后,人们的风景意识也被重新编码。尤其进入后现代,人们经历风景也通常是先看图片和影视作品,然后才有可能在旅游的时候看到真实的景观。所以往往是想象在先,实景在后。拟像的风景早已先在地对我们的风景意识进行了渗透甚至重塑。

郁达夫所展示的风景中即有这种拟像的风景因素,尤其对风景意蕴进行阐释之时更借助于拟像的方式,是米勒的画,是外国古宫旧堡的画,是显克微支的小说与伊孛生的话剧,都不是与真实的风景进行比照。在某种意义上说,真实的风景本身并没有"意义",意义是人为赋予的,是阐释出来的。恰如郁达夫《屐痕处处》中的名篇《钓台的春昼》:

> 我虽则没有到过瑞士,但到了西台,朝西一看,立时就想起了曾在照片上看见过的威廉退儿的祠堂。这四山的幽静,这江水的青蓝,简直同在画片上的珂罗版色彩,一色也没有两样,所不同的,就是在这儿的变化更多一点,周围的环境更芜杂不整齐一点而已,但这却是好处,这正是足以代表东方民族性的颓废荒凉的美。

值得关注的是郁达夫把严子陵钓台的西台风景与"照片"上的

---

[1] 居伊·德波:《景观社会》,王昭风译,南京:南京大学出版社,2006年版,第3页。

威廉·退尔的祠堂和"画片"上的"珂罗版色彩"进行对比。四森林洲湖是欧洲著名的风景区，湖边有中世纪瑞士的民族英雄威廉·退尔的纪念祠堂。"珂罗版"（collotype）是19世纪由德国人发明的印刷技术，用这种技术印刷出来的图片与绘画效果逼真，是19世纪印刷资本主义高度发达的标志之一，也顺应了机械复制技术时代的发展。风景图片在郁达夫时代的普及恐怕正依赖于这种高仿真的印刷技术，当西方的风景图片借助于这种技术在全世界传播，同时传播的或许还有一种西方式的"现代性"。

郁达夫与西方图片的这种比照隐含着某种他自己或许也无法意识到的悖论：这种"东方民族性的颓废荒凉的美"正是借助于他者的眼光透视出来的[1]。风景由此也成为西方的他者的眼睛所见的风景，而多少丧失了东方自己的自足性。这里便显示出一种风景与权力的一种更内在的相关性。一方面，是郁达夫只有借助于西方知识和资源，才能在眼前的东方风景中看出米勒和颓废之美，另一方面，东方的风景也只有经过西方的印证才似乎得到命名和表达，进而获得文化和美学的附加值。其背后因此关涉着东西方之间固有的权力关系，而这一点，在郁达夫炫耀知识的同时大概是没有意识到的。

郁达夫在把中国风景与西方进行比对的同时，多少印证了西方现代性在郁达夫留学和写作时代的强势影响。而从本体论的意义上说，风景问题还涉及了人们如何观照自然、山水甚至人造景观的问题，以及这些所观照的风景如何反作用于人类自身的情感、

---

[1] 参见吴晓东：《中国现代审美主体的创生——郁达夫小说再解读》，《中国现代文学研究丛刊》，2007年，第3期。

审美、心灵甚至主体结构，最终则涉及人类如何认知和感受自己的生活世界问题。

因此，当深入追究风景背后的意识和主体层面，郁达夫的创作便呈现出一种矛盾的风景观。在郁达夫笔下既有自己曾经近观的身临其境的风景，也有只是明信片上看过的拟像的风景。郁达夫风景意识的复杂性甚至悖论性也正体现在这里。

《欧行日记》与现代作家的欧洲游记

1933年11月，由新绿文学社编，文艺书局出版的《名家游记》问世，收录了中国现代作家鲁迅、郭沫若、冰心等人的37篇游记，分上编"本国风光"，下编"异邦情调"。作为"代序"的是编者写的长篇文章"游记文学"，堪称现代文学史中论述文学游记体裁的较系统的学术论文。文章分"游记文学的背景"、"游记文学的分类"、"游记文学的特征"几个方面，可以说是在游记大行其道的时代所作的适时的总结，也呼应了30年代出现的现代作家发表和结集出版域外游记的热潮。

刘思慕（小默）在1935年1月为自己的《欧游漫忆》写的自序中说："近来游记一类的货色在文学市场售出不少，单是欧洲游记，也有好几种，恐怕快可以上'游记年'的封号了。"[1]所谓"游记年"尽管是对"小品年"的说法的戏仿式概括，但以"游记年"来冠名，也大略说明了游记的风行。其中域外游记格外引人瞩目。如果说，19世纪末20世纪初晚清一代的外交官以及出访外国的文人政客

---

[1] 小默:《欧游漫忆》，上海：生活书店，1937年版，第2页。

▲ 徐霞村著《巴黎游记》的封面

们书写了第一批外国游记的话,五四以后作家型的游记则成为域外游记的主体。倘若不算冰心的《寄小读者》,那么孙福熙初版于1925年的《大西洋之滨》[1]以及1926年《归航》[2]是较早收入了域外游记的散文集。徐志摩的《巴黎的鳞爪》[3]也收入了泰半篇幅的欧洲游记。接下来的现代作家有陈学昭(野渠),她于1927年赴法留学,其间曾任天津《大公报》驻欧特派记者,为《国闻周报》写稿,也担任《生活》周刊特约撰稿人,1934年底获博士学位后回国,是在欧洲游历时间较长的现代作家。1929年10月陈学昭出版有署名野渠的《忆巴黎》[4],书中的主要篇幅是留学期间回国时书写的对巴黎的印象记。到了30年代,游记书写可以称得上成为了一个文学史的热潮,出现了一批外国游记、欧游书信、日记,如徐霞村的《巴黎游记》[5],曾仲明、孙伏园、孙福熙合著的《三湖游记》[6],蔡运辰的《旅俄日记》[7],王统照的《欧游散记》[8],朱自清的《欧游杂记》[9],朱湘的《海外寄霓君》[10],卢隐的《东京小品》[11],李健吾的《意大利游简》[12],邓以蛰的《西班牙游记》[13]……在展现中国作家的域外见闻的同时,也表现了中国人的世界想象和世界眼光。

---

[1] 孙福熙:《大西洋之滨》,北京:北新出版社,1925年版。
[2] 孙福熙:《归航》,上海:开明书店,1926年版。
[3] 徐志摩:《巴黎的鳞爪》,上海:新月书店,1927年版。
[4] 野渠:《忆巴黎》,上海:北新书局,1929年版。
[5] 徐霞村:《巴黎游记》,上海:光华书局,1931年版。
[6] 曾仲明、孙伏园、孙福熙:《三湖游记》,上海:开明书店,1931年版。
[7] 蔡运辰:《旅俄日记》,天津:大公报社,1933年版。
[8] 王统照:《欧游散记》,上海:开明书店,1933年版。
[9] 朱自清:《欧游杂记》,上海:开明书店,1934年版。
[10] 朱湘:《海外寄霓君》,上海:北新书局,1934年版。
[11] 卢隐:《东京小品》,上海:北新书局,1935年版。
[12] 李健吾:《意大利游简》,上海:开明书店,1936年版。
[13] 邓以蛰:《西班牙游记》,上海:良友图书印刷公司,1936年版。

其中，在《人间世》上做广告的郑振铎的《欧行日记》尽管以日记的形式记录自己的欧洲游历，但却内含着更为自觉的游记书写意识。

1934年8月，郑振铎从北平赴上海，见赵家璧。此前，赵家璧曾给巴金写信，请巴金代约郑振铎为《良友文学丛书》写稿，这次沪上之行，郑振铎就把1927年赴欧洲游学的部分日记整理成册交给赵家璧，是为《欧行日记》。

郑振铎的欧游起因于"四·一二政变"，1927年4月，为了抗议蒋介石的屠杀，郑振铎与胡愈之、周予同等七人联名写了一封给国民党当局的抗议信，公开发表之后，引起当局震怒，在屠杀共产党的白色恐怖中，七人也无疑面临险境。郑振铎的岳父——商务印书馆的高梦旦先生力促郑振铎出国避险。5月21日，郑振铎登上法国"阿托士"号邮轮，开始了长达一年多的欧洲游学。其间差不多每天都记日记，有些遗憾的是所出版的《欧行日记》只收入三个月零十天的时间，起于登上"阿托士"号邮轮的1927年5月21日，终于1927年8月31日。其他一年多的欧游日记，则因为后来屡经迁居而遗失了。[1]

《人间世》上的广告是从作家"私人生活的记录"的角度，把郑振铎的《欧行日记》"当作作者某一时期的自传读"，在1934年文坛正注重作家自传（如沈从文的《从文自传》、胡适的《四十自述》等）的背景下，广告的这种写法不失为一个较能吸引读者眼球的宣传策略，不过对郑振铎《欧行日记》的具体内容的解读恐怕难说全面。

---

[1] 参见陈福康：《郑振铎传》，北京：十月文艺出版社，1994年版。

▲ 郑振铎与夫人高君箴

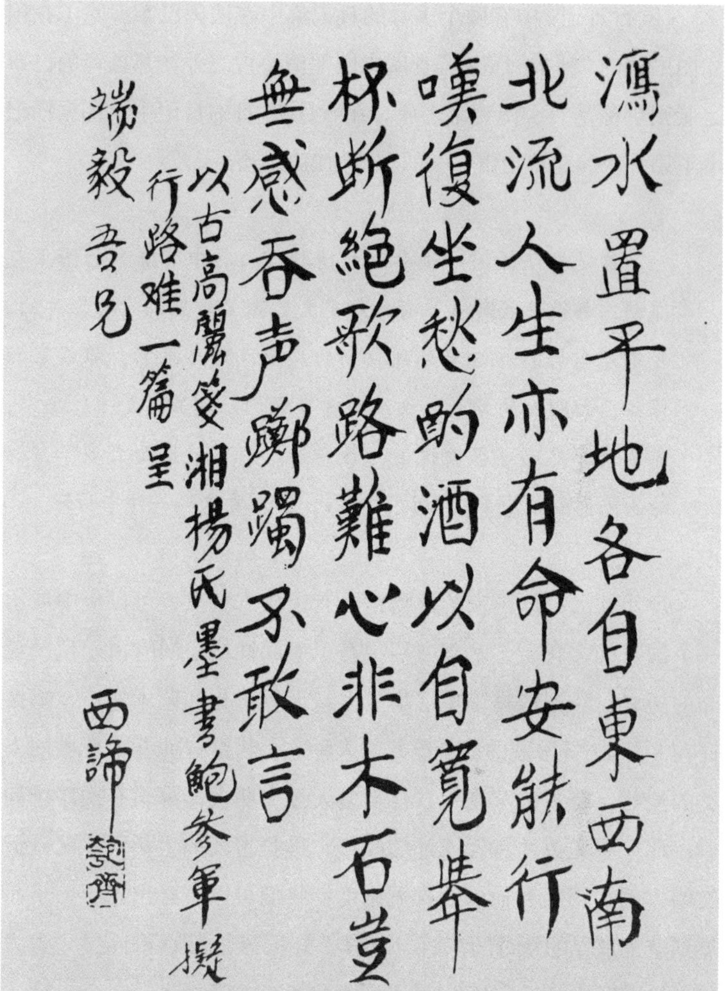

泻水置平地 各自东西南
北流 人生亦有命 安能行
叹复坐愁 酌酒以自宽 举
杯断绝歌路难 心非木石岂
无感 吞声踯躅不敢言

西谛

端毅吾兄

以古高丽笺湘杨氏墨书鲍参军拟
行路难一篇呈

▲ 郑振铎手迹

《欧行日记》中有两个多月的日记集中在法国巴黎，除了在国立图书馆的"钞本阅览室"查阅中国明清小说之外，郑振铎的巴黎之旅则堪称是一次博物馆之旅。在6月25日的日记中，郑振铎记下了第一次参观博物馆——朗香博物馆的心情：

> 这是在法国第一次参观的博物馆。其中所陈列的图画与雕刻，都很使我醉心；有几件是久已闻名与见到它的影片的。我不想自己乃在这里见到它们的原物，乃与画家，雕刻家的作品，面对面的站着，细细的赏鉴它们。我虽不是一位画家，雕刻家，然而也很愉悦着，欣慰着。只可惜东西太多了，纷纷的陈列到眼中来，如初入宝山，不知要取那一件东西好。

现代欧洲民族国家的博物馆既有民族志特点，可以集中展示一个国家的文化、艺术与习俗，乃至民族性格，同时由于殖民掠夺的历史，欧洲博物馆也汇集了大量世界文化和艺术遗产。郑振铎在8月21日参观的就是巴黎的人种志博物馆："那里有无数的人类的遗物，自古代至现代，自野蛮人至文明人，都很有次序排列着；那里有无数的古代遗址的模型，最野蛮人的生活的状况，最文明人的日用品和他们的衣冠制度；我们可以不必出巴黎一步而见到全个世界的新奇的东西与人物。"郑振铎在《欧行日记》中着力展示给读者的，正是对"全个世界"的新奇之感。

对博物馆和美术馆的记录，占据了各个作家欧游纪行的大量篇幅。邓以蛰在《西班牙游记》弁言中说："(《西班牙游记》)是我于一九三三—三四年间游欧洲的笔记。本来，所想写的预备分作两部分：一部分写各地之所见，一部分记各博物馆中重要之艺

▲ 徐悲鸿 1949 年做郑振铎速写

术。"也把博物馆中的艺术设计成欧洲游记的重要部分。到了刘海粟的《欧游随笔》，其中关于欧洲艺术的介绍就更成为游记的主要内容。

1929年到1931年，刘海粟游历欧洲，"兴之所至，辄将所见所闻，信笔漫记"，于是有《欧洲随笔》一书。虽然作者称"信笔漫记"，但由于作者美术家的身份，关于欧洲博物馆、美术馆和欧洲建筑的集中叙述自是该书题中应有之义。作者参观的与建筑和艺术主题相关的计有巴黎圣母院、莫奈画院、写实派大师库尔贝纪念展、一九二九年春季沙龙、嘉尔文石像、日内瓦美术与历史博物院、布尔德尔的艺术、野兽派、马蒂斯、一九二九年秋季沙龙、凡尔赛宫、西班牙名作展与日本现代画展、圣彼得梵诃里教堂、圣彼得大教堂——梵蒂冈教皇宫、罗马西斯廷的壁画、波尔盖世画廊、圣保罗大教堂等等。章衣萍在为《欧游随笔》一书作序言时说：

> 我们觉得艺术是文化中的光与热。绘画与雕刻是人类最高精神的表现。我国数千年以来，艺人辈出，唐宋灿烂的余风，在如今已渺远而不可追攀了。近代艺术界的堕落，令人叹息。我们的民族精神是萎靡到了极点。许多留学生都艳羡西洋的物质文明的灿烂，研究艺术的人，更是"寥寥可数"了。我们如何能使中国的文艺复兴，使我们的民族也大放光明于世界呢？那些在外国吃牛肉和以学术为敲门砖的人是没有希望的，有希望的是那些以学术为生命，以研究学术为毕生事业的少数的人们。

在章衣萍看来，刘海粟即隶属于这"少数的人们"。但是除了刘海粟这种专业人士，欧行作家们对自己游历的博物馆和美术馆，免不了有些走马观花式的印象速写。如果在欧洲城市不曾留学或者长住，只是做旅游式的观光，一般都会渲染名胜古迹和各种各样的博物馆、美术馆。朱自清的《欧游杂记》也是如此，序中朱自清写道："这本小书是二十一年五月六月的游踪。这两个月走了五国，十二个地方。巴黎待了三礼拜，柏林两礼拜，别处没有待过三天以上；不用说都只是走马看花罢了。其中佛罗伦司，罗马两处，因为赶船，慌慌张张，多半坐在美国运通公司的大汽车里看的。大汽车转弯抹角，绕得你昏头昏脑，辨不出方向；虽然晚上可以回旅馆细细查看地图，但已经隔了一层，不像自己慢慢摸索或跟着朋友们走那么亲切有味了。滂卑故城也是匆忙里让一个俗透了的引导人领着胡乱走了一下午。巴黎看得比较细，一来日子多，二来朋友多；但是卢佛宫去了三回，还只看了一犄角。"虽然作者在观光前后也做了功课，查阅了些资料，但想必有些资料都是观光指南式的，如《欧游杂记》序中所写："我所依靠的不过克罗凯（Crockett）夫妇合著的《袖珍欧洲指南》，瓦德洛克书铺（Ward, Lock & Co.）的《巴黎指南》，德莱司登的官印指南三种。此外在记述时也用了雷那西的美术史（Reinach：Apollo）和何姆司的《艺术轨范》（C. J. Holmes：*A Grammar of the Arts*）做参考。"而到了《伦敦杂记》，情况就好了一些，因为朱自清在伦敦住了七个月，时间充裕得多，笔下的风物就细腻多了，既叙述了伦敦人的生活方式，也摹写了英国人的生活态度。这种风物志的写法也构成了30年代欧洲行纪的一个突出的特点。

相对说来，刘思慕的《欧游漫忆》在风景描述的同时更为关注于国际问题与社会问题。"他写的游记无论欧洲或日本,都属于异域风光,文中也不乏景物风貌的速写或勾勒,但这并不是它吸引读者的主要原因;更重要的是他写出了时代风云笼罩下的社会风貌,是风俗画而不仅是风景画。"[1]这种风俗画的风格也是朱自清所追求的,为此他在行文上力图避免"我"的人称代词的出现,也是追求客观化呈现域外风物的写作态度的体现。相比之下,王统照的《欧游散记》则把目光投向了西方社会的各个阶层,笔下写到了"失业者"、"厨子"、"工人与建筑师"、"乡人"、"渔民"……在辉煌壮丽的博物馆文化之外,呈现给读者更丰富平凡的欧洲社会风貌。

30年代比较集中出现的中国作家的外国行纪和域外见闻,有助于从一个侧面考察中国作家的走出国门之后的域外眼光和世界想象。与世纪之交外交官为代表的外国行纪相比较,30年代中国作家的域外叙述和世界想象已经祛除了猎奇式的心理,显得更为从容不迫,在文化想象中也有一种世界主义式的文化整体观,当然其中也难免走马观花的粗疏与浅尝辄止的浮泛。

---

[1] 王瑶:《刘思慕(小默)〈野菊集〉序》,《王瑶全集》,第5卷,石家庄:河北教育出版社,2000年版,第563页。

沪上"八大女明星"与丁玲的"梦珂"

1934年秋,上海良友图书印刷有限公司为当时影坛红极一时的胡蝶、阮玲玉、王人美、陈燕燕、袁美云、叶秋心、黎明辉、徐来等八位女明星,各出版一本《中国电影女明星照相集》,与良友公司的《良友》画报常以女性形象的封面招揽读者的惯技一脉相承。不过以当红电影女明星为卖点,显然更吸引眼球。出版八本女明星照相集,在当时的确想造成轰动娱乐界的事件。为此,良友公司在九月八日,宴请了八位女明星,八位明星的合影照片随即在《申报》《人间世》《电影画报》等报纸杂志上刊出,流布全国,30年代上海"八大女明星"的说法,也从此风行起来,始作俑者正是良友《中国电影女明星照相集》的刊行。

《中国电影女明星照相集》每集收入一个女明星的照片二十余幅,照片中半身照居多,多为摆拍,也有少量生活照。衣着以旗袍、休闲装为主,也偶穿运动装。胡蝶一集收有一张手挥网球拍的健美的运动照,但姿态别扭,显然很少打过网球;也有穿超短裙的略显性感的照片,但更多的衣饰则是时装化的淑女装。阮玲玉则是清一色的旗袍装,也有一张怀抱网球拍的照片,可见网球

▲《中国电影女明星照相集》之叶秋心专辑,封底是八大女明星的合影

拍是为女明星拍照而设计的运动型时尚道具。总体上说,《中国电影女明星照相集》没有同时期好莱坞女明星照片常有的那种暴露而性感的作风,带有唯美情调的淑女气质是给八位女明星拍照的摄影家力图塑造的女星形象。李欧梵通过对当时女性杂志《玲珑妇女图画杂志》的观察指出:

> 我们也应注意到上海,这个新兴的消费和商品世界(其中电影扮演了重要角色),并没有全盘复制美国的发达资本主义时期的文化。一个显著差别就是,由中国电影杂志上的照片所展示的"流行女性气质"并没有好莱坞影星的那种大胆性感。从《玲珑》杂志的范例看来,那些亮丽的好莱坞明星照无一例外地展现着对身体的狂热崇拜——浓妆艳抹的脸庞,半遮半掩的身体以及最经常裸露着的双腿。相比之下,中国著名影星像胡蝶、阮玲玉等的照片除了露着双臂之外,身体都藏在长长的旗袍里。这种根本性的区别表达了一种不同的女性美学。事实上,这种美学自世纪之交以来,就常见诸杂志封面的女性肖像和照片,而那个年代也因之被永远地保存在无数的月份牌上,至于那些明星照总含着令人惊讶的"内在谱系"的相似性[1]。

《中国电影女明星照相集》中的照片也同样表现出这种风格的"相似性",或许其技术上的原因在于,它们都出于同一个摄影家。

---

[1] 李欧梵著:《上海摩登——一种新都市文化在中国 1930—1945》,毛尖译,北京:北京大学出版社,2001年版,第110页。

▲《中国电影女明星照相集》之陈燕燕的封面

给八位女明星担任摄影的陈嘉震是《良友》新任主编马国亮聘任的摄影记者，虽专职担任新闻照片的拍摄，却以偶尔拍到的电影明星的照片获得同仁的赞赏，因此，良友图书公司八大女明星摄影集的任务就交给当时刚刚二十出头的陈嘉震。陈嘉震也果然不辱使命，所拍摄的明星照片，"不同以往出现在杂志报章中的明星肖像，他总是用自己独到的视角和光线，恰到好处的反映被拍摄者的特点，而深得喜欢。"[1]陈嘉震从此一炮走红，成为沪上当红影星们的御用摄影家。1935年加盟艺声出版社后，还编辑出版了大型画册《中国电影明星大观》和《胡蝶女士旅欧纪念册》，并主编《艺声》。《艺声》几乎每期都会刊出名人题词手迹，如赵丹为他题词"只此一家，并无分店"，费穆题"无言之美"，施蛰存题"明察秋毫"，老舍题"摄取万象"，胡蝶题"摄影大王"，从中可见陈嘉震的春风得意。沪上还风传陈嘉震先后和当红明星袁美云、貂斑华恋爱的新闻。但两次恋情最后均以失败告终，尤其是貂斑华悔婚后还在《时代日报》上发表文章，辱骂陈嘉震，最终陈嘉震只能对簿公堂，由此身心俱疲，一蹶不振，1936年因肺病离世，年仅二十四岁[2]。

如果说，陈嘉震利用摄影师身份的便利，试图把对女明星的远距离的观赏转化为零距离的亲近，有悖于超功利的审美原则，最终势难修成正果；那么，普通市民中的电影爱好者和追星的粉丝族却能借助这组照相集，得以瞻仰女明星甜美的影像，并透过

---

[1]雨辰:《只此一家 并无分店——记摄影青年陈嘉震》,《良友画报吧》,http://tieba.baidu.com/p/1266367450。

[2]本文关于陈嘉震的资料参考了雨辰:《只此一家 并无分店——记摄影青年陈嘉震》,文见《良友画报吧》,http://tieba.baidu.com/p/1266367450。

▲ 八大女明星之一徐来

摄影师的拍摄镜头,在拟像的世界中投射自己潜意识中的白日梦。虽然在男性读者这里可能不乏难登大雅之堂的欲望化凝视,但正像张爱玲论及林风眠一幅以妓女为题材的绘画时所说:"林风眠这张画是从普通男子的观点去看妓女的,如同鸳鸯蝴蝶派的小说,感伤之中不缺乏斯文扭捏的小趣味,可是并无恶意。"[1]30年代的大多数消费明星影像的市民看待女明星的心理当然不能等同于林风眠对妓女的观照,不过在把女明星当作潜意识的客体而投射自己不便明察的欲望和想象的时候,当也是可以用"感伤之中不缺乏斯文扭捏的小趣味,可是并无恶意"来形容吧?

而在女明星这里,习惯并接受自己的影像被消费成欲望对象的过程,却可能是20世纪二十到三十年代短短十余年间的事情。

这就要说到丁玲发表于1927年的短篇小说《梦珂》。《梦珂》叙述的是一个本不乏天真烂漫的纯洁女学生梦珂如何在都市里从对男性的凝视反感乃至反抗,到逐渐习惯于无所不在的欲望的目光,最后自己也投身于电影界,成为一个女明星的过程。小说开头写的就是一个女学生模特的屈辱,背后隐含的是都市男性目光的凝视逻辑:

> 靠帐幔边,在铺有绛红色天鹅绒的矮榻上,有一个还没穿外衣服的模特儿正在无声的揩眼泪;及至看见了这一群闯入者的一些想侦求某种事实的眼光,不觉又陡的倒下去伏在榻上,肌肉在一件像蝉翼般薄的大衫下不住的颤动。

---

[1] 张爱玲:《忘不了的画》,《流言》,上海:五洲书报社,1944年版,第168页。

把这一女模特从众目睽睽之下奋勇解救出来的就是女学生梦珂。而当梦珂历经都市的摩登与浮华之后,渐渐由"女学生"变成一个"Modern Girl","她的眼光逐渐被'凝视'的逻辑所捕获,愈益认同表哥和表姐常常出入的都市娱乐和消费空间","别无选择地成为'女明星',用另一种方式参与和分享了城市的娱乐和消费空间"[1]。小说这样结尾:

> 以后,依样是隐忍的,继续到这纯肉感的社会里去,那奇怪的情景,见惯了,慢慢的可以不怕,可以从容,使她的隐忍力更加强烈,更加伟大,能使她忍受非常无礼的侮辱了。
>
> 现在,大约在某一类的报纸和杂志上,应当有不少的自命为上海的文豪,戏剧家,导演家,批评家,以及为这些人呐喊的可怜的喽罗们。大家用"天香国色"和"闭月羞花"的词藻去捧这个始终是隐忍着的林琅——被命为空前绝后的初现银幕的女明星,以希望能够从她身上,得到各人所以捧的欲望的满足,或只想在这种欲望中得一点浅薄的快意吧。[2]

丁玲的《梦珂》因此反映了都市中女性作为一个欲望客体的地位,并揭示出无处不在的使女性无所遁形的男性目光。这种饱

---

[1] 罗岗:《视觉"互文"、身体想象和凝视的政治——丁玲的〈梦珂〉与后五四的都市图景》,《华东师范大学学报》(哲学社会科学版),2005年,第5期。本文的写作从罗岗的论文中受益良多,特此致谢。
[2] 丁玲:《梦珂》,原载《小说月报》,1927年12月,第18卷第12号。

▲ 1923年丁玲与母亲在湖南常德

含欲望的凝视具有某种现代独有的特征,表现为它是与现代都市和现代技术紧密地结合在一起的,即在现代都市文化中生成为一种"技术化观视"(the technologiced visuality)。"相对于'肉眼观视'而言,所谓'技术化观视'指的是通过现代媒体如摄影、幻灯、电影等科技和机械运作而产生的视觉影像,有别于平日单靠肉眼所看到的景象。现代媒体能将细微的事物放大好几十倍,眩目而怪异。这种革命性的发明,为人们提供了过去肉眼前所未见的视像,改变了人们感知世界的方式,带给人们一种巨大的震撼性视觉体验。"[1]这种"震撼性视觉体验"尤其反映在电影、绘画、照片中。由于技术上的进步,现代男性对女性的"技术化观视"与当年西门庆斜睨潘金莲的"金莲",贾宝玉注目薛宝钗的皓腕的时代已经不可同日而语。现代男性不需与女性直接面对面,即可从诸种影像媒介中获得名正言顺地观视女性的可能性和自由度。也正是这个原因,各种各样以女性尤其是女明星的玉照为封面的画报,如《银星》、《电声》、《艺声》、《良友》画报、《妇人画报》、《现代电影》、《玲珑妇女图画杂志》等登载大量女性照片的杂志纷纷面世,抗战开始后还有《影迷周报》、《好莱坞》等杂志相继创刊。月份牌的图像也多为时髦女郎尤其是沪上女明星。都市女性也渐渐习惯了自己在照片、广告、海报以及电影镜头中被世人凝视的都市风尚,明星制的电影也有助于女明星的出名和风靡,甚至相当一部分电影女明星开始积极配合明星照片的拍摄和出版活动。更重要的是,当现代都市女性,尤其是某些电影女明星们通

---

[1] 罗岗:《视觉"互文"、身体想象和凝视的政治——丁玲的〈梦珂〉与后五四的都市图景》,《华东师范大学学报》(哲学社会科学版),2005年,第5期。

过"技术化"影像媒介在电影、杂志、广告、橱窗和诸如"女明星照相集"里被观众和读者瞩目的时候,由于脱离了当面被审视的现场,所谓的"技术化观视"中所蕴含的本能欲望的投射并不是直接反诸女性的身体,因而都市女性也难以对这种被观视的客体地位产生自觉和警惕。甚至可能会慢慢习惯和屈从这种"技术化观视"的情境,在被万众瞩目的想象中,甚至可能得到的是极大的心理满足。

从丁玲笔下梦珂最初的反抗到"惊诧、怀疑",到"隐忍"以及能够"忍受非常无礼的侮辱",再到《中国电影女明星照相集》的出现,是中国某些现代女明星对"观视"由警觉、陌生到习以为常,最后主动迎合甚至取悦的过程。张爱玲在《谈女人》中写道:"以美好的身体取悦于人,是世界上最古老的职业,也是极普通的妇女职业,为了谋生而结婚的女人全可以归在这一项下。这也无庸讳言——有美的身体,以身体悦人;有美的思想,以思想悦人,其实也没有多大的分别。"[1]而女明星则以悦目的形象风靡浮华的海上世界,女明星们的照相集的出现,与她们电影中的美丽影像一样,均在取悦大众的同时自己也名利双收,同时也迎合了对女明星追捧消费的海派文化——20年代末到30年代是海派消费主义软文化取得突飞猛进的繁荣的时代。

30年代沪上影坛的"硬性电影"与"软性电影"之争,正出现在这一消费主义都市文化甚嚣尘上的历史背景中。当"软性电影"论者主张"电影是给眼睛吃的冰激淋,是给心灵坐的沙发椅"[2]

---

[1] 张爱玲:《忘不了的画》,《流言》,上海:五洲书报社,1944年版,第95页。
[2] 嘉谟:《硬性影片与软性影片》,《现代电影》,1933年12月,第1卷第6期。

的时候,"硬性电影"论者则认为"在半殖民地的中国,欧美帝国主义的影片以文化侵略者的姿态在市场上出现,起的是麻醉、欺骗、说教、诱惑的作用",除"色情的浪费的表演之外,什么都没有"[1];当"软性电影"的先驱们谈论"银幕是女性美的发见者,是女性美的解剖台",认为"全世界的女性是应该感激影戏的恩惠的,因为影戏使她们以前埋没着的美——肉体美,精神美,静止美,运动美——在全世界的人们的面前伸展"[2]的时候,"硬性电影"论者则认为此类电影不过是"拿女人当作上海人口中的'模特儿'来吸引观众罢了。自然观众们简单说一句,也只是看'模特'——女人——而不是看电影"[3]。"软性电影"论者所谓"电影是给眼睛所吃的冰淇淋",这种"冰淇淋"的主体成分正是由女明星提供的视觉影像,"给眼睛所吃的冰淇淋"这一联通视觉与味觉的通感式表述所建构的正是大都会的消费主义意识形态融汇文化与审美的一体性,并由于对好莱坞的追风而同时带有世界性。正如有研究者指出的那样:"好莱坞电影对女体的发现,以及它对女体所造成的一种观赏及快感的价值和魔力使展示女体美至少在 20 年代末 30 年代初的上海成为一种文化时尚和潮流的重要的刺激条件之一。"[4]

但在 20 世纪 30 年代中国乃至世界电影文化达到了一个难以企及的高峰的黄金时代,男权社会仍然支配着整个世界运转的逻辑。在良友推出的八大女明星中,当阮玲玉留下"人言可畏"的遗

---

[1] 唐纳:《清算软性电影论》,上海:《晨报》,1934 年 6 月 27 日。
[2] 葛莫美:《影戏漫想》,《无轨列车》,1928 年,第 4 期。
[3] 尘无:《电影与女人》,载《时报》,1932 年 7 月 12 日。
[4] 李今:《新感觉派和二三十年代好莱坞电影》,《中国现代文学研究丛刊》,1997 年,第 3 期。

言服药自尽的时候,当徐来受到阮玲玉自杀的极大刺激,迅速选择了息影道路的时候,当胡蝶被戴笠一眼看中强留在身边过着软禁般的生活的时候……女明星们被"观视"的形象其实也是自己真正的社会地位的表征。正如有研究者通过对丁玲《梦珂》的研究所洞察的那样:

> 《梦珂》的意义不仅在于暴露了"凝视"逻辑的秘密,更重要的是,它把梦珂受控制的"眼光"扩展为一种社会和历史的"视野",经由这种"视野"批判性地建构了一幅后五四时代的都市景观,在这幅图景中,何者被安放在显眼位置,何者被排斥在视线之外,全由"凝视"的逻辑来决定,它构造出一种"观看"的政治。
>
> 丁玲不是在理性的层面上讨论"娜拉走后怎样",而是在都市的消费文化、社会的凝视逻辑和女性的阶级分化等具体的历史背景下,把抽象的"解放"口号加以"语境化"了,透过"视觉互文"的方式描绘了一幅令人绝望的图景:一方面女性解放的口号因为无法回应分化了的社会处境而愈显"空洞";另一方面刚刚建立起来现代体制已经耗尽"解放"的潜力,反而在商业化的环境中把对女性的侮辱"制度化"了。面对这种情景,妇女如何寻找新的"解放"的可能,是后五四时代丁玲持续追问却无法回答的问题。

而丁玲超出一般女明星的伟大之处在于,尽管当初她也曾经被成为电影女明星的可能性诱惑过[1],但她终以一个女性的敏感看透了这个世界中女性被凝视的历史命运,从此以无畏的抗争精神与充满欲望和暴力的男权世界独自对抗,始终如一地进行着注定难以取胜的一个人的战争。

---

[1] "1926年,著名戏剧家洪深受明星公司张石川委托,去北京参加影片《空谷兰》的献映仪式,并应邀到北京艺专演讲,此间结识了丁玲。聆听洪深充溢激情的演讲,增强了丁玲从影的信念。于是,她给洪深写了封信,倾吐自己的心愿。洪深回信中给予她热情的鼓励,而且两人在北海公园会晤,作进一步交谈。洪深回上海之后,丁玲与胡也频筹资造访上海。经洪深推荐,丁玲去明星公司报到。但是纯真、充满幻想的她,刚涉足影坛,便觉察这一领域与自己的想象反差太大,只好满怀歉意告别了对她寄予厚望的洪深,没有签约就离开片场。此后南国电影剧社的田汉,又邀她去舞台演出,因不擅于演剧生涯的浪漫,丁玲的明星之梦终于幻为泡影。"(罗岗:《视觉"互文"、身体想象和凝视的政治——丁玲的〈梦珂〉与后五四的都市图景》,《华东师范大学学报》(哲学社会科学版),2005年,第5期)

赵家璧与《中国新文学大系》

《中国新文学大系》为新文学运动第一个十年（1917—1927）理论和文学作品的选集，由上海良友图书公司赵家璧主编，于1935年至1936年间出版。全书共十大卷，由蔡元培作总序，胡适编《建设理论集》，郑振铎编《文学论争集》，茅盾编《小说一集》，鲁迅编《小说二集》，郑伯奇编《小说三集》，周作人编《散文一集》，郁达夫编《散文二集》，朱自清编《诗集》，洪深编《戏剧集》，阿英编《史料索引》。

诚如主编赵家璧在《〈中国新文学大系〉缘起》中自述："这部《大系》不单是旧材料的整理，而且成为历史上的评述工作。"[1] 蔡元培的总序，十位编选者的二十万字导言，集中而且极具权威性地给第一个十年的新文学运动作了一次历史性的评价与总结。

刊登在《人间世》上的广告强调的正是《大系》所做的乃"清算的工作"和"历史的评价"：

---

[1] 赵家璧：《〈中国新文学大系〉缘起》，见《人间世》，1935年3月20日，第24期封底。

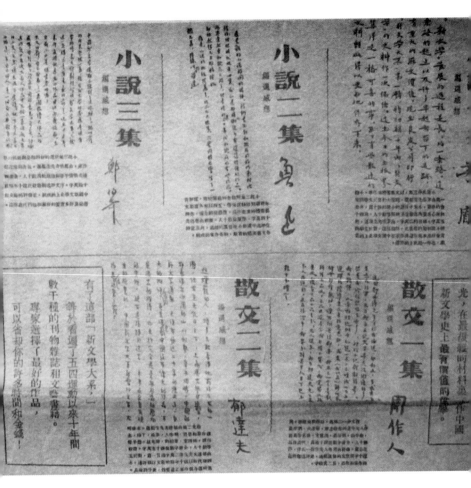

▲《中国新文学大系》广告

理论小说散文诗歌戏曲的精粹成绩，由各部门有专长而有历史关系的文学家，全体动员编选。在十年间所有杂乱的材料里，用客观的态度选辑有历史价值之作品。十年间的代表作，可称无一遗漏。

共五百万字

四百万字内容，把十年间的文艺成绩做一次清算的工作

二十万字导言，给过去的新文学运动下一次历史上的评价

本书的特点：十位编选人的二十万字的十篇导言，等于一部分篇的中国新文学批评史

五百万字的选文，等于一部全备的新文学文库[1]

把新文学历史化构成了《大系》编辑者的基本方略。

《大系》既声势浩大地编辑，也声势浩大地宣传。就力度而言，《大系》的广告投入在新文学史上也是少见的。如在1935年《新小说》第1卷第2期做广告，在1936年1月27日《申报》第1版做整版综合广告，都是扩大《大系》影响力的举措。即如《人间世》1935年3月20日第24期所做的《大系》的广告，封底用赵家璧800余字的《〈中国新文学大系〉缘起》，封二是宣传页，此外还有一大幅插页，插页中醒目的标题是："一九三五年中国文坛上的英雄事迹。"简直把《大系》的编辑出版叙述成一种史诗般的英雄壮举。插页同时摘编了全国名流学者对《中国新文学大系》之评语摘录，可谓下足了功夫。其中关于《大系》的评语摘录值得完整抄录：

---

[1] 载《人间世》，1935年3月20日，第24期封二。

蔡元培先生说:"我国的'复兴',自五四运动以来,不过十五年。新文学的成绩,当然不敢自诩为成熟;其影响于科学精神,民治主义(即《新青年》所标揭的赛先生与德先生)及表现个性的艺术,均尚在进行中。但是吾国历史,现代环境,督促吾人,不得不有奔轶绝尘的猛进。吾人自期,至少应以十年的工作,抵意大利的百年。所以对于第一个十年,先作一总检查,使吾人有以鉴既往而策将来,绝不是无聊的消遣!"

林语堂先生说:"民国六年至十六年在中国文学开一新纪元,其勇往直前精神,有足多者;在将来新文学史上,此期总算初放时期,整理起来,尤觉有趣。"

冰心女士说:"这是自有新文学以来最有系统,最巨大的整理工作。近代文学作品之产生,十年来不但如笋的生长,且如菌的生长,没有这种分部整理评述的工作,在青年读者是很迷茫紊乱的。这些评述者的眼光和在新文学界的地位,是不必我来揄扬了。"

甘乃光先生说:"当翻印古书的风气正在复活,连明人小品也视同至宝的拿出来翻印的今日,良友公司把当代新文学的体系,整理出来,整个的献给读者,可算是一种繁重而切合时代需要的劳作"。

叶圣陶先生说:"良友邀约能手,给前期的新文学结一回账,是很有意义的事"。

傅东华先生说:"将新文学十年的成绩总汇在一起,不但给读者以极大便利,并使未经结集的作品不至散失,我认为文学大系的编辑是对于新文学的发展,大有功劳的"。

▲ 郑振铎与叶圣陶、茅盾三人合影

茅盾先生说：现在良友公司印行新文学大系第一辑，将初期十年内的"新文学"史料作一次总结，这在出版界算得是一桩可喜的事情。至少有些散逸的史料得以更好的保存下来。

郁达夫先生说：中国的新文学运动，已经有将近二十年的历史了；自大的批评家们，虽在叹息着中国没有伟大的作品，可是过去的成绩，也未始完全是毫无用处的废物的空堆。现在是接踵于过去，未来是孕育在现在的胞里的。中国新文学大系的发行主旨，大概是在这里了罢。[1]

这些工作想必是出于年青的总策划人和主编赵家璧之手。在《谈书籍广告》一文中，赵家璧自述"二十、三十年代在良友图书公司，我兼管所有我编的出版物在内外报刊上的广告设计和内容方面"，"包括林语堂主编由良友出版的大受左翼作家批评的《人间世》各期封底广告，以及巴金、靳以主编良友出版的《文学月刊》上所有本版书广告，都出于我手"，"对《新文学大系》，又出了三个样本，在发售预约时，等于赠送给预约者的（三十六开一小册，收成本一角）"[2]。各分卷主编的"《新文学大系》编选感想"就是赵家璧据主编们的手稿制版印入1935年2月良友图书公司印行的《中国新文学大系》样本中的。

而赵家璧策划如此大型的出版，在当时堪称首屈一指，对新文学也是开天辟地的事情。堪与媲美的或许只有郑振铎主编的"世界文库"。1935年的《文学》月刊上曾有一篇《最近的两大工程》的

---

[1] 载《人间世》，1935年3月20日，第24期。
[2] 赵家璧:《谈书籍广告》，范用编:《爱看书的广告》，北京：三联书店，2004年版，第176—177页。

评论文章,把《世界文库》与《中国新文学大系》并称为当时的"两大工程"。[1]

赵家璧当年提出《大系》的编辑设想是希望"把民六至民十六的第一个十年间(1917—1927)关于新文学理论的发生、宣传、争执,以及小说、散文、诗、戏剧主要方面所尝试得来的成绩,替他整理、保存、评价"。这一工作得以成功进行,也因为得到了新文学界的元老级人物的鼎力相助,每集的编者基本上都是一时之选。《诗集》原来准备请郭沫若主编,但被当时国民党的图书杂志审查会否决了,"理由"是郭沫若写过骂蒋介石的文章,结果只好临阵换将,以朱自清顶替[2]。但也算失之东隅收之桑榆,因为从学理和谨严的意义上说,朱自清的编选尤其是导言的写作显然要更加中规中矩。

赵家璧能够组织如此强大的编辑阵容,也与他在出版方面积累的人脉有关。《大系》的编选者中,鲁迅、茅盾、郑振铎、阿英、郁达夫、郑伯奇等六位是赵家璧的作者,均有书编入赵家璧主编的"一角丛书"或"良友文学丛书"。如鲁迅的译作《竖琴》和《一天的工作》,茅盾的散文集《话匣子》,郑伯奇短篇小说集《打火机》都收入"良友文学丛书"。阿英的《创作与生活》《灰色之家》和郑伯奇的小说《宽城子大将》收入"一角丛书"。1934年8月,正当《大系》即将正式投入运作的关键时刻,郑振铎把《欧行日记》原稿从北平带到上海,赵家璧通过巴金向郑振铎约稿,将它收入"良友文学丛书"。与郑振铎的初次见面,赵家璧便"不失时机地向他请

---

[1] 姚琪:《最近的两大工程》,《文学》,1935年7月,第5卷第6期。
[2] 参见赵家璧:《话说〈中国新文学大系〉》,《新文学史料》,1984年,第1辑。

▲ 鲁少飞绘漫画"文坛茶话图",各派文学家济济一堂

教了关于《大系》的编辑问题"。赵家璧原本想将理论文章编为一卷,郑振铎认为一卷容纳不下,建议分为《理论建设集》和《文学论争集》两卷,自己允诺编辑《文学论争集》,而《理论建设集》郑振铎建议由胡适来主编。"后来的事实证明,正是由于请胡适参加,使这套《大系》的出版计划比较顺利地通过了国民党图书杂志审查会的'审查'。"此外,阿英、鲁迅也是郑振铎建议的人选。"周作人编《散文一集》,也是征得他的同意,并由他在北平代为联系的。特别是《诗卷》本是商定请在日本的沫若编的,但国民党的'审查会'通不过,家璧与他和雁冰商量后,临时决定改换佩弦来编,而这件事也是通过他去力请佩弦承担的。"[1]胡适、周作人、朱自清三位北京教授的加盟,除《大系》本身的吸引力,郑振铎的牵线是决定因素之一。而在《大系》的选题实施的过程中,主编赵家璧充分信任诸位编选者,从而使《大系》的设计日臻完善。诸如阿英、茅盾也都为《大系》贡献过好点子。"如小说部分选编方案由茅盾拍板定音,《大系》编选范围的划定与副题的由来出自茅盾等。赵家璧说,茅盾'真是所有编选者中,对我帮助最大,对《大系》出力最多,为期最长,感情最深的前辈作家'。"[2]而衡量一个编辑的标准之一,正在他是否对编选者的充分信任以及能否赢得编选者的充分信任。

当然,《大系》问世后,在赞扬声中也多少出现了不和谐音。沈从文的文章《读〈新文学大系〉》也是从编辑的意义上评价《大系》的:

---

[1] 陈福康:《郑振铎传》,北京:十月文艺出版社,1994年版,第333—334页。
[2] 李频:《"邀约能手":〈中国新文学大系〉成因解析》,《编辑学刊》,2001年,第1期。

▲ 郑振铎像

中国新文学运动，比中国革命运动慢一点，如今算算，也快到了二十年。它对于目前整个中国社会大有影响，是不可否认的事实。倘若有人肯费一分心，把一部分经过分别来检查一番，算算旧账，且能综合作一个结论，——老实公平的结论，不是无意义的工作。这工作即或从商业上着眼，目的只在发展营业，打破出版界的不景气，也较之抄印《太平广记》，同影印明人小品文集，以为在促成伟大杂文时代的实现，方法高明多了[1]。

不过沈从文在赞誉《大系》"无可疵议"之余，也对《大系》每集的具体问题做了评议，是《大系》问世后一片叫好声中稍显清明的批评："读过这几本书后个人有点意见说说。茅盾选小说，关于文学研究会作者一部分作品，以及对于这个团体这部分作品的说明，是令人满意的。鲁迅选北京方面的作品，似乎因为问题比较复杂了一点，爱憎取舍之间不尽合理。（王统照、许君远、项拙、胡崇轩、姜公伟、于成泽、闻国新几个人作品的遗落，弥洒社几个人作品的加入，以及把沉钟社莽原社实在成绩估价极高，皆与印行这种书籍的本意稍稍不合）。郑伯奇选关于创造社一方面作家的作品，大体还妥贴（惟应当选淦女士《隔绝之后》却不选）。周作人选散文，大约因为与郁达夫互商结果，选远远的郭沫若而不选较近的朱自清，（正与郁选冰心朱自清相同）令人微觉美中不足。郁达夫选散文全书四百三十余页，周氏兄弟合占二百三十一页，分

---

[1] 沈从文：《读〈新文学大系〉》，《沈从文全集》，第16卷，太原：北岳文艺出版社，2002年版，第236页。

量不大相称。(其实落华生不妨多选一点,叶绍钧可以不选)。洪深选戏剧,在已出六本书中可算得是最好的一个选本。剧本入选一篇,作为代表。导言叙述中国新剧活动,它的发展及其得失成败,皆条理分明。称引他人意见和议论,也比较谨慎。虽对北方剧运与演出事疏忽甚多,就本书意义言,却可算得一册最合标准的选本。"沈从文还着重强调"一种书的编选不可免有'个人趣味',不过倘若这种书是有清算整理意思的选本,编选者的自由就必需有个限制。个人趣味的极端,实损失了这书的真正价值"[1]。沈从文的具体评论中,尤对鲁迅选本中"抑彼扬此处"以及选北京作品的"取舍之间不尽合理"有些微词,也许与鲁迅对他的误解(鲁迅曾经把丁玲给他的信误认为沈从文冒充女性作家给他写信,为此十分愤慨)有关。另外,鲁迅负责的京派小说的选文中也没有收入沈从文早期的作品,对于1935年已经如日中天的沈从文来说,心理难免有些不平衡吧? 但总的来说,沈从文的具体评价还是客观公允的。

今天的文学史家也或从史学的立场或从编辑的角度,高度评价《中国新文学大系》,如温儒敏认为:"在现代文学学科史上,论影响之大,很少有哪部论著比得上1935年上海良友图书公司出版的《中国新文学大系》(1917—1927)。这部十卷本的大书,是新文学第一代名家联手对自身所参与过的新文学历程的总结与定位。"《中国新文学大系》无疑是现代编辑出版史上的一个成功的典型。主持《大系》责任编务的是良友图书公司的赵家璧,当时还

---

[1] 沈从文:《读〈新文学大系〉》,《沈从文全集》,第16卷,太原:北岳文艺出版社,2002年版,第237—238页。

只是一位青年编辑。能够组织那样一批文坛上的压阵大将来共同编撰了这一套大书，很重要的原因，就是顺应了上面所说的要为新文学的发生做史的需求，当然，正好也满足了先驱者们将自身在新文学草创期'打天下'的经历和业绩，进行'历史化处理'的欲望。"[1]当年《文学》月刊上发表的《最近的两大工程》一文，即已经格外强调《大系》的"文学史的性质"："《新文学大系》虽是一种选集的形式，可是它的计划要每一册都有一篇长序（二万字左右的长序)，那就兼有文学史的性质了。这个用意是很对的。不过是因为分人编选的缘故，各人看法不同，自然难免，所以倘若有人要把《新文学大系》当作新文学史看，那他一定不会满意。……倘使拿戏班子来作比喻，我们不妨说《大系》的'角色'是配搭得匀称的。"[2]

"角色"配搭得匀称，不意味着彼此之间没有分歧，正如有研究者指出的那样：

> 人们也许很难理解，在政治、文化和文学立场急剧分野的30年代，位居于左、中、右不同阵营的作家，比如胡适、周作人、鲁迅、茅盾、阿英和郑伯奇，怎么可能如此轻易地跨越态度的畛域，聚集在一项共同的事业上？当然不能简单地把原因归结在良友图书公司和它的年轻编辑赵家璧的"神通广大"上。问题在于这项共同的事业并没有弥合他们之间的分歧，在公司出于广告目的要求撰写的"编选感想"中，郁达夫

---

[1] 温儒敏：《论〈中国新文学大系〉的学科史价值》，《文学评论》，2001年，第3期。
[2] 姚琪：《最近的两大工程》，《文学》，1935年7月，第5卷第6期。

和郑伯奇仍然继续打着关于"伟大作品"的笔战,周作人则皮里阳秋地捎带了几句左翼文人对小品文的批评:"我觉得文就是文,没有大品小品之分。"但种种分歧又不妨碍他们为编选"大系"走到一起来,这意味着分歧的背后还存在某种更高准则的制约。赵家璧在为"大系"写的出版"前言"中说得很清楚:"在国内一部分思想界颇想回到五四以前去的今日,这一件工作,自信不是毫无意义的。"[1]

这种"更高准则",激发的是新文化的鼻祖们为以五四为原点的新文学树碑立传的历史激情,从而保证了不无分歧的一干人马为编选"大系"暂时走到一起,在赵家璧的组织与协调下,合力完成了这一致力于建构新文学的合法化的堪称伟大的工程。

---

[1] 罗岗:《危机时刻的文化想像》,南昌:江西教育出版社,2005年版,第258页。

"北新书局版"的中国现代四大作家

萧乾曾经说过:"如果把当时每天进出翠花胡同(北新书局所在地——引按)的文学界人物开列出来,也许会占那个时期半部文学史。"[1]这从《人间世》上登载的北新书局《现代四大作家名著》的广告中即可见一斑[2]。广告汇集的是北新书局出版的鲁迅、周作人、郁达夫、冰心四位作家的作品集。单单从四个人的名头即可看出俨然五四新文学的半壁江山。其中鲁迅著作18种,加上广告末尾打折预告的《呐喊》共19种;周作人12种;冰心加上打折的《寄小读者》有9种;郁达夫10种。虽然诸种图书是陆陆续续在北新出版,而且一开始北新书局也许并非有意把四位作家整体推出,但是在广告中,这四大作家各持相当数量的作品集闪亮登场,也自然而然地形成了一种声势。这一则广告,在一定意义上,堪称是推出了北新书局版的中国现代四大作家,也是对新文学运动中出现的堪称排名前数位的著名作家做了一次检阅。同时也可以看

---

[1] 傅光明采访整理:《风雨平生——萧乾口述自传》,北京:北京大学出版社,1999年版。
[2] 广告载《人间世》,1935年,第26期。

▲ 曹白作鲁迅木刻像

出北新书局的出版策略、眼光以及对新文学作家在推广方面所做出的巨大贡献。

作为北新书局的创办人，同为北大新潮社成员的李小峰与孙伏园锐意继承北京大学新潮社之精神，给新生的书局定名"北新"，即北京大学新潮社之简称，因此，从1925年3月创设书局伊始即可显示北新书局与现代新文学密切的精神关联。而鲁迅周作人与北新关系之密切（二人为《语丝》的主要筹划者，北新书局里分别称他们为"大先生"、"二先生"[1]），鲁迅对李小峰与孙伏园的大力扶持，也成为北新出版史上的重要史迹。北新书局选择的开张日即和鲁迅有关，这一天是鲁迅译作《苦闷的象征》出版、发行的日子。

1926年6月北新书局上海分局成立，为北新书局后来的南迁做了准备。1927年鲁迅与李小峰先后赴上海，二人的感情关联也与日俱增，以致"在1934年之前，其他书店很难得到鲁迅创作的初版权"[2]，鲁迅在1933年1月2日致李小峰的信中这样谈及自己与北新的关系："我以为我与北新，并非'势利之交'，现在虽然版税关系颇大，但在当初，我并非因北新门面大而送稿去，北新也并不是因我的书销场好而来要稿的。"1931年3月北新书局因为出版进步书籍被封，鲁迅将《三闲集》《出了象牙之塔》交付北新书局出版。1932年底北新书局再次被封，鲁迅又馈以《两地书》《伪自由书》《鲁迅杂感选集》。这多少可以说明何以在北新书局推出的新文学作家中，鲁迅占据了独一无二的位置。

---

[1] 参见傅光明采访整理：《风雨平生——萧乾口述自传》，北京：北京大学出版社，1999年版。
[2] 陈树萍：《北新书局"半部文学史"》，《新民晚报》，2011年2月20日。

▲ 由上海北新书局出版的李何林编《鲁迅论》

有研究者指出：北新书局在为新文学提供畅通的传播渠道之外，还以"把关人"的身份引导、规约着中国现代文学的发展，而且为鲁迅、周作人、郁达夫等现代知识分子搭建了重要的言论空间与公共平台，从而在中国现代文学史上扮演了重要角色。[1]《现代四大作家名著》的大规模推出，在特定的历史阶段起到的正是搭建公共文学平台，规模化展示新文学实绩的作用。正如钱理群、吴福辉所说："鲁迅、周作人、郁达夫、冰心，这大概是新文学到30年代形成的四大经典作家，与1949年后定的鲁郭茅巴老曹六大家可有一比。但他们同时又都是畅销书作家。"四大作家集体在广告上亮相，一方面展示了北新书局在推举新文学作家方面所做的突出努力，另一方面则在客观上有助于建构一个新文学的场域空间。

中国现代作家的经典化过程伴随着整个现代文学史，而北新书局推出的这四位作家既在五四文学阶段就树立了极高的声望，进入30年代的过程中又有创作的持续佳绩。从一定意义上说，四大作家的地位在1935年《人间世》推出广告之际已经如日中天。鲁迅在生前即开始被文坛经典化，其中瞿秋白编辑的《杂感选集序言》是鲁迅经典化过程中的重要环节，尤其对鲁迅杂文的历史地位的确立起了重要作用。郁达夫的十种著作，基本上被收入他的七卷本《达夫全集》里面。《达夫全集》由郁达夫自己选编，1927年起由上海创造社、上海开明书店、上海北新书局等几家出版社陆续刊行。刚三十岁就自编全集，差不多在现代文学史上首屈一指，也堪称是自我经典化的自觉行为。郁达夫在创造力

---

[1] 参见陈树萍：《北新书局与中国现代文学》，上海：三联书店，2008年。

最活跃之际开始编全集,除了生计的需求之外,一方面是对自己的影响颇有信心,另一方面也是借此继续给自己制造声势和影响,客观上也的确有助于郁达夫成就和完善自己在文坛上的历史地位。而《现代四大作家名著》中的《日记九种》在现代作家经典化过程中尤为值得分析,堪称是作家形象自我塑造的非常典型的案例。1927年12月31日出版的《语丝》第4卷第3期登载了《日记九种》的广告:

> 日记是最富于真实性的文学,是文学的核心,是正统文学以外的一个保障。有美丽而细腻的散文诗,有灵活生动的小品文,有刻画心理变迁的小说。读日记比读有始有终,变化莫测的小说更要有趣。倘若不信,请一读郁达夫先生这部日记便可以证明了。……在这部日记里,我们不但可以欣赏这部日记的自身,并且藉此而赤裸裸地窥见郁达夫先生的实生活,使我们读他的作品时,能以得到更深切的了解。

作家的经典化在很大程度上取决于读者的阅读,而借助于日记,读者"赤裸裸地窥见郁达夫先生的实生活",当然更容易导致对作家的痴迷。黄裳亦曾说过:"坦率的说,郁达夫的著作,我最欣赏耽读的是他的日记。"[1]《日记九种》在郁达夫经典化的过程中,起到的正是不可忽略的作用。

在四大作家中,冰心的代表性尤其值得一提。1932年,北新

---

[1] 黄裳:《拟书话——〈忏余集〉》,收《珠还记幸》(修订本),北京:三联书店,2006年版,第348页。

书局即编辑出版《冰心全集》,分三卷本(小说、散文、诗歌各一卷),这是中国现代文学中第一部作家的全集。这次在《人间世》上推出单行本广告,虽然数量不及其他三个作家,但是却最有体裁的广泛性,小说、诗歌、散文,都在五四时代形成了巨大影响。阿英曾说:

> 青年的读者,有不受鲁迅影响的,可是,不受冰心文字影响的,那是很少,虽然从创作的伟大性及其成功方面看,鲁迅远超过冰心。[1]

叶圣陶在40年代主持开明书店工作期间给开明版的《冰心著作集》写的广告也印证了阿英的观点:"二十多年以来,她一直拥有众多的读者。文评家论述我国现代文学,谁也得对她特加注意,作着详尽的叙说,这原是她应享的荣誉。"[2]

冰心在五四时期尤以儿童文学著称,由北新书局出版的《寄小读者》中的通信最初发表在《晨报副镌》的"儿童专刊",在1926年5月集结成书。这本文集在现代史上是影响最大的文学名著之一,到1941年为止共再版了36次,被认为是冰心最广为人知的作品。[3]"虽然这组散文在名义上是写给小读者,但在1920年代所吸引的读者远远超越儿童的范围。"[4]阿英认为其读者实是青年人:

---

[1] 阿英:《谢冰心小品》序,收阿英编校:《现代十六家小品》,光明书局,1935年版。
[2] 转引自范用编:《爱看书的广告》,北京:三联书店,2004年版,第16页。
[3] 参见徐兰君:《"风景的发现"与"疾病的隐喻":冰心的〈寄小读者〉(1923—1926)与二十年代中国文学中的抒情现代性》,收入徐兰君等编:《儿童的发现:现代中国文学及文化中的儿童问题》,北京:北京大学出版社,2011年版。
[4] 同上书,第184页。

"特别是《往事》(二篇),《山中杂记》(《寄小读者》),以及《寄小读者》全书,在青年的读者之中,是曾经有过极大的魔力。"[1]一部《寄小读者》,即足以使冰心迈入现代经典作家的行列。

除了选取了四位作家自创的著作之外,本丛书同时分别编选了四大作家论,力图汇集关于四大作家的重要评论,构成了作家经典化的同样重要的步骤。在现代作家影响力扩大的过程中,批评与评论环节承当了不可或缺的角色。即如五四时期周作人评郁达夫的《沉沦》,评李金发的《微雨》,为废名的每一本小说写序,都针对的是当时文坛和社会舆论对这些作家的诟病和不理解,有助于新文学理念和作品的普及和推广。

此外值得一说的是,除冰心外,其他三作家入选《现代四大作家名著》的,除了创作,还有翻译。鲁迅的译作多达六种,计有《苦闷的象征》《出了象牙之塔》《思想·山水·人物》《壁下译丛》《小约翰》《近代美术思潮论》。其中《苦闷的象征》是名噪一时的译作,鲁迅在北京大学、北京女子师范大学等校兼课时,还将这部理论著作作为教材讲授。而《出了象牙之塔》也堪称是理论家和学者的小品文的典范,是理论的普及性著作。而《思想·山水·人物》也是鲁迅译文中最具有美文效应的,标志着鲁迅日译的日臻佳境。

鲁迅翻译的大部分是日本作家的作品,尤以文学理论和学术随笔为主,而周作人的翻译胃口则驳杂许多。北新书局推出的这几种译作即充分证明了这一点。《冥土旅行》和《玛加尔的梦》是周作人"苦雨斋小书"的两种。在《苦雨斋小书序》中,周作人这样

---

[1] 阿英:《谢冰心小品》序,收阿英编校:《现代十六家小品》,上海:光明书局,1935年版。

▲ 鲁迅翻译的《壁下译丛》封面

谈及自己的这两本译作：

> 《冥土旅行》是二世纪时的希腊哲人所写，此外四篇的作者是十八世纪的英人斯威夫德（Swift），十九世纪的法人法布耳（Fabre），以及十四世纪的日本和尚兼好法师。《玛加尔的梦》则是近代俄国的作品。这可以说是杂乱极了，虽然我觉得并不如此，不但这些都是我所同样欢喜的，我还以为其间不无一种联属。我曾说，"重读《冥土旅行》一过，觉得这桓灵时代的希腊作品竟与现代的《玛加尔的梦》异曲同工，所不同者只因科罗连珂（korolenko）曾当西伯利亚的政治犯，而路吉亚诺思（Lukianos）乃是教读为业的哲人（Sophistes）而已。"除了那个"科学之诗人"是超然的以外。兼好法师也就不是真个出世间的人，不过他有点像所谓快乐派，想求到"无扰"的境地做个安住罢了；至于斯威夫德主教的野蛮的诙谐，则正是盾的背面，还是这个意思，却自然地非弄到狂易而死不可了。我译的这些东西，虽似龙生九子，性相不同，但在我总觉得是一样的可爱，也愿意大家同样地看待他们。[1]

周作人自称的"杂乱"和"龙生九子，性相不同"恰好可以说明他的翻译趣味的广泛。

1928年，郁达夫应鲁迅之约，翻译了德国作家鲁道夫·林道的中篇小说《幸福的摆》。随后，郁达夫又陆续翻译了四篇，都在

---

[1] 周作人：《苦雨斋小书序》，收入周作人译：《冥土旅行》，上海：北新书局，1927年版。

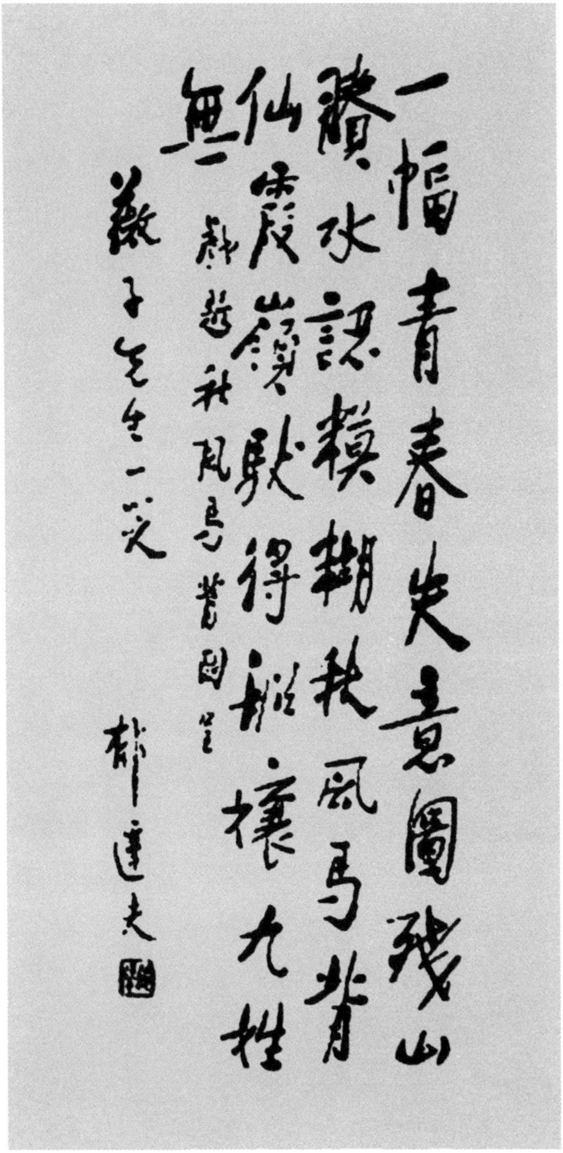

一幅青春失意圖,殘山賸水誤模糊,秋風馬北青仙霧茂嶺欺得駞,攘九姓無羞子含含一笑

郁達夫

▲ 郁达夫手迹

《奔流》上发表,最后结集为《小家之伍》,意为收入了并非大家的五位小作家的创作。郁达夫在《幸福的摆》篇末译者附记里说:"小说里有一种 Kosmopolitisch 的倾向,同时还有一种厌世的东洋色彩。"这种"厌世的东洋色彩"多少影响了郁达夫后来创作的小说《迟桂花》:"《迟桂花》的内容,写出来怕将与《幸福的摆》有点气味相通,我也想在这篇小说里写出一个病肺者的性格来。"[1]

郁达夫的文学翻译,由此介入了自己的文学创作,最终汇入的是作家经典化的历程中。

---

[1] 郁达夫:《沧州日记》,1932年10月10日,《达夫日记集》,上海:北新书局,1947年版,第254页。

艾芜笔下的南国世界

1931年11月,两个初登文坛的青年作家给鲁迅写信,就文学创作的题材问题向鲁迅讨教,鲁迅认真地作答,遂成就了现代文学史上文学知名前辈扶持奖掖后进的一段佳话。这两个青年作家就是30年代中国文坛的四川籍双子星座——沙汀与艾芜。

在给鲁迅的信中,两个青年作者这样表达自己的困惑:

> 我们曾手写了好几篇短篇小说,所采取的题材:一个是专就其熟悉的小资产阶级的青年,把那些在现时代所显现和潜伏的一般的弱点,用讽刺的艺术手腕表示出来;一个是专就其熟悉的下层人物——在现时代大潮流冲击圈外的下层人物,把那些在生活重压下强烈求生的欲望的朦胧反抗的冲动,刻划在创作里面,——不知这样内容的作品,究竟对现时代,有没有配说得上有贡献的意义?[1]

---

[1] 鲁迅:《关于小说题材的通信》,《鲁迅全集》,第4卷,北京:人民文学出版社,1981年版,第366页。

信中"专就其熟悉的下层人物——在现时代大潮流冲击圈外的下层人物,把那些在生活重压下强烈求生的欲望的朦胧反抗的冲动,刻划在创作里面"的作者就是艾芜。1925年离乡出走的艾芜,在中国西南边境及缅甸等国度有过五年多的流浪生活经历,这些他人所难以企及的丰富阅历构成的是艾芜进入文坛的最独特的象征资本,也赋予自己以一种传奇性与神秘感,而艾芜所熟悉的那些"在现时代大潮流冲击圈外的下层人物",则是他流浪生涯中所接触与结识的西南边陲以及南亚国家的诸如盗马贼、死刑犯、流浪汉……等形形色色的人物。就像沈从文构建了一个他人无法描绘的"湘西世界"一样,艾芜进入文坛之后,也充分利用自己得天独厚的生活资源为文坛贡献了一幅别样的"南国风情画"。

1935年是艾芜取得成功的一年。3月小说集《南国之夜》出版[1],4月散文集《漂泊杂记》出版[2],12月小说集《南行记》出版[3],从而在现代文坛刮起一阵南国的熏风,为海上文学注入狂野而清新的异域风情。良友图书出版公司也不失时机地在《人间世》上推出收入良友文库系列中的《南国之夜》的广告:

> 本书为艾芜先生的最近结晶集,计收最近创作短篇小说:《南国之夜》;《咆哮的许家屯》;等五篇。每篇均有动人的故事和簇新的技巧。其中《咆哮的许家屯》一篇,计二万余字,尤为全书生色不少。内容纯系描写苟生在铁蹄下的同胞,给

---

[1] 艾芜:《南国之夜》,上海:良友图书公司,1935年版。
[2] 艾芜:《漂泊杂记》,上海:生活书店,1935年版。
[3] 艾芜:《南行记》,上海:文化生活出版社,1935年版。

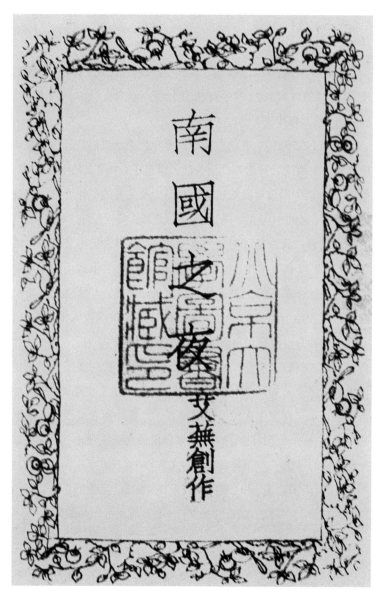

▲ 艾芜的《南国之夜》

踩躏糜烂的情形。[1]

广告中所说"五篇"有误,实际上。《南国之夜》计收《南国之夜》《咆哮的许家屯》《左手行礼的士兵》《伙伴》《强与弱》和《欧洲的风》共六篇小说。

凭借1935年的收获,艾芜也跻身现代文坛冉冉升起的耀眼新星之列,进而受到评论界广泛关注,以至于《中国文艺年鉴(1935年)》中有至少两篇年度综述文章专门论及艾芜的创作。其中伍蠡甫的《一年来的中国文学界》把《南国之夜》归入反映"对外关系"的小说题材,认为在写"'对外关系'的小说中,觉得艾芜先生的《南国之夜》(良友文库本)值得注意。"不过随后伍蠡甫的评论基本上是持批评态度的:"然而作者自家只顾情热,却不会怎样影响读者,因为他所致力的不过是架空的描写,和浮夸的浪漫主义,字面难像有力,实在仍是运输着抽象事物,而'每一个'等等更觉得'公性'太强,'个性'太弱,至多也只是鼓吹的文字,不是小说里的文章。又如同书《咆哮的许家屯》一篇尾上'满洲平原的地雷炸裂了。''许家屯在黑暗中咆哮着。''各处涌着被压迫者忿怒的吼声。'——也同样空洞。""结果仅仅表现一些观念,而内里缺少激发性的形象。"[2]而署名立波的文章《一九三五年中国文坛的回顾》则把《南国之夜》和《咆哮的许家屯》称为"反帝的作品,都值得高的评价",并称伍蠡甫的批评"分明是对反帝作品的轻蔑"[3]。

---

[1] 载《人间世》,1935年5月20日,第28期封底。
[2] 伍蠡甫:《一年来的中国文学界》,《中国文艺年鉴(1935年)》,上海:北新书局,1936年版,第88—89页。
[3] 立波:《一九三五年中国文坛的回顾》,《中国文艺年鉴(1935年)》,上海:北新书局,1936年版,第99页。

立波的这种题材决定论式的褒奖当然不足为训,相比之下,倒是伍蠡甫的批评显示出了文学眼光。《南国之夜》的确自觉实践着当初给鲁迅的信中所谓的"把那些在生活重压下强烈求生的欲望的朦胧反抗的冲动,刻划在创作里面"的构想,但是这部小说集中贯穿性的"反抗"有鲜明的"主题先行"的味道。为践行这一"反抗"主题,艾芜甚至不惜在自己熟悉的南国题材之外,写了一篇东北沦陷区人民反抗日本入侵者的故事,即《南国之夜》中收入的《咆哮的许家屯》。而其他几部小说中,《南国之夜》写的是英帝国主义殖民统治下缅甸人民的反抗,《欧洲的风》写中缅边境的中国百姓做白人生意,用自己的马队为欧洲远征军驮货运输(小说中把此种生意命名为"走洋脚"),最终也是奋起反抗的故事。而"反抗"的主旨未能与故事和情节水乳交融,导致的即是伍蠡甫所谓"公性"(即"共性")太强,"运输着抽象事物"的弊病。

其实,鲁迅当初给二位青年作家的回信中早已经对此予以了告诫:

> 两位是可以各就自己现在能写的题材,动手来写的。不过选材要严,开掘要深,不可将一点琐屑的没有意思的事故,便填成一篇,以创作丰富自乐。这样写去,到一个时候,我料想必将觉得写完,——虽然这样的题材的人物,即使几十年后,还有作为残滓而存留,但那时来加以描写刻划的,将是别一种作者,别一样看法了。然而两位都是向着前进的青年,又抱着对于时代有所助力和贡献的意志,那时也一定能逐渐克服自己的生活和意识,看见新路的。
>
> 总之,我的意思是:现在能写什么,就写什么,不必

趋时,自然更不必硬造一个突变式的革命英雄,自称"革命文学";但也不可苟安于这一点,没有改革,以致沉没了自己——也就是消灭了对于时代的助力和贡献。[1]

艾芜的创作的确遵循了鲁迅的教诲:"选材要严,开掘要深,不可将一点琐屑的没有意思的事故,便填成一篇,以创作丰富自乐",但是鲁迅所给出的"现在能写什么,就写什么,不必趋时,自然更不必硬造一个突变式的革命英雄,自称'革命文学'"的忠告,在艾芜这里却多少落空了。《南国之夜》的几部小说中的反抗者,恰如鲁迅所预言的那样,多少落入了"硬造一个突变式的革命英雄"的窠臼。而更重要的是,青年作者"克服自己的生活和意识,看见新路"的过程,却不是一朝一夕所能实现的。

但另一方面,伍蠡甫所谓《南国之夜》"至多也只是鼓吹的文字,不是小说里的文章"也是苛评之语。伍蠡甫缺乏对《南国之夜》的优长之处的体贴与洞察。平心而论,《人间世》广告词中也没有能描摹出艾芜小说的独特性。艾芜真正具有竞争力和象征性资本的,是笔下南国的浪漫而神秘的气息。小说集中随处可见如下的描写:

> 夜是清新的,到处都漾着树叶和野草的气味。灯光只能照到几丈远的地方,此外就是无边无际的乌黑。四周有野鸟发着怪声,碰动树枝一惊飞起来。又有野猪,冲着丛莽的簌

---

[1] 鲁迅:《关于小说题材的通信》,《鲁迅全集》,第4卷,北京:人民文学出版社,1981年版,第368页。

响,驰到山沟里去。

　　天亮时,清新的晨风拂去了绕在林梢和峰尖的白雾。四围黛色的山层,像裕过似的,在朝日中裸了出来。青猴欢欣的呼啸声,洋溢在远远近近的山峡里。

　　艾芜最擅长的是把读者带进奇异的南国的地域与人生。他笔下的典型环境大多是边地、野店、破庙、荒山、峻岭,在这种南国特有的神秘气息中,艾芜刻绘了独具特色的人物长廊,盗马贼、烟贩子、流浪汉、脚夫、逃犯……构成的是艾芜所谓"现时代大潮流冲击圈外的"各色人等,脱离了正常的生活轨道,不可能接受文明社会中"制约人的定型的生活"。借用巴赫金的分析,他们生活在一种"边沿的时间",而非"传记体的时间"中,过着"从生活里注销的生活"[1],形成的是边地的特殊环境下特殊的性格。在这些小说中,神秘而绮丽的自然风光与人物的强悍的气质,"性情中的纯金"[2]以及古朴的心灵融为一体,有一种南方丛林固有的浪漫的气息,是其他现代作家很难提供的生活景观,因此在现代文学中也构成了一种异数的存在。在此基础上,可以进一步提升出艾芜小说中内涵着的某种生存哲学。正如吴福辉在评论艾芜的另一部小说集《南行记》时所指出的那样:"人们对《南行记》的理解,逐步从异域风光、浪漫飘泊情调、对底层人民品性的挖掘与赞美,进而深入到人的生命本质的某些层面。从这个意义上,我们可以重新发现《南行记》集子里的名篇《山峡中》的价值。""读《山峡中》,

---

[1] 巴赫金:《陀思妥耶夫斯基诗学问题》,北京:三联书店,1988年版,第240页。
[2] 艾芜:《艾芜》,北京:人民文学出版社,1986年版,第240页。

▲ 艾芜像

最引人思索的是关于盗贼的生活哲学。"[1]

  盗贼自成一体的生活哲学，意味着艾芜对人生诸种或然性境遇的独特思索与展示。由此可以发现艾芜在中国现代文学史上真正重要的意义与贡献：艾芜所代表的30年代新起的来自各个地域和各个阶层的青年作家，差不多每个人都有自己的独特经历和生活背景，而且大都是平民出身。当他们大规模地进入30年代中国文坛之后，也自然带给现代文学更为广阔的全景式世界。艾芜的小说创作，不仅仅标志着30年代文学题材视野的进一步拓展，而且真正展示了蕴含独特的生活境遇和人生哲学的创作景观，进而构成了中国社会的全方位文学图景的弥足珍视的一部分。

---

[1] 吴福辉：《关于艾芜〈山峡中〉的通信》，《中国现代文学研究丛刊》，1993年，第3期。

文坛忆念刘半农

1935年,刘半农先生离世近一年后,其遗著《半农杂文二集》出版。同年7月5日《人间世》第31期上刊载的关于这部遗著的广告词中这样评价刘半农:"半农先生是中国新文学运动史上的历史人物。他当时所发表的许多文章,可以看到当时的社会背景以及作者思想的前进和透澈处。他文章中所特长的辛辣味,在半农先生刚死了不久的现在,敬仰和爱好半农先生的读者,这本书是不能放过的。"《半农杂文二集》的出版的确恰逢其时地应和了文坛纪念和追忆刘半农的热潮,而"敬仰和爱好半农先生的读者"也正可以把对《半农杂文二集》的阅读当作纪念刘半农的一种仪式。

关于刘半农之死的叙事要追溯到1926年,这一年,写过《亚洲腹地旅行记》的著名瑞典探险家斯文·赫定来中国进行考察,与北京的学术团体成立了西北科学考察团。刘半农代表北大方面参加了考察团,并与斯文·赫定有着良好的合作。1935年2月19日是斯文·赫定的七十大寿,瑞典皇家地理学会计划出版纪念文集,向刘半农约稿。刘半农为了写一篇有关平绥沿线方言声调的祝寿论文,决定于1934年6月19日携白涤洲等助手前往绥远进行实地

▲ 刘半农像

调查[1]。临行之前，在北京大学语音乐律实验室收拾所携带的仪器杂物时，刘半农伏案写了"半农杂文"四个字，对弟子商鸿逵说："这四个字一时写不好，将就用作杂文护叶上的题签吧！封面，请斟酌代办，但颜色勿要红蓝，因我最不喜欢书皮上有这两种色。"[2]

刘半农所托付的是即将付梓的《半农杂文》第一册的封面与扉页题字事宜。随后刘半农即赴包头等地，等到途中被蚊虫叮咬患上回归热，于1934年7月10日仓促返回北平医治之时，虽然《半农杂文》第一册已经由北平星云堂书店出版，但商鸿逵却无暇拿给刘半农寓目，谁料，五日之后刘半农即溘然逝去[3]。

刘半农去世后近一年，生前即已亲自编定的《半农杂文二集》亦由上海良友图书公司出版，列入"良友文库"，遂成"刘半农先生遗著"。

在给《半农杂文二集》写的序言中，商鸿逵对自己的老师的杂文风格也略略评论了几句：

> 一是"清趣"，无论长篇短幅，写来都是那么"清新"，那么"带风趣"，读之无不令人趣来神往。甚至像那些专门讨论语音乐律的文字，原不讲究所谓辞采，算够干枯寡味的了，可是经先生一写，便也顿觉新鲜有味道。
>
> 一是"恳直"，不管属于夸赞，属于勉励，属于责斥，语语都是本诸至诚，出于坦率，绝无什么成见在胸，可是，就

---

[1] 参见马嘶:《刘半农之死》,《传记文学》, 2007年, 第6期。
[2] 商鸿逵:《半农杂文第二册序》,《半农杂文二集》, 上海: 良友图书公司, 1935年版, 第1页。
[3] 参见商鸿逵:《半农杂文第二册序》,《半农杂文二集》, 上海: 良友图书公司, 1935年版, 第1页。

▲《人间世》所刊载的《半农杂文二集》的广告

这样，便有时因持论过直，容易开罪于人，但，又何必，且怎么着才会见好于人呢？[1]

所谓"开罪于人"，经典的例子是刘半农在《世界日报》骂南京政府考试院院长戴季陶的打油诗《南无阿弥陀佛戴传贤》，其中有"南无不惭世尊戴传贤菩萨"，"疯头疯脑，不可一世"的诗句，导致戴季陶盛怒，《世界日报》被封三日。如此打油诗，"开罪于人"是难免的，也才有了刘半农去世后，林语堂和陶亢德合撰的那副著名挽联：

半世功名，活着真太那个，此后谁赞阿弥陀佛
等身著作，死了倒也无啥，而今你逃狄克推多[2]

只是不知道当商鸿逵称刘半农"容易开罪于人"时是不是也把鲁迅包括在内。鲁迅与刘半农之间的恩怨也构成了民国文人轶闻史上堪称浓墨重彩的一笔[3]。两个人曾经是《新青年》的盟友、《语丝》的伙伴，但到最后邂逅于饭局竟连寒暄客套都免了，即鲁迅在《忆刘半农君》一文中所谓"五六年前，曾在上海的宴会上见过一回面，那时候，我们几乎已经无话可谈了"。按鲁迅的说法，误会的起因应该是1926年刘半农标点《何典》请鲁迅作序，鲁迅在600余字的《何典》题记中不甚恭维地"说了几句老实话"。

---

[1] 商鸿逵：《半农杂文第二册序》，《半农杂文二集》，上海：良友图书公司，1935年版，第2页。
[2] "狄克推多"，英文dictator（独裁）的音译。
[3] 参见朱洪：《鲁迅与刘半农误会始末》，《百年潮》，2006年，第12期。

而鲁迅为纪念刘半农的去世而写的《忆刘半农君》则为这场恩怨划了个句号,堪称鲁迅悼亡文中的经典:

但半农的活泼,有时颇近于草率,勇敢也有失之无谋的地方。但是,要商量袭击敌人的时候,他还是好伙伴,进行之际,心口并不相应,或者暗暗的给你一刀,他是决不会的。倘若失了算,那是因为没有算好的缘故。

《新青年》每出一期,就开一次编辑会,商定下一期的稿件。其时最惹我注意的是陈独秀和胡适之。假如将韬略比作一间仓库罢,独秀先生的是外面竖一面大旗,大书道:"内皆武器,来者小心!"但那门却开着的,里面有几枝枪,几把刀,一目了然,用不着提防。适之先生的是紧紧的关着门,门上粘一条小纸条道:"内无武器,请勿疑虑。"这自然可以是真的,但有些人——至少是我这样的人——有时总不免要侧着头想一想。半农却是令人不觉其有"武库"的一个人,所以我佩服陈胡,却亲近半农。

现在他死去了,我对于他的感情,和他生时也并无变化。我爱十年前的半农,而憎恶他的近几年。这憎恶是朋友的憎恶,因为我希望他常是十年前的半农,他的为战士,即使"浅"罢,却于中国更为有益。我愿以愤火照出他的战绩,免使一群陷沙鬼将他先前的光荣和死尸一同拖入烂泥的深渊。

援用刘半农弟子在《半农杂文二集》序中的表述,鲁迅的话也"语语都是本诸至诚,出于坦率",诸如"我佩服陈胡,却亲近半农"、"半农的忠厚,是还使我感动的"以及"这憎恶是朋友的憎恶,因为我希望他常是十年前的半农,他的为战士"等"恳直"之语,相信半农地下读了,也会有所触动吧?鲁迅这种爱憎分明的情感与周作人的悼念文字形成了对照:

> 半农从前写过一篇作揖主义,反招了许多人的咒骂。我看他实在并不想侵犯别人,但是人家总喜欢骂他,仿佛在他死后还有人骂。本来骂人没有什么要紧,何况又是死人。无论骂人或颂扬人,里边所表示出来的反正都是自己。我们为了交谊的关系,有时感到不平,实在是一种旧的惯性,倒还是看了自己反省要紧。譬如我现在来写纪念半农的文章,固然并不想骂他,就是空虚地说了好些好话,于半农了无损益,只是自己出乖露丑。所以我今日只能说这些闲话,说的还是自己,至多是与半农的关系罢了,至于目的虽然仍是纪念半农。半农是我的老朋友之一,我很悼惜他的死。在有些不会赶时髦结识新相好的人,老朋友的丧失实在是最可悼惜的事。[1]

"仿佛在他死后还有人骂"等语讥刺的可能正是鲁迅。黄裳晚年撰文称周作人在这篇《半农纪念》中的打油诗"漫云一死恩仇泯,海上微闻有笑声。空向刀山长作揖,阿旁牛首太狰狞",是"图穷而匕首见,一支利箭射向了阿兄参预的海派文坛左翼。知堂是主张'意思要诚实,文章要平淡'的(《苦茶随笔》后记),读到这里,但见剑拔弩张、杀气腾腾,不能不废然掩卷。'二周'的人品、文

---

[1] 知堂:《半农纪念》,《人间世》,1934年12月20日,第18期,第10页。

品,于此可以得一清晰的比照了"。黄裳进而指出:"'二周'也都写有纪念半农的文字。这是新文苑中难得的际遇。两人同作一个题目,是极难得的比较文学批评的好素材。记得七十年前先后从杂志上读到两篇纪念文后的感触,仿佛左面是一盆火,右面是一窟冰,判然迥异。我本来同样爱读'二周'的文字,但此后对知堂的文章就不像过去那样喜欢了。"[1]

同样值得进行比较的,可能还有刘半农与"二周"的杂文风格。五四时期,三个人都曾是"新青年"杂文作者群中的一员,对五四文坛杂文风格的多样化都有所贡献。尽管与二周相比,刘半农的创作实绩有所逊色,但其风格的独异性却是二周所无法替代的,尤其是刘半农寓庄于谐,嬉笑怒骂皆成文章的《人间世》广告语中所谓的"辛辣味",堪称在周氏兄弟之外,另开辟出杂文的一种路子。也正是凭借这种风格的杂文,刘半农成为鲁迅所说"《新青年》里的一个战士。他活泼,勇敢,很打了几次大仗"。其历史功绩在钱玄同给刘半农长达一百四十八字挽联中可见一斑:

> 当编辑《新青年》时,全仗带感情的笔锋,推翻那陈腐文章,昏乱思想;曾仿"江阴四句头山歌",创作活泼清新的《扬鞭》《瓦釜》。回溯在文学革命旗下,勋绩弘多;更于世道有功,是痛诋乩坛,严斥"脸谱"。
>
> 自首建"数人会"后,亲制测语音的仪器,专心于四声实验,方言调查;又纂《宋元以来俗字谱》,打倒繁琐谬误的《字学举隅》。方期对国语运动前途,贡献力量;何图哲人不

---

[1] 黄裳:《鲁迅·刘半农·梅兰芳》,《读书》,2008年,第8期。

寿，竟祸起虮虱，命丧庸医。

这种"带感情的笔锋"到了刘半农30年代的杂文中，同样有所延续，并最终关涉的是刘半农对杂文文体以及功能的独特理解。《半农杂文》自序中这样夫子自道：

> 今称之为"杂文"者，谓其杂而不专，无所不有也：有论记，有小说，有戏曲；有做的，有翻译的；有庄语，有谐语；有骂人语，有还骂语；甚至于有牌示，有供状；称之为"杂"，可谓名实相符。
>
> 语有之："文章千古事，得失寸心知。""千古"二字我决然不敢希望；要是我的文章能于有得数十年以至一二百年的流传，那已是千侥万幸，心满意足的了。至于寸心得失，却不妨在此地说一说。我以为文章是代表语言的，语言是代表个人的思想情感的，所以要做文章，就该赤裸裸的把个人的思想情感传达出来：我是怎样一个人，在文章里就还他是怎样一个人，所谓"以手写口"，所谓"心手相应"，实在是做文章的第一个条件。因此，我做文章只是努力把我口里所要说的话译成了文字；什么"结构"，"章法"，"抑，扬，顿，挫"，"起，承，转，合"等话头，我都置之不问，然而亦许反能得其自然。所以，看我的文章，也就同我对面谈天一样：我谈天时喜欢信口直说，全无隐饰，我文章中也是如此；我谈天时喜欢开玩笑，我文章中也是如此；我谈天时往往要动感情，甚而至于动过度的感情，我文章中也是如此。你说这些都是我的好处罢，那就是好处；你说是坏处罢，那就是坏处；反

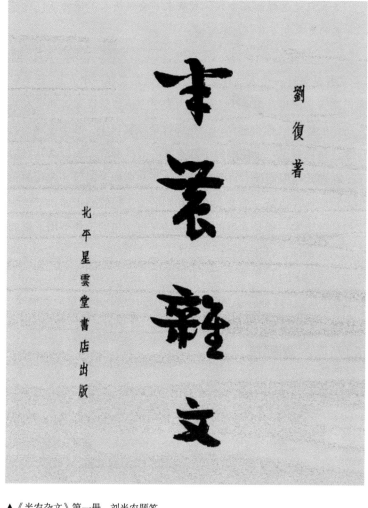

▲《半农杂文》第一册,刘半农题签

正我只是这样的一个我。我从来不会说叫人不懂的话,所以我的文章也没有一句不可懂。[1]

"我是怎样一个人,在文章里就还他是怎样一个人",刘半农的坦率为文,与其坦率为人恰互为表里。正如赵景深对刘半农其人所作的评价:"他很随便……是那样地谈笑风生,妙语连珠,我至今还仿佛看见一个像电影中陈查礼一般的圆圆的脸,带几撇胡子,在那儿侃侃而谈。可是他没有陈查礼那样尖锐而且凶猛的眼光,相反地,他是一个老太婆的和煦的脸。他的心正如丰子恺所说像他的宝宝一样是赤红的,一层纱布也不包的。他不用下棋的方法与人谈话,有什么说什么,决不包许多纱布。我最喜欢这种略带一点粗率的人。"[2]这种"不包纱布"或许就是鲁迅在《忆刘半农君》中所说的"如一条清溪,澄澈见底,纵有多少沉渣和腐草,也不掩其大体的清"[3]以及《人间世》关于《半农杂文二集》的广告语中所谓的"透澈"吧。

---

[1]《半农杂文·自序》,《半农杂文》,北平:星云堂书店,1934年版,第7—8页。
[2] 赵景深:《刘半农》,《文人印象》,上海:北新书局,1946年版。
[3] 鲁迅:《忆刘半农君》,《鲁迅全集》第6卷,北京:人民文学出版社,1981年版,第72页。

丰子恺的"消夏新书"

丰子恺的散文集《车厢社会》[1]作为良友文学丛书之一于1935年出版,堪称沪上出版界当年值得一书的收获。而同年7月的《人间世》上刊载的《车厢社会》的广告则更称得上别致,"消夏新书"[2]四个字,言简意赅,却引人瞩目,既体现出"良友"的文学趣味,也吻合于《人间世》的办刊风格。

消夏的方式在30年代的上海可能花样繁多。在这本《车厢社会》付梓的同时,丰子恺还写了一篇《纳凉闲话》,三个都市中人从一句"天气真热"引发的天马行空的闲谈,似乎才是最好的消夏方式。但是在炎炎盛夏,打出"消夏新书"的招牌,则可能格外会吸引那些暑热难当的读者。把读书作为消夏的方式,既新颖别致,又不费什么钱,可能比起从旅游杂志上获取关于莫干山的消夏广告进而去旅游避暑更轻而易举。而且绝大部分都市人是不大可能去莫干山消夏的,更可行的消夏方式是读读充满丰子恺式的趣味

---

[1] 丰子恺:《车厢社会》,上海:良友图书印刷公司,1935年版。
[2] 载《人间世》,1935年7月20日,第32期。

的小品。比起鲁迅的金刚怒目式的杂文读了更加郁热难当,显然丰子恺的小品文更适于"消夏"。丰子恺的散文,传承的是五四闲话风的小品文的精髓,在30年代更是渐入佳境。在1934年作为"小品年"的文学气候中,《车厢社会》得到出版界乃至读者的格外青睐,是很自然的。而以聆听丰子恺闲话的方式祛暑,也算得上是一种格外有品味的消夏方式吧?

如果带着消夏的目的在酷暑中翻开这本书,读者多半会首先翻看集子的最末一篇《半篇莫干山游记》。莫干山以竹、泉、云和清、绿、冰、静著称,素享"清凉世界"的美誉,与北戴河、庐山、鸡公山并称为四大避暑胜地。1927年,蒋介石和宋美龄在杭州西子湖畔举行结婚仪式之后曾拟上莫干山度蜜月。现代诸多文人雅士也都在此山留过踪影,郁达夫1917年即有诗咏莫干山:

> 田庄来作客,本意为逃名。
> 山静溪声急,风斜鸟步轻。
> 路从岩背转,人在树梢行。
> 坐卧幽篁里,恬然动远情。[1]

如果说,郁达夫是为"逃名"而作客莫干(尽管作诗时的作者还没有后来那么大的名气),丰子恺则缺少类似郁达夫的这种名人的自觉,是现代史上最具有平民气质的文学家和艺术家。30年代中期的丰子恺,早已脱离世外桃源一般的白马湖生涯,阔大了对

---

[1] 郁达夫:《游莫干山口占》,《郁达夫全集》,第七卷,杭州:浙江大学出版社,2007年版,第53页。

人间社会的观察视野,尤其对底层社会保持着关注,这种关注,不同于五四时期的相当一部分启蒙者,没有高高在上的优越感,而把自己也视为普通人的一员。正如在《半篇莫干山游记》作者写的那样:"据我在故乡所见,农人、工人之家,除了衣食住的起码设备以外,极少有赘余的东西。我们一乡之中,这样的人家占大多数。我们一国之中,这样的乡镇又占大多数。我们是在大多数简陋生活的人中度着噜苏生活的人;享用了这些噜苏的供给的人,对于世间有什么相当的贡献呢?我们这国家的基础,还是建设在大多数简陋生活的工农上面的。"而《半篇莫干山游记》也与旅游消夏的动机相去甚远,实际上恰恰相反,游记号称"半篇",写的只是作者去莫干山途中所乘长途汽车因"螺旋钉落脱"而长时间抛锚于"无边的绿野中间的一条黄沙路上"的情景。作者虽"本想写一篇'莫干山游记',然而回想起来,觉得只有去时途中的一段可以记述,就在题目上加了'半篇'两字"。文章记录的并非莫干山的清凉,仍是抛锚路上的所见所感。

如果说对都市里的读者来说,欣赏丰子恺的《半篇莫干山游记》这类游记也算消夏的话,实有如酷暑中吃麻辣火锅,在汗如雨下中觅得清凉。而如《半篇莫干山游记》这类散文的精髓实在于为酷暑中的都市人提供一种心境或关于另一种生活方式的颖悟,恰如丰子恺早期的散文《山水间的生活》中所写:

> 我曾经住过上海,觉得上海住家,邻人都是不相往来,而且敌视的。我也曾做过上海的学校教师,觉得上海的繁华与文明,能使聪明的明白人得到暗示和觉悟,而使悟力薄弱的人收到很恶的影响。我觉得上海虽热闹,实在寂寞,山中

▲ 丰子恺为《车厢社会》中《半篇莫干山游记》一文所绘漫画《都会之客》

虽冷静，实在热闹，不觉得寂寞。就是上海是骚扰的寂寞，山中是清静的热闹。[1]

心静自然凉，丰子恺所谓的聪明的读者自能从《半篇莫干山游记》中获得关于如何才能"消夏"的"暗示和觉悟"：

> 我和Z先生原是来玩玩的，万事随缘，一向不觉得惆怅。我们望见两个时髦的都会之客走到路边的朴陋的茅屋边，映成强烈的对照，便也走到茅屋旁边去参观。Z先生的话又来了："这也是缘！这也是缘！不然，我们哪得参观这些茅屋的机会呢？"

《半篇莫干山游记》在呈现作者"万事随缘"的生活态度的同时，更值得读者瞩目的是丰子恺观察社会的作为艺术家的自觉意识以及作为艺术家的观察方式。这种艺术家的方式尤其表现在丰子恺的散文名篇《车厢社会》中，作者提供着自己对车厢里的人间百态的洞察，角度既独特，看法也就因此别致，透露着一个时时留意人生世态的艺术家才具有的眼光。文章追溯了作者本人坐火车的三个阶段：从"新奇而有趣"到"讨厌"，继而"心境一变"，乘车"又变成了乐事"。"最初乘火车欢喜看景物，后来埋头看书，最后又不看书而欢喜看景物了。"第三个阶段与其说是看景物，不如说是看"车厢社会"，看众生百态，品味"车厢社会里的琐碎的

---

[1] 子恺:《山水间的生活》,《春晖》，1923年6月1日，第13期。

▲ 丰子恺为《车厢社会》中《半篇莫干山游记》一文所绘漫画《旷野中的病车》

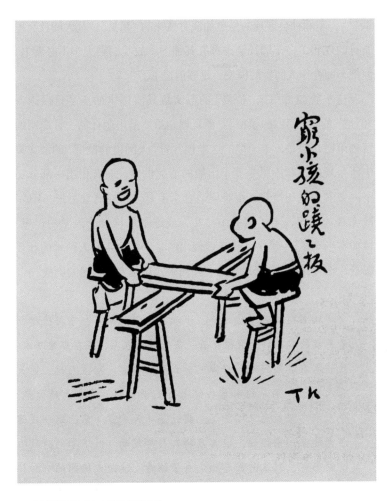

▲ 丰子恺漫画《穷小孩的跷跷板》

事"[1]，车厢社会展现的是更加饶有意味的"风景"："凡人间社会里所有的现状，在车厢社会中都有其缩图。故我们乘火车不必看书，但把车厢看作人间世的模型，足够消遣了。"

这本貌似可用来"消夏"的散文集其实提供的正是足供读者"消遣"的"人间世的模型"。消夏理念虽然是出版社的一种聪明的营销策略，但是，丰子恺的这本包含着"人间世的模型"的散文集中所呈现的，却不尽是莫干山般的清凉世界，而有相当一部分文字内敛着火气与燠热，很难说适合于消夏。在林语堂主张"闲适"散文观的时代，丰子恺的小品文，或许不尽符合论语派的理想。譬如在《肉腿》一篇中，作者展现出的是一幅故乡农人踏水的壮观场景，作者称之为"天地间的一种伟观，这是人与自然的剧战"：

> 从石门湾到崇德之间，十八里运河的两岸，密接地排列着无数的水车。无数仅穿着一条短裤的农人，正在那里踏水。我的船在其间行进，好像阅兵式里的将军。船主人说，前天有人数过，两岸的水车共计七百五十六架。连日大晴大热，今天水车架数恐又增加了。我设想从天中望下来，这一段运河大约像一条蜈蚣，数百只脚都在那里动。我下船的时候心情的郁郁，到这时候忽然变成了惊奇。这是天地间的一种伟观，这是人与自然的剧战。火一般的太阳赫赫地照着，猛烈地在那里吸收地面上所有的水；浅浅的河水懒洋洋地躺着，被太阳越晒越浅。两岸数千百个踏水的人，尽量地使用两腿

---

[1] 燕子：《移动的风景线——以中国现代文学中的新式交通工具为视角》，北京大学硕士论文，2011年。

的力量，在那里同太阳争夺这一些水。太阳升得越高，他们踏得越快，"洛洛洛洛……"响个不绝。后来终于戛然停止，人都疲乏而休息了；然而太阳似乎并不疲倦，不须休息；在静肃的时候，炎威更加猛烈了。

作者继而发挥道："这次显然是人与自然剧烈的抗争。不抗争而活是羞耻的，不抗争而死是怯弱的；抗争而活是光荣的，抗争而死也是甘心的。"这种农人"与自然的剧战"的场面以及内在的抗争精神恐怕是不十分吻合"消夏"精神的。《劳者自歌》则设身处地地站在劳动者和农人的立场看待问题，甚至作者把自己也同样看做一个"劳者"。这种"劳者"意识可以催生一种真正的平等主义的立场，使丰子恺的《车厢社会》中由此蕴含着都市人的自我审思的精神。这种自省精神才是在酷暑给都市人的头脑和身体降温的最好方式，正如《肉腿》的结尾作者反思的那样：

无数赤裸裸的肉腿并排着，合着一致的拍子而交互动作，演成一种带模样。我的心情由不快变成惊奇；由惊奇而又变成一种不快。以前为了我的旅行太苦痛而不快，如今为了我的旅行太舒服而不快。我的船棚下的热度似乎忽然降低了；小桌上的食物似乎忽然太精美了；我的出门的使命似乎忽然太轻松了。直到我舍船登岸，通过了奢华的二等车厢而坐到我的三等车厢里的时候，这种不快方才渐渐解除。唯有那活动的肉腿的长长的带模样，只管保留印象在我的脑际。这印象如何？住在都会的繁华世界里的人最容易想象，他们这几天晚上不是常在舞场里、银幕上看见舞女的肉腿的活动的带模样么？踏水的农人的肉腿的带模样正和这相似，不过线条较硬些，色彩较黑些。近来农人踏水每天到夜半方休。舞场里、银幕上的肉腿忙着活动的时候，正是运河岸上的肉腿忙着活动的时候。

在"劳者"辛苦劳作的映衬下，作者"船棚下的热度似乎忽然降低了"，正可谓不期然之间就把"夏"给"消"了。而关于舞厅中"舞女的肉腿"与踏水的"农人的肉腿"的对比，则或许有助于生成大都会中人的"暗示和觉悟"。而这种"暗示和觉悟"，或许与良友推出这则"消夏新书"广告词的初衷，多少有些相悖吧？

端木蕻良:"大地之子的面型"

端木蕻良在 30 年代进入文坛的过程中得到了许多伯乐的赏识和举荐。陈福康在《郑振铎传》中详尽地叙述了郑振铎对端木蕻良的提携:

> 素不相识的青年学生曹坪(端木蕻良),从天津给他(郑振铎——引按)寄来长篇小说《科尔沁旗草原》第一部的原稿,他认真地读了,并给作者写了回信,说:"我是如何地高兴啊!这将是中国十几年来最长的一部小说;且在质上,也极好。我必尽力设法,使之出版!"他并且鼓励说:"盼望第二部小说立刻便能动手写。"还说要亲自到天津去看这位青年作者。后因书稿中有"违碍"国民党统治的内容,书店不敢出版,直至 1940 年,才在他和雁冰的帮助下由开明书店出版。端木后来给在上海的鲁迅写信,提到在当时的文学青年中流传着"对新进作家爱护的有南迅北铎"这样的话。[1]

---

[1] 陈福康:《郑振铎传》,北京:十月文艺出版社,1994 年版,第 246 页。书中称《科尔沁旗草原》第一部"直至 1940 年",才由开明书店出版,误,《科尔沁旗草原》第一部系于 1939 年 5 月由开明书店出版。

▲ 端木蕻良像

所谓的"南迅北铎"指的正是鲁迅和郑振铎。端木蕻良的短篇小说《鹭鹭湖的忧郁》也是由郑振铎推荐给《文学》刊出[1]。而《科尔沁旗草原》正是在端木蕻良与鲁迅通信中受到鼓励而最终写成，同时端木蕻良的短篇小说《爷爷为什么不吃高粱米粥》，也是经鲁迅转到《作家》发表[2]。茅盾也曾热心帮端木蕻良联系《科尔沁旗草原》的出版事宜，最终推荐给开明书店付印[3]。到了1936年初，端木蕻良奔赴上海，完成了长篇小说《大地的海》，更是被王统照大力推举，《大地的海》也在《文学》第9卷第1号、第2号连载两期，因抗战爆发而中止。

在《文学》第8卷第6号的《编后记》中，王统照预告即将刊载在《文学》第9卷第1号特大号上的作品，称"端木之出现于文坛"，是"值得大笔特书的一件事"，并把《大地的海》放在首要的位置予以推荐：

> 端木之出现于文坛，是去年间值得大笔特书的一件事。已发表之短篇已经引起批评界和读书界一致之注意，毋待本刊多告。此篇《大地的海》长约十三四万言，是作者的"红梁三部作"的第二部，第一部名《科尔沁旗草原》，约二十余万言，正由开明书店排印，不久想可出版。《大地的海》本亦定径出单行，本刊征得作者同意，先在本刊发表，预定四期登

---

[1] 端木蕻良：《鹭鹭湖的忧郁》，载《文学》，1936年8月1日，第7卷第2号。端木在《文学》上发表的作品，还有《遥远的风砂》，载1936年11月1日《文学》第7卷第5号。
[2] 参见王培元编选：《东北作家群小说选·前言》，北京：人民文学出版社，1992年版。
[3] 参见端木蕻良：《科尔沁旗草原》重版后记。《端木蕻良文集》，第1卷，北京：北京出版社，1998年版，第417页。

大地的海（長篇連載）

端木蕻良

一

假若世界上要有荒涼而遼闊的地方那麼這個地方要不是那頂頂荒涼頂頂遼闊的地方那麼這個地方要不是其中最出色的一個

這是多麼空闊多麼幽奧遼遠呵多麼敏捷得怕人多麼平鋪直敘多麼直圓無邊呵比一脈白素的單單海也要威嚴樸素得令人難過的大片草原呵夜的鬼魅從這草原上飛過也要感到孤且難忍的

多麼寂寞呵比沙漠還要幽靜比沙漠還要簡單它吹到地面不燥的壺頭不會在中途遇見一星兒的挫折的倘若它在半途中竟爾遇到了小小的不幸碰見了一塊翹然的突出物擋住了它的去路那單是一塊被窄頭揪起的帶着黑色的鬼魅的混蠅的泥土

是的，在這塊大地上如風去把土不能這塊上還有什麼的奇蹟呢還有什麼可以令人滿情的證物呢而且這土地到底還

×　　×　　×

如土色是可愛的顏色的——泥土自然是土色囉就是叢生在壤坑上的刺槍那除非是土色也不是多餘的事展葉子也是奢侈的裝飾所以索興把花兒朵兒葉兒一骨腦兒都化作了失殼而激憤的針刺向曲折的枝梢張出——以使牛兒羊兒的小嘴巴那遠遠的從它身上逃開怯伸的躊躇的對着這出奇的野吐露着不能了解的哀鳴

成了什麼土地了呢這荒涼的草原邊您能再向人誇耀它無比的荒涼呢——想一想這大地上如沒有了泥土這不盡的遼闊又怎能會如現在這樣無饜足的鋪張出去這麼遠呢

這個地方因為被這荒涼的景色塗抹得太單純了所以在居民的感情上也就感染到一種不可補救的偏枯就拿那左近一帶

完。这长篇的背景也是东北，作者以他特有的雄健而又"冷艳"之笔给我们画出了伟大沉郁的原野和朴厚坚强的人民。作者自谓他更爱这《大地的海》，这比长了一倍的《科尔沁旗草原》更多倾注了心血。[1]

王统照的推荐语中具体论及作为小说文本的《大地的海》的言语其实只有一句，却触及了小说的核心的美感风格和主题指向："作者以他特有的雄健而又'冷艳'之笔给我们画出了伟大沉郁的原野和朴厚坚强的人民。""雄健而又'冷艳'"的判断，揭示了端木蕻良小说创作把一种雄强的"力"之壮美与"冷艳"华丽的抒情格调融为一体的小说美学，这种审美研判也在后来的评论者的论述中得到体现。黄伯昂（王任叔）即在《直立起来的〈科尔沁旗草原〉》一文中，给予了《科尔沁旗草原》的小说艺术以至高的评价，称其为"一篇巨大的叙事诗"："我们作者是个小说家吗？不，他是拜伦式的诗人。""电影的剪接法，在我们的作者的笔下，却成为音乐的诗的叙述。多么浩瀚、嘹亮、雄壮的诗篇！""有诗的叙述，也有诗的刻画。有《铁流》的劲与光与彩与音乐，又有《静静的顿河》的如画的场面。"王任叔进而指出《科尔沁旗草原》的"最大的成功处"：

>语言艺术的创造，超过了自有新文学以来的一切作品：大胆的，细密的，委宛的，粗鲁的，忧郁的，诗情的，放纵的，浩瀚的……包含了存在于自然界与人间的所有的声音与色彩"，在风格上则是"莎士比亚的华丽+拜伦的奔放+道斯

---

[1] 王统照:《文学·编后记》,《文学》, 1937年6月1日，第8卷第6号。

托以夫斯基的颤鸣＝直立起来的《科尔沁旗草原》——一种印象的现实主义的作品。[1]

论者把《科尔沁旗草原》归结为一部"印象的现实主义的作品",在经典的现实主义之外又添加了莎士比亚的华丽与拜伦的奔放,事实上是融汇了诗的因子。王任叔主要是从"诗的叙述"的角度评价端木蕻良的《科尔沁旗草原》,而这种"叙事诗"的小说美学在《大地的海》中表现得更为鲜明,而且进一步发展成一种"土地的诗学"。《大地的海》的开头即自觉塑造着一种关于土地的叙事史诗的风格:

这是多么空阔、多么辽远、多么幽奥渺远呵!多么敞快得怕人,多么平铺直叙,多么宽阔无边呀!比一床白素的被单还要朴素得令人难过的大片草原啊!夜的鬼魅从这草原上飞过也要感到孤单难忍的。

多么寂寥呵!比沙漠还要幽静,比沙漠还要简单。一支晨风,如它高兴,准可从这一端吹到地平线的尽头,不会在途中碰见一星儿的挫折的。倘若真的,在半途中,竟而遭遇了小小的不幸,碰见一块翘然的突出物,挡住了它的去路,那准是一块被犁头掀起的淌着黑色的血液的混凝的泥土。

如果说,端木蕻良在长篇小说处女作《科尔沁旗草原》中奠定了关于土地的文学母题,那么《大地的海》则进一步把对土地的

---

[1] 黄伯昂(王任叔):《直立起来的〈科尔沁旗草原〉》,《文学集林》,1939年,第2期,第104页。

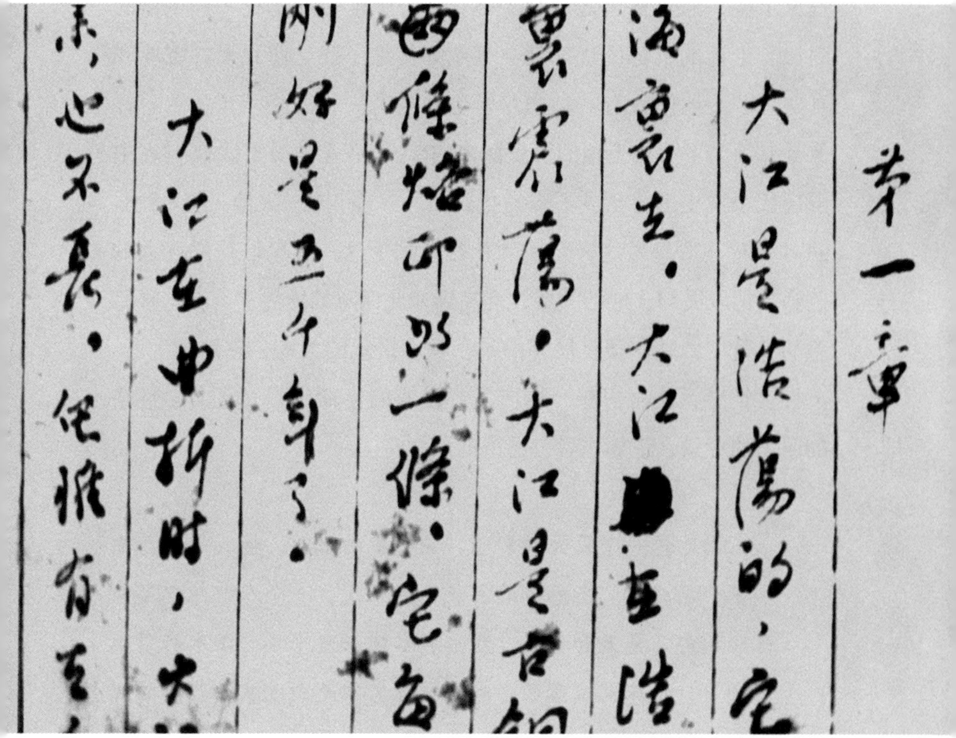

第一章

大江是浩荡的，它…

海里去。大江…在浩…

裹裹着，大江是古铜…

西條焙所以一條，它每…

刚好是五千里了。

大江在曲折时，大…

…迎不暴，低低有至…

▲ 端木蕻良的手迹

歌吟设计为一种整体化的小说视景。在《大地的海》后记中，作者称："我写的都是一些关于土壤的故事。"[1]在《我的创作经验》一文中，端木蕻良展开的是关于土地的更富有诗意的畅想："在人类的历史上，给我印象最深的是土地。仿佛我生下来的第一眼，我便看见了她，而且永远地记起了她。……土地传给了我一种生命的固执。土地的沉郁的忧郁性，猛烈的传染了我。使我爱好沉厚和真实。""土地使我有一种力量，也使我有一种悲伤。""我活着好像是专门为了写出土地的历史而来的。"[2]有文学史家认为："在中国现代小说史上，至少不容易找到另外一篇，将'大地'作为独立的对象对其本身做这样热情的礼赞，赋予这一形象以这般迷人的色彩，把农民与土地的关系，提高到如此诗意的境界。"[3]在这种诗意的礼赞中，端木蕻良展现的是一种人格化的大地，它具有生命、灵性、情感，甚至思想，构成了小说家的生命历程乃至文学性格的巨大的背景，正如作者自己说的那样：

  土地是一个巨大的影子，铺在我的眼前，使我的感情重添了一层辽廓。当感情的河流涨起来了，一个人就想起了声音和词句。夏天和秋天，积水和水沟一般平了。泪水和眼眶平潮了，泪珠就滚落了。我的接近文学是由于我的儿时的忧郁和孤独。

  这种忧郁和孤独，我相信是土地的荒凉和辽廓传染给我的。在我的性格的本质上有一种繁华的热情。这种繁华的热

---

[1] 端木蕻良：《大地的海》后记，《中流》，1937年，第2卷第3期，第186页。
[2] 端木蕻良：《我的创作经验》，《万象》，1944年11月，第4卷第5期，第32页。
[3] 赵园：《论小说十家》（修订本），第180页。

情对荒凉和空旷抗议起来,这样形成一种心灵的重压和性情的奔流。这种感情的实质表现在日常生活里就是我的作人的姿态,表现在文章里,就是《科尔沁旗草原》《大地的海》《大江》《大时代》。[1]

忧郁和孤独,成为作者与土地共同分享的元素,而"繁华的热情"与"荒凉和空旷"的对抗,则造就了端木蕻良小说美学如王统照所谓的"雄健"而又"冷艳"的繁复性。这种繁复性,也使端木蕻良的小说,在中国现代小说史上独具一格,堪与萧红一起构成两峰对峙却又双水分流之美。

作为一种小说美学意义上的"土地的诗学",是端木蕻良把土地作为诗性符号的抒情性与小说故事情节的史诗性紧密结合的产物。在构想自己小说的主体元素——情节与人物的时候,端木蕻良也格外强调灌注一种诗意的生命哲理。譬如《科尔沁旗草原》后记中所强调的那样:"我每一接触到东北的农民,我便感悟到人类最强烈的求生的意志。……我每看到那带着耗貉的大风帽的车老板子,两眼喷射出马贼的光焰,在三尺厚的大雪地里,赶起车,吆喝吆喝的走,我觉得我自己立刻的健康了,我觉出人类的无边的宏大,我觉出人类的不可形容的美丽。"[2]这种生命意志的升华以及对"美丽"所赋予的人类属性,都反映了作者具有超越性的审美化追求。同时,这种超越感也与战争年代特有的民族话语达成了对话关系。当《大地的海》中的反抗者唱起"反满洲国歌"的时候,

---

[1] 端木蕻良:《我的创作经验》,《万象》,1944年11月,第4卷第5期,第33页。
[2] 端木蕻良:《科尔沁旗草原》,上海:开明书店,1948年三版,第515—516页。

当集体的和声"通过了广阔的原野,凝铸成一只覆盖了大地的洪钟"的时候,"大地的海"的宏大忧郁便同时汇入一种中华民族团结御侮的凝重的精神洪流之中。在抗日战争的历史背景下,如同艾青的诗歌中所表达的忧郁意绪,端木蕻良关于土地的忧郁也同样上升到一种民族性的高度,如王富仁总结的那样:"端木蕻良的作品与所有东北作家群的作品一样,始终浸透着一种浓郁的民族意识和民族精神,这种浓郁的民族意识和民族精神在他们的作品中具体表现为一种广大的忧郁。"[1]也正是在这个意义上,有研究者指出:"端木蕻良已经建构起来了一种展现'大地的海'的史诗,一种东北农民抗击日本殖民侵略的'力之美'的宏大叙事。"[2]端木蕻良正是在波澜壮阔的民族历史的具体语境中,以忧郁的抒情的独特笔触,书写着一曲"大地的史诗"。

端木蕻良在《大地的海》的后记中曾经表达过这样的期许:

> 呵,倘能有人以天才的笔触,在这广厚的草原上,测出她社会的经济的感情的综合的阔度,再赋以思想的高度和理想的深度,使之凝固,作出那大地之子的真实的面型……我心中伏着悸痛的感激和期待![3]

或许未来的文学史终将会给出确认:端木蕻良即是那个"以天才的笔触","作出那大地之子的真实的面型"的不二人选。

---

[1]《王富仁序跋集》(下),汕头:汕头大学出版社,2006年版,第106页。
[2] 张丽军:《乡土中国现代性的文学想象——现代作家的农民观与农民形象嬗变研究》,上海:三联书店,2009年版,第205页。
[3] 端木蕻良:《大地的海》后记,《中流》,1937年,第2卷第3期,第188页。

▲ 端木蕻良的《大江》封面

后 记

在我参与的几部有关中国现代文学史教材的写作过程中，最难忘的莫过于钱理群老师担任总主编的《中国现代文学编年史——以文学广告为中心》（以下简称《编年史》）。在某种意义上说，它称得上钱理群老师所规划的一个文学乌托邦。这部总字数近三百万的文学史缘起于钱老师的一个梦。钱老师在《编年史》出版座谈会上有一个陈述："2006年3月26号早上，我突然有一个想法，叫'又一个新计划，其实是一个做了多年的梦'，这个梦我从上世纪90年代就开始做，那就是写一部广告书话，按时间排列，显示文学史发展的线索。这将是一本以广告及广告背后的故事连缀起来的文学史，是别开生面的。"于是由北京大学出版社出面，钱老师在全国范围内组织班子："我首先找到了老搭档吴福辉，同时还想到了老朋友陈子善，后来又找了高恒文和陈方竞，吴福辉又推荐了汤哲声和袁进。"这些主要合作者都堪称是一时之选。历经数年的努力，四卷本的《编年史》终于在2013年问世。

这部副标题为"以文学广告为中心"的编年史，其核心范畴自然是"文学广告"。钱理群老师在《编年史》"总序"中说：

> 我们所说的"文学广告"，包括具有文学史价值与影响的重要的文学作品广告，翻译作品广告，文学评论、研究著作广告，文学期刊广告，文学社团广告，戏剧、电影演出广告，文学活动广告及其他……又包括具有广告性质的发刊词、宣言、编后记、文坛消息、公开发表的通信……选择狭义和广义的文学广告，作为文学史叙述的基本材料，是因为文学广告本身就是历史的原始资料，它的汇集具有史料长编的意义。……也为这些年我们设想的"接近文学原生形态的文学史结构方式"提供了一种可能性。

所谓"文学原生形态"当然只是一种拟想和理想的历史图景，但是编年史的体例显然更有助于接近这一文学史家孜孜以求的文学历史样貌的原生性，背后还承载着编著者某种"大文学史"的观念和眼光：不仅关注文学本身，也关注现代文学与现代教育、现代出版市场、现代学术……之间的关系，关注文学创作与文学翻译、研究之间的关系，关注文学与艺术（音乐、美术、电影……）之间的关系。可以说，《编年史》是对这些年来文学界一直呼吁和倡导的综合性的"大文学史"写作的一次有益和有效的尝试。

而我更为看重的是钱理群老师在《编年史》"总序"中所阐释的所谓"生命史学"：

> 在我们看来，文学史的核心是参与文学创造和文学活动

的"人",而且是人的"个体生命"。因此,"个人文学生命史"应该是文学史的主体,某种程度上文学史就是由一个个具体的个人文学生命的故事连缀而成的。文学史就是讲故事,而且是带有个人生命体温的故事。所谓"个人生命体温"是指在文学场域里人的思想情感、生命感受与体验,具有个体生命的特殊性、偶然性甚至神秘性,而且是体现在许多具体可触可感的细节中的。而所谓文学场域,也是生命场域,是作者、译者和读者、编辑、出版者、批评家……之间生命的互动,正是这些参与者个体生命的互动,构成了文学生命以至时代生命的流动。这里强调的几个要素——生命场域、细节、个体性,都是文学性的根本;这就意味着,我们要用文学的方式去书写文学史,写有着浓郁的生命气息、活生生的文学故事,而与当下盛行的知识化与技术化、理论先行的文学史区别开来。

或许正是这一试图"写有着浓郁的生命气息、活生生的文学故事"的设计初衷让我对这部《编年史》的畅想顿生兴趣,并在参与写作的过程中全情投入,也似乎多多少少感受到了文学史上过往的先行者们的"个人生命体温"。

我还体会到《编年史》的观念和体例能够激发写作者的积极性和创造力,让我意识到自己已经研究和讲授了二十多年的中国现代文学史其实还大有可为。《编年史》的写作为我激活了一些新的问题意识和研究领域,也多少纠正了我以往的审美趣味的狭隘与偏颇。我读书阶段更喜欢貌似精致、优美、深刻的作品,而对那些粗犷、阔大、豪迈的文学有一种美学上的排斥,这一缺陷对于一个文学爱好者来说无可厚非，但对一个文学研究者则是相当致命的。而参与《编年史》的写作过程也多多少少扩展了我的文学趣味，我所负责的三十个条目彼此之间无论是题材、风格还是内容上都差别很大，也要求我必须增强对以前没有品尝过的东西的消化能力，必须什么条目都可以写，一度变成了杂食动物，因为我所负责的相当一部分条目是被分配的，吃什么草料不容自己挑剔，没有选择的余地。但也最终令我感觉到文学史现象的驳杂之中自有魅力，以后再研究相对陌生的领域时也会更有信心。

真正意义上的文学史永远会以一种让你感到新鲜的面目出现在研究者的眼前，只要你能找到新的观照角度。而新的角度仿若一个探照灯，可以重新照亮历史的某些以往不大引人注目的黑暗的角隅，进而让研究者发现以往不会有意识去寻找的新材料。其实现代文学史的原始材料比比皆是，只要有了新的思路和问题意识，就能重新获得观照历史原初语境和材料的眼光，进而获得新的研究视野。

我本人参与并担任副主编的是《中国现代文学编年史——以文学广告为中心（1928—1937）》这一卷，其时段在现代文学研究界通常就称为"30年代"。我负责翻阅的主要是30年代的上海期刊杂志以及若干报纸，即《现代》《人间世》《论语》《真美善》《文学》《新月》《金屋月刊》《申报》上的文学广告，最后负责写作了三十个条目，如果独立成书，大体上呈现出的是30年代上海文坛的集锦式断片景观，故此结集就以《1930年代的沪上文学风景》为名。

也因为这本书的原初样貌是以文学广告为中心的文学编年史的词条，整理后的这本小书也残留有鲜明的以文学广告为写作出发点的痕迹。但这也正沿袭了《编年史》写作的主要特色。尤其是书话体的文体是《编年史》的写作者自觉的追求，也使这本小书或许多少具有了一点可读性。在此要特别感谢钱理群、吴福辉老师，我的友人高恒文先生以及北京大学出版社的诸位编辑。并尤其感谢北大培文的于海冰女士和周彬先生，使我的这本小书得以独立呈现于世。

2017 年 7 月 16 日于京北上地以东